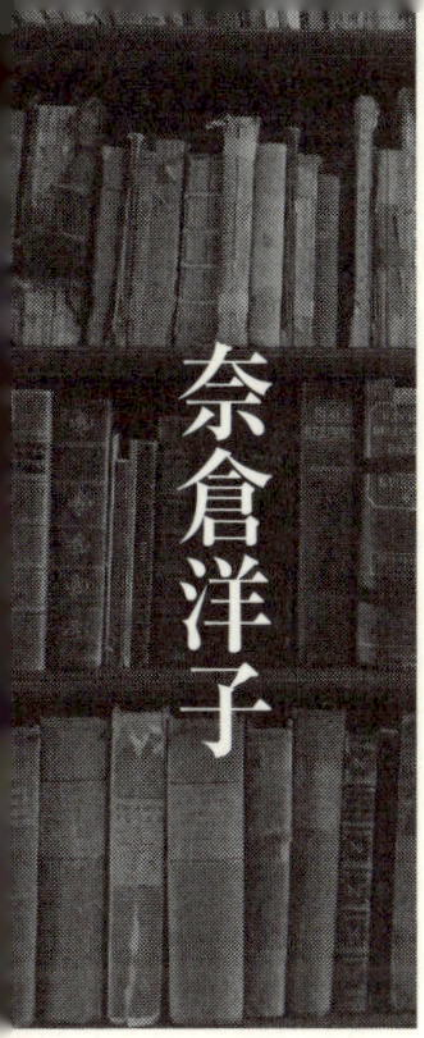

奈倉洋子

# ハイネを現代の視点から読む

――断章《フラグメント》・幻想破壊・食・女性

鳥影社

ハインリヒ・ハイネ（Heinrich Heine 1797年–1856年）
ルートヴィヒ・グリムが描いたハイネ（1827年）

ハイネを現代の視点から読む　＊　目次

# ハイネを現代の視点から読む

## ――断章《フラグメント》・幻想破壊・食・女性

# 序

「僕はあなたの為ならばほかのどんなことでもやりますよ。この詩集、ごらんなさいませんか。ハイネといふ人のですよ。翻訳ですけれども仲々よくできてるんです。」

「まあ、お借りしていゝんでせうかしら。」

「構ひませんとも。どうかゆっくりごらんなすって。ぢゃ僕もう失礼します。……」

……樺の木はその時吹いて来た南風にざわざわ葉を鳴らしながら狐の置いて行った詩集をとりあげて天の川やそらいちめんの星から来る微かなあかりにすかして頁を繰りました。そのハイネの詩集にはロウレライやさまざまな美しい歌がいっぱいにあったのです。そして樺の木は一晩中よみ続けました。……[1]」

これは、宮澤賢治の「土神と狐」の中の一節で、「きれいな女の樺の木」に恋心を抱く狐が、樺の木にハイネの詩集をすすめる場面である。

若者は恋をすると詩集を読む（いまはそうでもないかもしれないが）。明治から大正、昭和にかけて、恋愛詩集としてよく読まれたのがハイネの詩集だった。宮澤賢治（一八九六―一九三三）もその一人だったのだろう。「翻訳ですけれども仲々よくできてるんです」と狐は言っているが、誰が翻訳したものだったのだろうか。

「土神と狐」は、賢治の死後に発表された話で、いつ書かれたものか、正確にはわからない。だが、賢治が青春時代を過ごしたのは大正から昭和初期にかけてであるから、その頃のハイネ詩集の翻訳といったら、おそらくは生田春月のものだろう。生田春月（一八九二―一九三〇）訳の『ハイネ詩集』が最初に出版されたのは、大正八（一九一九）年で、翌大正九（一九二〇）年にはハイネ全集の第一巻『小曲集』、第二巻『新詩集及ロマンツェロ』を訳している。その後『ハイネ詩集』は版を重ねた。鈴木和子氏によれば、大正期には松山敏、古賀龍視などもハイネの翻訳、紹介をしているが、春月のものは質量ともに抜きんでていたという。[2] 春月のハイネの訳詩集は口語訳で、当時の文学青年たちの間でよく読まれ、大きな影響を与えた。年代から考えて、賢治が手にしたのも春月訳だったのではないかと思われる。

そして、時を経て昭和五十一（一九七六）年、「四季の歌」という歌が大ヒットし、その後も人々に愛されている。「春を愛する人は心清き人……」で始まる歌の三番に、「秋を愛する人は心深き人、愛を語るハイネのような僕の恋人」という歌詞がある。ここでも、愛を語る恋愛詩人の代表格として、ハイネが登場するのである。この曲を作詞した荒木とよひさは昭和十八年生まれで、この頃の世代でもハイネは恋愛詩人の代表格だったと言えるだろう。

今日ではどうだろうか。近年では、若者の本離れ、読書傾向の多様化という流れの中で、従来の教養的な意味での文学というものの存在感が稀薄になってきている。ゲーテ、バルザック、トルストイなどの著作は、筆者の世代には、読んでいなければ恥ずかしい必読の書だったが、今日ではそれらを読んでいる人の方が変った人と思われている。しかし、ゲーテなどは、作品を実際に読む人は少なくなっているとはいえ、名前ぐらいは知られている。それに対し、ハイネはどうであろうか。ドイツでは、州によって異なるが、教科書でハイネの詩が取り上げられ、生徒たちはそれを読み、暗唱させられることもあるようだが、日本では、二十一世紀に入ってからは特に、その名も知らない学生が増えているようだ。恋をしても、詩集を読むなどしないのかもしれない。

だが、筆者の世代のような読み方が現在はされないにしても、ハイネの作品、特にそのことばや表現のおもしろさ、興味深さは決して色褪せてはいないと思う。それらを、読む人と共有したいと思ったことが、本書をまとめる一つの動機になった。

戦後、特に一九五〇年代から六〇年代にかけて、舟木重信氏、井上正蔵氏等の著作や翻訳によって、ハイネの社会的政治的な面も精力的に紹介され、「愛と革命の詩人」ハイネ像が確立し、作品とその生涯についての詳細な研究が公刊された。筆者もその研究から大きな影響を受けている。本書は、それらをはじめとする先達の研究ではあまり取り上げられることがなかった面、事柄に光を当て、ハイネの作品と人物について、さまざまな角度から論じている。

たとえば、第Ⅰ章では、恋愛詩を書いたハイネと、政治的な散文や詩を書いたハイネは、切り離されて論じられることが多いが、こうしたハイネの二つの面は、彼の内部に共存していたのだとして、それらがどのような形で共存していたのかを解明し、それが後にどのような展開を遂げていったのかを考察している。

第Ⅱ章では、フリードリヒ・シュレーゲルの Fragment（断片、断章）論などから刺激を受け、

Fragmentに現代的意義を見出し、自らの散文スタイルを編み出し、『旅の絵』シリーズを生み出していったハイネについて述べている。特に、『ハルツ紀行』を中心に考察している。フリードリヒ・シュレーゲルからの影響や、Fragmentを軸にして論を展開することなどは、これまで、少なくとも日本ではなかったと思われる。

第Ⅲ章では、詩作品における諷刺の手法について検討している。これについては、林睦実氏などの先行研究があるが、ここでは、従来あまり取り上げられることのなかったものも含めて考察している。

一七七〇年代から一八三〇年代にかけて、女性主導の文学サロンは知識人の交流の場として大きな役割を果たしていたが、第Ⅳ章では、ハイネが関わりを持ったラーエル・ファルンハーゲンの第二次サロンを取り上げている。ラーエルの第二次サロンは、ゲーテ崇拝の拠点だったことは知られているが、その実態についてはほとんど知られていない。ここでは、さまざまな面からその実態を明らかにし、ハイネがこのサロンとどのような関わりを持ち、ここで何を得たのかについて述べている。

ハイネの作品にはさまざまな箇所に食べ物が登場しているが、第Ⅴ章では、その作品の数々を、食をキーワードとして探索しつつ、ハイネの文学世界について考察している。これも、ほとんど取り上げられることがなかったものである。

また、第Ⅵ章では、ハイネの作品世界における女性たちの描かれ方を通して、ハイネの女性観について考察している。そして、ハイネの成長過程で大きな役割を果たしたばあやと、初恋の女性ヨーゼファとの交流について、社会史的観点も踏まえて述べている。さらには、パリに渡ってから出会った女性たち、ハイネが「真理を渇望する美女」と表現したクリスティーナ・ベルジョヨーソ、後に妻となるマティルド、「いとこ」と呼び合ったジョルジュ・サンドとの交流の実態を書簡などにより、明らかにしている。いずれも（マティルドを除いて）、これまで取り上げられたことがないものである。これらを通じて、女性に対するハイネのアンビヴァレントな関係も明らかにされている。

「四季の歌」が流行った同じ一九七六年に、筆者ははじめてドイツの語学講習会に参加した。それが終了した後、ベルリン、ハンブルク、リューネブルクと、ハイネの足跡をたどり、デュッセルドルフにあるハイネ研究所で資料を収集した。ハンブルクには、「ハイネ書店」（Heine Buchhandlung）という本屋もあり、そこを訪れて、ハイネに関連するさまざまな本を購入した。その際、店主に、なぜ店の名をハイネにしたのか聞いてみた。すると、少し考えてから、ハイネの Modernität（現代性）がとても気に入っているのだと誠実そうな眼差しで語ってくれた。その眼差しと現代性ということばが強く心に響いた。あれから歳月が流れ、四十年も経ってしまったが、あのことばが耳を離れない。私も同感である。本書は、ハイネが亡くなってから百六十二年にあたる年に、あのことばを念頭に置きながら、ハイネの作品、存在を、その現代性という観点から再度捉えようとしてまとめたことをここに記しておきたい。

二〇一八年三月

奈倉洋子

# 第Ⅰ章　ハイネ的ロマン主義

明治時代より、ハイネは日本に紹介され、恋愛詩人として広く知られるようになった。勿論、田岡嶺雲や石川啄木、中野重治のように、ハイネの社会的、政治的な面を読みとり、それについて熱く語る人もいたが、一般的にはロマンティックな（あるいはセンチメンタルな）、情熱的な恋愛詩人というイメージが定着していった。ハイネの恋愛詩にシューベルトやシューマン、メンデルスゾーンが曲をつけ、その歌曲によって広く知られたこともあるだろう。

しかし、ハイネのロマンティックな詩には、多くの場合、毒が盛られており、ロマンティックな夢や幻想を意識的に破壊することもしばしばだったのである。そうした面はあまり知られることはなかったようだ。

ハイネの詩作品は、夢と現実、狂気と正気などの「対立」する要素がせめぎ合いつつ共存しているのがひとつの大きな特徴であり、それが魅力でもあると筆者は考えている。

ハイネとロマン主義の関係についても、このような観点から考えるべきなのではないかと思う。

「かつて私のことを、ある機知に富んだフランス人が、還俗したロマン主義者と呼んだ。……その名は当を得ている。ロマン主義撲滅のために出陣したにもかかわらず、私自身はやはりロマン主義者のままだった。自分が感じていたよりもはるかにそうだったのだ。[1]」（『告白』）

死ぬ二年前に記されたハイネのこのことばには、彼一流の誇張も含まれているように思われ、そのまま肯定しがたい感もありはするが、それは、彼の詩作、文学精神の源泉を示唆するかなりの重みをもったことばでもあると筆者には思われる。ハイネとロマン主義との関係については、さまざまに検討され、主張されてはいるが、ここに述べられたような、ハイネ的ロマン主義精神がその一生においてどのような形で存在していたのかについてはあまり追究されていない。むしろ、「思えば、私は最も愉快な青年時代をロマン派のもとで送り、しまいにはこの派の先生を鞭で打ったのだ[2]」というハイネ自身の述懐に基づいて、初期はロマン主義的であったが、しばらくしてそれから離れ、リアリズム的になっていったのだという見方をされることが少なくない。しかし、この捉え方は機械的にすぎ、単純化されすぎているように思われる。それはまた、『歌の本』の詩人と政治的通信文を書いたジャーナリストとがまったく切り離されて論じられることと関連があると思われる。換言すれば、ハイネのさまざまな「対立的」諸傾向、たとえばロマン主義的傾向とリアリズム的傾向、芸術と政治などが分離され、両者間のディアレクティクな関係への視角がまったく欠落している見方と密接な関連があるのではないかと思う。このような見方では、ハイネの文学精神の真髄に迫ることはできないであろう。なぜなら、ハイネの内部には、「対立的」諸要素が複雑に絡み合った形でその初期から存在し、それらが緊張、葛藤しつつ共存していたと筆者には思えるからである。

その事実を、ハイネが学生時代に書いた最初の評論「ロマン主義」（一八二〇年）が何よりも示している。そこにおいて、彼は真のロマン主義とは、ロマンティックな素材を彫塑的（広義におけるリアリスティックな）形式で表現したものであり、かつまた、キリスト教や騎士道とは結びつかない、僧侶や貴族の支配から脱した自由な精神がみなぎる民衆的文学であらねばならないとしている。したがって、この「ロマン主義」論は、よくなされるような、ハイネの初期と後期を、ロマンティックな傾向とリアリスティックな傾向という形で対立的にとらえること、および、彼の文学観と政治観とを切り離して捉えることがいかに一面的であるかを示している。この「ロマン主義」論以外にも、彼の創作、文学論等にあらわれた芸術的志向を初期から詳細にたどっていくと、さまざまな「対立的」要素が葛藤しつつ共存している傾向が一貫していることがその特徴として浮び上がってくるのである。

この章では、初期の文学的理想を典型的に示していると思われる「ロマン主義」論での主張を軸にして若い時代のハイネの詩作品を検討する。これから、ハイネ的ロマン主義の世界を探究していくことにしたい。

## （一）「ロマン主義」論での主張

### （1）ロマン主義的精神の共有

前にも述べたとおり、ハイネとロマン主義の関係について、彼はロマン主義の批判者であり、克服者であったとよく言われているが、ハイネとロマン主義、あるいはドイツ・ロマン派との関係はもっと多面的であり、入り組んだものである。もちろん、ハイネはドイツ・ロマン派の朦朧とした形象、カトリック的中世志向については激しい批判を展開している。だが、ロマン主義それ自体を否定していないことはもとより、ドイツ・ロマン派に関しても全面的に否定しているわけではない。彼が最も仮借ない批判の矢を放っている『ロマン派』（一八三三年）においてすら、ロマン派の功績については評価し、また自らもロマン派と詩的創造の基盤をいくつか分ち合っていることを吐露しているのである。

たとえば、フリードリヒ・シュレーゲルのサンスクリット研究、アウグスト・ヴィルヘルム・シュレーゲルのシェイクスピア作品の翻訳、ルートヴィヒ・ティークの『金髪のエックベルト』などの短篇小説と『ドン・キホーテ』の翻訳を評価し、クレメンス・ブレンターノ、アヒム・フォン・アルニムの手による『少年の魔法の笛』を絶賛している。[3] また、「誠実にものを考えていた何人かのロマン派の詩人たちに、現在から過去に逃避したり、中世を復活しようとさせた第一の動機は、現在の金銭信仰に対する不満、エゴイズムに対する反感だった」とし、「我々の今日のあらゆる諸制度は現実の金銭への信仰に基づいている」[4] と述べ、ハイネ自身の創作の社会的基盤がロマン派の詩人たちと共通していることに触れている。すなわちハイネは、ドイツ・ロマン派の積極的な側面については評価し続けているのである。

ハイネにおけるロマン主義的な傾向は、初期の詩集の中に出てくる幽霊、妖精、月光などの場面、ブレンターノ風の韻律、ヴィルヘルム・ミュラー風の作風、ドイツ民謡集『少年の魔法の笛』からの多大なる影響などに見られる、素材や韻律、詩的ファンタジーなど、さまざまな面で認められる。しかし、それに尽きるものではない。それらの根底に流れているもの、つまり、ロマン主義的精神とでもいうべきものを共有していることが、より本質的な特徴としてあげられるだろう。この傾向は、評論「ロマン主義」の中に見られる。

「古代において、ポエジーは特に外的なもの、客観的なものを賞賛の目的、および手段とした。しかし、……ことばでは表せないほど多くの幸福をもたらすキリスト教のイデーや愛が人々の心情を戦慄させはじめた時、人々はこのひそかな慄き、この無限の悲哀、それと同時に無限の喜びをことばで言い表したり、詩に歌おうとした。今や新たな形象、新たなことばが——……この感情を……いつでも心の中に呼び起こすことができるような新たなことばが考え出されなければならなかった。それで、いわゆるロマン主義的ポエジーが成立したのである。[5]」

この文章からロマン主義的ポエジーへの共感が読み取れる。ロマン主義的ポエジーを古代のポエジーに対立させて捉えたこのような精神史的規定は、ハイネが学んでいたボン大学で、ドイツ文学と世界文学の講義を行っていたヴィルヘルム・シュレーゲルの見解を殆ど受け継いだものである。外的なもの、客観的なものを主として表現した古典的ポエジーの後、ロマン主義的のポエジーは内面の心情の動きを表現しようとして生まれたものと理解したハイネが、そこに自らの置かれた心的状況との深い絆を感じていたことは容易に推察することができる。すなわちここから、ハイネは主体の内面世界を表現するものとしてのロマン主義的精神を自らも共有し、同一の創作基盤に立っていることが読み取れるのである。

評論「ロマン主義」は、当時盛んに行われていた彫塑主義者たちによるロマン主義批判、とりわけヴィルヘルム・フォン・ブロムベルクの『美学』という論文への批判、さらにはロマン主義についての彼なりの見解を示すという意図の下に執筆された。ブロムベルクによれば、ロマン主義の文学は、古代人が従っていた自然模倣的形象による創作方法を侮り、拒否するものであり、観念から新たな世界を作り出すものであった。[6] このように、ロマン主義一般を否定し去る当時の彫塑主義者たちに対し、ハイネはロマン主義が生ずる精神的基盤の必然性を把握し、ロマン主義の精神史的意義を評価していたのである。

## (2) ロマン主義的素材を彫塑的形式で

ロマン主義を、主体の内面世界を表現するものととらえ、その精神史的意義を評価するハイネは、続けて次のように述べている。

「多数の人が主張しているようなものは決して真のロマン主義ではない。すなわち、スペインのつややかさ、スコットランドの霧、イタリアの音響などのごた混ぜ、いわば魔法のランプから流れ出したような、多彩な色の戯れや奇抜な光によって妙に人の心を興奮させ、楽しませるような、こみ入った朦朧とした形象は、決して真のロマン主義ではない。まことに、あのロマン的感情が刺激されるような形象も、彫塑的ポエジーの形象と同様に、明確に、はっきりとした輪郭で描かれる必要がある。[7]」

ここに主張されているような、ロマン主義は朦朧とした形象では決してなく、彫塑的で明確な輪郭をもつものだとする見解は、当時の一般的な見解、すなわち、古典主義的文学は彫塑的形式、ロマン主義的文学は音楽的形式という規定からはずれたものだった。フリードリヒ・シュレーゲルは、古代と比較して近代文学の本質を規定しようとする当時の時代的気運の中で、その著『詩についての対話』(一八〇〇年)において、ロマン主義的文学を、「私の見解、用語で言えば、情感的素材を空想的形式で表現したものである」と規定し、さらに、情感的を音楽的と言い換えてもいる。[8]これは、文学を様式的に区分したシラーの見解――「文学は彫塑芸術のように一定の対象を模倣するか、あるいは音楽のように一定の対象を必要とせず、単に感情の一定の状態をよび起すかによって、彫塑的、または音楽的と呼ぶことができる」[9](『素朴文学と感傷的文学について』)――の上に立って展開されているものである。こうした見解によって、様式的に規定すると、古代文学=彫塑的文学、近代文学(ロマン主義的文学)=音楽的文学と見なされるようになり、このような概念規定が一般に広まっていったのである。この傾向は、ティークの『フランツ・シュテルンバルトの遍歴』以後、音楽との結びつきをますます強めていったロマン派の詩人たちの言動によって、一層固定化されていく。ノヴァーリスは、「我々の言語――はじめはもっと音楽的だったが、その後散文的になった――。それは再び旋律（Gesang）にならねばならぬ[10]」と述べ、「音楽的手段―詩的手段[11]」とも言っている。これらの言に見られるように、ドイツ・ロマン派の音楽的なものへの志向は、散文的なものに対置されたものであり、それはポエジーへの志向と重なるものだった。この傾向を、「ポエジーに対する感受性は、神秘主義に対する感受性と共通するものである。それは……知られざるもの、秘密にみちたもの……に対する感受性である……[12]」ということばと併せて考えると、彼らの音楽的なものへの志向は、神秘性、不明瞭なものへの志向にも連なるものであったと言えるだろう。ポエジーに敵対的である日常的散文、あまりに確固とした秩序に縛られた日常的生に対する防壁として、神秘性、不明瞭なものを対置した点には、彼らなりの現実批判の契機を見出すことができるだろう。だが、そのような積極的側面を見出せる反面、それはまた、現実世界からの神秘的断絶の契機をはらんでいたのである。このようなドイツ・ロマン派の、神秘性、不明瞭なものを追求する傾向は、彼らの、朦朧錯綜としたもの、無限・深奥の追求に通じ、それはハイネの主張する、明確な彫塑的輪郭への要求とは明らかに対立するものだった。

「ロマン主義」論と同時期（一八二〇年夏）に執筆された悲劇『アルマンゾール』の冒頭の詩句にも、「素材はロマン主義的、形式は彫塑的」ということばが見られる[13]。さらに、友人B・ルソーの詩集の書評（一八二三年）において、その第一詩集に関し、感動した心情に全外界が映るさまを著者が自由に飾り気なく、率直に表現している点を、ロマン主義の最上の原則に従っているとし、その意味でのロマン主義的傾向にハイネは共鳴し、称賛している[14]。ここでは、「心情」に「全外界」が映るという捉え方で、あくまで「心情」が中心となっているが、それに対し、翌年に書かれた『ハルツ紀行』（一八二四年）では、次のような表現が見られる。

「現象世界と我々の心情世界とが相互浸透したら、感情は無限に幸せであろう。緑の木々、思想、鳥の歌、哀愁、空の青さ、思い出、薬草の香りが絡み合って、甘いアラベスクになったら、感情はこの上ない喜びにあふれるだろう。[15]」

ここでは、「心情世界」と「現象世界」ということばで表現した内的感情と外的現象の二つの世界が同じ重みをもったものになっており、ハイネはこの二つの世界の融合を至上のものと考えているのである。

## （二）初期の「若き悩み」、「抒情挿曲」、「帰郷」の詩について

### （1）ロマン派との共通点

#### 1　現実世界対詩的内面世界

前節で述べたようなロマン主義的感情、ロマン主義的精神をハイネが共有しているという事実は、初期の詩作品からも見て取ることができる。一八一七年から一八二三年にかけて書かれ、後に詩集

『歌の本』に収められた詩群「若き悩み」、「抒情挿曲」は、ロマン派が好んでテーマに取り上げた、夢、愛の憧憬など、主体の内面感情を表現した詩で満たされている。
「若き悩み」には、夢をテーマにした詩が多い。

静かな夜の甘い夢に
魔法の力でやってきた
魔法の力で恋人が
ぼくの小部屋にやってきた。[16]（「夢の絵」六）

また、憧れと不安にみちた内面感情がうたわれている。

朝めざめては問うてみる
いとしい人は来るだろうか
夕べ臥してはまた嘆く
いとしい人は今日も来ぬ

思い悩んで
夜は眠れず

昼はまどろみ瞑想し
夢見心地にさまよい歩く[17]（「若き悩み」リート一）

このような、夢、愛の憧憬、苦悩などの抒情主体の内面感情の表出がこの詩群の特徴となっている。夢や愛の憧憬などの主体の内面感情を詩的空間に導入したのはドイツ・ロマン派であり、テーマから見て、ハイネのこれらの詩もその系譜上にある。このような、内面世界を主として描く初期のハイネのロマン派の詩人たちとの創作基盤の同質性を形造る主要な要因として考えられるのは、夢と現実、詩と現実世界という二元論的把握である。

一八一六年、ハンブルクの銀行家の叔父ザロモンのもとで商人見習いをしていたハイネは、友人宛に、「詩神（ミューズ）は僕がしている恐ろしい商売を恐れているのだろうか。ここはおちぶれた商人の巣であることはたしかだ。娼婦は沢山いるが、詩神はいない。[18]」と書き送っている。ここには商人の世界とは肌が合わないこと、金が支配するブルジョア世界とポエジーとの相容れない関係への嘆きが吐露されている。

商人の世界で全くの孤独を感じていたハイネにとって、外的世界は荒れ狂った、冷笑的、拒否的なものに思え、その圧倒的な力によって自己が破壊されてしまいそうに思えた。ハイネはそのような外的世界に対する防壁として、夢やファンタジーに満ちた詩的世界を内面に築きあげ、自己を守ろうとしたのだった。金が支配する現実世界に、詩的内面世界を対置したのである。

このような、資本主義が美、ポエジーを破壊しているという認識、および、現実世界対詩的内面世界という二元論的対立図式はロマン派と共通するものである。発展しつつあった資本主義は人間関係を金銭関係に帰し、それは人間性を束縛し、圧迫した。ロマン派の詩人たちはこれを鋭敏に感じ取り、金が支配する社会に拒否的態度をとった。彼らは現実世界に正面から立ち向かうのではなく、それを回避するというネガティブな方法で抵抗した。彼らは現実世界を意識的に無視して夢の世界に飛翔し、甘美な死に憧れ、現世からはずれて放浪した。そのようにして、金が人間性を抑圧する汚れた現実世界では実現できない、美しい詩的ユートピアを内面に築き上げ、人間たろうとしたのである。彼らにとって、詩的内面世界は、日常の荒廃した因襲的世界から解放され、自由になれる場であり、彼らなりの現世批判の拠り所でもあった。こうして、ロマン派は現実世界に詩的内面世界を対置させ、両者は融和しがたい対立的世界となる。いわゆる芸術家と生、芸術家と市民というアンチ・テーゼである。ドイツ・ロマン派の意義は、芸術家と生、芸術家と市民という、二十世紀にまで及ぶ資本主義社会の不可避の問題を知覚し、創作活動の基盤とした点にある。

ハンブルクでの商人見習いの経験によって、ハイネにも、人間的存在と市民的存在が対立していて、統一できないように思われた。従って、彼は当時の多くの若者と同様、ロマンティックな詩的内面世界に、混迷からの出口を求めたのである。

歌の翼に乗せて、
いとしい女《ひと》よ、遠くに君を連れて行こう、
はるかなるガンジス河の草原に、

そこは世にも美しいところ。

静かな月の光を浴びて
赤い花咲く園がある。
蓮の花は
いとしい君を待っている。

菫はほほえみ打ち解けて、
星を仰いで語り合う。
薔薇はひそかに語り合う、
におうがごときメルヒェンを。

…………

二人して
棕櫚の木陰に横たわり、
愛と憩いを味わって
よろこびあふれる夢をみよう。[19]（「抒情挿曲」九）

この詩には、当時広まっていたインドへの憧憬の影響が色濃く出ている。ゲオルク・フォルスターの『シャクンターラ』の翻訳を皮切りに、一八二〇年頃、インド崇拝が広まっていた。インドの自然においては、あらゆるものに生命があり、そこでは花々、草木などすべての被造物が語り、感じていると書いたヘルダーをはじめ、W・シュレーゲル、F・シュレーゲルの著作、ホフマンの作品などを通して、若いハイネもその影響を受けている。[20]

この詩はメンデルスゾーンによって作曲され、甘美なメロディーの「歌の翼に」として親しまれている。

美しく咲き乱れた花々が、人間を歓喜して迎えてくれるこのガンジスの草原は、ハイネの詩的ユートピアであり、悩み多き日常の現実世界からの出口となっている。ハイネの初期のいくつかの抒情詩には、現実世界の対立像としての美とポエジーの国が登場している。このように、若きハイネは現実世界と対峙する内面世界への飛翔などのロマン派的傾向を一面で色濃くもっていた。

## 2　仮面舞踏会――ドイツ・ロマン派が好んだテーマ

こうしたロマン派的傾向の一端は、仮面舞踏会というテーマの愛好にも見られる。ティークからアイヒェンドルフに至る小説や喜劇にたびたび現れる仮面遊びは、周囲の因襲的な世界から逃れたいという強い欲求から生じていた。[21]仮面をつけた舞踏会は、ブルジョア社会の嫌悪すべき圧迫を免れることができる機会であり、日常的散文的世界から解放された、詩的ファンタジーの舞台だったのである。ハイネも、ロマン派が好んだ仮面舞踏会というテーマをしばしば扱っている。ロマン派と同じように、ハイネも仮面舞踏会を、あらゆる因襲的なものから解放される場として愛好した。

だが、ハイネの仮面舞踏会を扱った作品には、因襲的な周囲世界から逃れる場としての意味だけではなく、因襲的世界へのより積極的な批判がこめられている。

「……人々は仮面舞踏会で本格的に人間らしくなれるのです。そこでは蠟の仮面が我々の日常かぶっている肉の仮面を覆い隠し、飾り気ない『君』(Du)ということばが原始社会のような親密さをかもし出し、あらゆる主張を覆い隠すドミノが最も美しい平等を生み出し、そこでは最も美しい自由――仮面の自由が支配しているのです。[22]」(『ベルリン便り』)

ハイネにとっては、ブルジョア社会そのものが仮面をつけた社会だった。日常生活において、人々は仮面、つまり「肉の仮面」をつけているように思えた。そこでは人間性そのものではなく、うわべのもの、外見――身分、金が人間の価値を決定してしまい、人間の中身――人間性は顧みられず、問題にされないと思えた。心は貧しいのに外見は金色に輝いている人間に対する反撥は、次の詩に見られる。

ぼくは一緒に踊りはしない、武骨者らをお世辞たっぷりにほめはしない。
連中は、外見は金色に輝いているが、内部は砂だ。[23]
(「クリスティアン・Sにおくるフレスコ壁画風ソネットI」)

それ故、仮面舞踏会でみんなが同じ蠟の仮面をかぶり、みんなが同じ黒い衣装を身につける時、日常かぶっている肉の仮面が覆い隠されてしまうので、平等で自由な関係になれるのだと、逆説的に主張しているのである。
このような観点から、ハイネはブルジョア社会に対し、反抗的に批判をぶつけている。

仮面をよこせ、ぼくは今、
ならず者に変装するんだ。
仮面をかぶってきらびやかに誇示する詐欺師どもが
ぼくを仲間だと思いこまないように。

粗野なことばと物腰をこっちへくれ。
ぼくは下層民の流儀のままに振舞うんだ。
今、つまらぬどうしようもない奴らがふりまいている
美しい精神の火花なんか、みな否定してやる。[24]
（「クリスティアン・Sにおくるフレスコ壁画風ソネットⅡ」）

ブルジョア社会への批判的契機をロマン派と共有しながらも、現実からの逃避という消極的な方法ではなく、現実と密接に関わる中で反抗し、批判を展開しているのである。詩的主題が現実社会

との関わりの中にある。同じ主題を扱っても、ロマン派のそれのように、現実社会から意識的に遊離する態度はここには見られない。ロマン派にあっては、ロマンティックな詩世界と現実世界、夢と生とが完全に分離対立し、後者はせいぜい詩の舞台の背景となるぐらいで、詩世界にはほとんど登場していない。彼らの詩世界は、人間性を失わせる汚れた現実世界に対して、理想郷として打ち立てられたものであり、はじめから現実世界と隔絶したところにそれは成立しているのである。若いハイネの場合も、ロマンティックな詩世界が描かれているが、それは現実世界と隔絶したものとしてではなく、現実世界と何らかの形で関わりをもったものが多い。ロマンティックな詩的内面世界と現実世界との葛藤が主体の内面を舞台に繰り広げられているのである。

## 3 ドッペルゲンガー（二重身、分身）

河合隼雄は、ドッペルゲンガーについて、次のように述べている。

「二重身（ドッペルゲンガー）の現象とは、自分が重複存在として体験され、『もう一人の自分』が見えたり、感じられたりすることである。精神医学的には自分自身が見えるという点から、自己視、自己像幻視と呼ばれ、又、二重身、分身体験などとも言われる。[25]」

ここではドッペルゲンガーを二重身と訳しているが、その他にも、分身、影法師などと訳されている。ドッペルゲンガーは、ドイツ・ロマン派が好んで取り上げたテーマである。よく知られた作品としては、シャミッソーの『ペーター・シュレミールの不思議な物語』（邦訳『影をなくした男』）（一八一四年）、E・T・A・ホフマンの『大晦日の夜の冒険』（一八一五年）があげられる。ペーター・シュレミールは悪魔に自分の影を売り渡し、その代り、好きなだけいくらでも金貨を取り出すことができる財布をもらう。それによって、シュレミールは王者のような生活を送る。しかし、影を失ったことにより、人々に後ろ指をさされ、恋人に去られ、召使にもそむかれてしまう。ホフマンの『大晦日の夜の冒険』の主人公エラスムス・シュピークヘルは、滞在先のイタリアで出会ったジュリエッタに「あなたの鏡像がほしい、永遠にそれを持っていたいの」と懇願され、自分の鏡像を与えてしまう。故郷に帰って息子と遊んでいる時に、鏡に像が映らないのを息子に発見され、妻にもそれを知られてしまい、「地獄の鬼」とののしられ、家を追い出されてしまう。

同じように、鏡像を失うというテーマで思い起こされるのは、サイレント映画『プラーグの大学生』（一九一四年）である。主人公から鏡像が取り上げられていくシーンは衝撃的で、その映像が脳裏に焼きついている。影と鏡像、いずれも失ってみてはじめて自分の必要不可欠な一部だと気づくのである。

ハイネもドッペルゲンガーをテーマにした作品をいくつか書いているが、ここでは「帰郷」第二十番の詩について検討していくことにしたい。

シューベルトの歌曲集『白鳥の歌』の十三番に「Doppelgänger」と名づけられた曲があるが、その詩はここで取り上げるハイネの「帰郷」第二十番目の詩である。もともとハイネの詩にはタイトルが付けられてはいないのだが、シューベルトが作曲した『白鳥の歌』中の曲に「Doppelgänger」

というタイトルが付けられ、それで知られるようになったものである。日本では「影法師」と訳されて親しまれている。

Still ist die Nacht, es ruhen die Gassen,
In diesem Hause wohnte mein Schatz;
Sie hat schon längst die Stadt verlassen,
Doch steht noch das Haus auf demselben Platz.

夜は沈黙し、路地は眠っている。
この家にぼくの恋人が住んでいた。
彼女はとっくの昔に町を去ったが、
家はまだ同じ場所にある。

Da steht auch ein Mensch und starrt in die Höhe,
Und ringt die Hände, vor Schmerzensgewalt;
Mir graust es, wenn ich sein Antlitz sehe,—
Der Mond zeigt mir meine eigne Gestalt.

そこにはもう一人立っていて、じっと上を見て
激しい苦痛に手をもみ合わせている。
その顔を見てぼくはぞっとした、
月がぼく自身の姿を照らし出していた。

Du Doppelgänger! Du bleicher Geselle!
Was äffst du nach mein Liebesleid,
Das mich gequält auf dieser Stelle,
So manche Nacht, in alter Zeit?

ぼくの分身よ、青ざめた男よ！
なぜお前はまねるのか、ぼくの恋の悩みを、
その昔、この場所で
幾晩もぼくを苦しめた恋の悩みを。[26]

もう一人の男、自分の分身が、かつての自分と同じように恋の悩みに身を焦がしている姿を見て、三連目で、なぜ自分の恋の悩みをまねる（nachäffen＝猿まねをするという意味）のかと分身に問うているのである。この語と、二連目の「その顔を見てぞっとした」（Mir graust es）という詩行からは、もう一人の自分に対する皮肉な、批評的視線が感じとれる。自らに対する鋭い批評的な視線、これこそがハイネ特有のものだと言えるだろう。

## 4　ホフマン的世界＝夢と現実の対立→詩的世界の勝利

E・T・A・ホフマン（一七七六―一八二二）は、夢と現実の対立、葛藤をテーマに取り上げている。

ホフマンの場合、他のロマン派の詩人たちの傾向、特にノヴァーリスの『青い花』、アイヒェンドルフの『のらくら者の生活から』に見られるような、物語の舞台に特定の時や場所がない傾向、あるいは、せいぜい現実世界は詩的世界に飛翔していく出発点となっているにすぎない傾向とは異なり、実在の現実世界（ベルリン、ドレースデンなど）を舞台に物語が展開している。小説『黄金の壺』（一八一四年）を見てみよう。主人公の大学生アンゼルムスは、何をやっても失敗ばかりしているが、一応人並みに出世したいと思っている。ある時、リラの木に巻きついている美しい水晶の鈴のような響きを出す緑の蛇に魅せられて以来、根源的な自然の世界に憧れるようになる。この物語は、アンゼルムスが市民的現実世界で官職について出世する（ヴェロニカと結ばれる）か、それとも日常生活から脱して神秘に満ちた詩の国アトランティスで詩人となる（ゼルペンティーナと結ばれる）か、という問題を軸に、市民的日常世界（ドレースデン）と、神秘に満ちた詩の国（緑の蛇の生息の地、アトランティス）とが対比的に描かれており、その対立的緊張関係がこの作品の一大モティーフになっている。結末で、アンゼルムスは、愛するゼルペンティーナと結ばれて、神秘に満ちた詩の国に赴く。彼は日常生活の重荷を放り出し、ゼルペンティーナとの愛のために翼を力強くはばたかせ、アトランティスの地で、悦楽と歓喜の生活を送ることになるのである。すなわち、ここでは詩の世界が選び取られ、勝利をおさめているのである。

## （2） ハイネの独自性

### 1　ハイネ的世界＝夢と現実の共存・葛藤→結末における幻想破壊

ハイネも、このような夢と現実の葛藤そのものを描くホフマン的主題を頻繁に扱っている。

「君には聞こえてこないかい、遠くのあの音が、
ホルンのような、ヴァイオリンのような。
そこではきっと美しい人が沢山
軽やかにダンスをしているんだよ。」

「いや、それは思い違いだよ。

ヴァイオリンの音じゃない。
仔豚がのどを鳴らしているだけさ、
豚がブーブー鳴いているだけさ。」
…………
「君には聞えてこないかい、遠くのあの歌声が
楽しい歌合戦のような。
天使たちが翼で
大喝采している音だよ。」

「いや、あのきれいに聞こえる声は
歌合戦なんかじゃないよ、君！
鵞鳥番が歌をうたって
鵞鳥を追っているのさ。[27]」（「パーダーボルンの荒野の会話」）

「君には聞こえてこないかい」と問いかける夢想家に対し、「いや、それは思い違いだよ」と現実主義者が切り返す。夢（空）想と現実とが対立し、その緊張関係そのものから詩が生まれているのだ。まさにハイネの中にこの二つが共存し、葛藤していたのである。

そして、多くの場合、夢や憧れが詩の結末で破壊されているのが、ハイネの大きな特徴だといっ

てよいであろう。それは、詩を書き始めた頃の詩にすでに見られる。
初期のハイネの詩には夢をテーマにしたものが多い。しかも、その結末が、夢から覚めるというものが少なくない。また、夢が悪夢であったりするのだ。最も若い時の詩群「若き悩み」の冒頭には、「夢の絵」と題して自分が見た夢をうたった詩がある。

じつに奇妙なひどい夢
ぼくを楽しませ、びっくりさせた。
恐ろしい光景がいまだに脳裏から離れず、
胸は激しく波立ちさわぐ。

それは素晴らしく美しい庭園だった。
そこを愉快に散歩するつもりだった。
美しい花々がぼくを見つめていた。
それでぼくはうれしくなった。

小鳥はいきいきと軽やかに
恋のしらべをさえずりかわしていた。
太陽は金色の光で周囲を照らし出し、

楽しげに花々を色とりどりに染め上げていた。

…………

その花園のまん中に
きれいな大理石の噴水があった。
そこにいたのは　美しい娘、
せっせと白衣を洗っていた。

かわいい頰に穏やかなまなざし、
ブロンドの巻き毛の聖女像のようだ。
見たところ　知らない娘だが、
それでもよく知っているような。

せっせと洗う美しい娘、
とても奇妙な歌くちずさむ。
「水よ、流れて　流れておくれ、
わたしの麻布　きれいに洗っておくれ！」

娘のそばに近寄って、
小声で聞いた、「ねえ、
美しい、かわいい娘さん、
この白い服はだれのなの？」

すると娘は早口で言った、「じきに終るわ、
あなたの経帷子を洗っているの！」
そう言うや否や、
姿は溶けて消え去った、泡のように。

…………

急いで掘っている美しい娘、
とても奇妙な歌くちずさむ。
「先のとがった大きなシャベルよ、シャベル、
深くて大きな穴を掘れ！」

娘のそばに近寄って、
小声で聞いた、「ねえ、
美しい、かわいい娘さん、
この穴は何のためなの？」

すると娘は早口で言った、「シー、静かに、
あなたの冷たい墓穴を掘ってたの。」
美しい娘がそう言うと、
穴が大きく口を開けた。

穴の中をのぞきこむと、
冷たい戦慄がわが身を走りぬけた。
そして、暗い墓の闇の中に
転げ落ちた――そして、目がさめた。[28]（「夢の絵」２）

自分の墓を掘っている娘の夢とは、ロマンティックどころではなく、悪夢としか言いようがない。夢とは、現実にはかなえられない、何か希望にみちた明るいもののように一般には思われるだろうが、ハイネの場合には、悪夢の方が多いのだ。その他、夢から覚めて終る詩など、ハイネの詩作品

は、その初期から、結末がどんでん返しになっている場合が多く、幻想破壊に満ちている。このような傾向はその後も続き、さらに屈折した形で表現されている。

ぼくの心の深い傷
かわいい花が知ったなら、
一緒に泣いてこの傷を
きっと癒してくれるだろう。

ぼくが悲しみ病むさまを
小夜啼鳥が知ったなら、
励ます歌を楽しげに
きっと歌ってくれるだろう。

ぼくの悲哀を星たちが
黄金の星が知ったなら、
高い空からやってきて
きっと慰めてくれるだろう。

だが本当は、知ってるものはいやしない、
たった一人を除いては。
ぼくの心を引き裂いて
ズタズタにしたあの女だけ。[29]（「抒情挿曲」二十二）

この詩はシューマンによって作曲され、歌曲集『詩人の恋』第八番目の曲として知られているが、ここに登場しているかわいい花、小夜啼鳥、星は、いずれもロマン派に愛好された形象であり、詩的内面世界を構成するロマンティックなシンボルである。ハイネはロマン派が使用したシンボルを数多く使っている。だが、このようなロマンティックなシンボルは、ここでは苦悩を実際に鎮めてくれたり、慰藉してくれはせず、現実の荒々しい残酷な生の、そのしたたかな力によってズタズタに引き裂かれてしまっている。すなわち、散文的市民的現実世界と詩的世界との抗争の中で、詩的世界が市民的現実世界によって引き裂かれてしまっているのだ。つまり、ホフマンの『黄金の壺』の場合とは逆の現象が起きているのである。

もちろん、若きハイネにとっても、ロマンティックな詩的世界は、現実世界から人間性を守る砦であり、果てしない苦悩を鎮めてくれるオアシスの如きものだった。ロマンティックなものは、彼の作品中に、切望されたもの、夢見られたものとして登場している。だが、この詩にも見られるように、ハイネがロマンティックなシンボル、形象、モティーフを用いながらも、もう一方で、それが現実の生においては無力なことも察知していて、それらにもはや何の信頼もおいてはいないという極めてリアルな批評的眼をも合わせもっていたのである。ホフマンの『黄金の壺』においては、現実世界との葛藤をくぐりぬけて、理想の詩的世界がその中に打ち立てられた。そこにはまだ、現実世界では充たされぬものがかなえられる、より高い世界としての詩的世界に希望を託すことができるロマンティックな世界への信頼感が存在していた。だが、ハイネの場合は少し違っていた。


　昔のメルヒェンには黄金の城があった。

　そこではハープが鳴り響き
　麗しい乙女が舞っていた。

　優雅な召使いは輝かんばかり
　ジャスミンとミルテとバラの香りにあふれていた——

　だが、ことば一つで魔法はとかれ、華麗な情景は泡と消えた。

　あとに残ったのは、破片の残滓としわがれ声で鳴く夜啼鳥と泥沼だけ。

　それでぼくもたったひとつのことばで花咲き匂う自然の魔法をといた。[30]（『アルマンゾール』）

ロマンティックなメルヒェンの世界は、ことば一つで無に帰してしまう、はかない存在であるということをハイネはよく承知していた。ロマンティックなシンボル、ロマンティックな詩世界は、現実世界では無力に等しいという認識は、次の詩にも見られる。

太陽の輝きとともに春がくると
蕾が開き花が咲く。
月が照らしはじめると
あとから星が浮かび出る。
詩人が愛らしい二つの瞳を眺めると
心の底から歌が湧き出る。
けれども、歌も星も花も
瞳も月の光も太陽の輝きも
どんなに好ましくても
ただそれだけでは世界は成り立たないのだ。[31]（「実際には」）

ハイネの内部には、ロマンティックなものへの愛着心と相拮抗するように、ロマンティックな詩世界だけでは世界が成り立ちはせず、それは大きな世界の一部にすぎないという意識＝現実思考が存在していた。ロマンティックな詩的ユートピアに、たとえイローニッシュな形ででも幻想をもてなくなったハイネは、夢や理想と現実が乖離した、不調和な状況そのものを表現している。

いとしい人よ、ぼくの胸にさわってごらん。——
ほら、聞こえるだろう、胸の小部屋でどきどきと鳴っているのが。

そこには意地の悪いいやな大工が住みついていて
ぼくの棺桶を作っているんだ。

昼も夜もコツコツトントンハンマーを叩いてるのさ。
おかげでぼくは長いこと眠れやしない。
さあ、いっそのこと急いでおくれ、大工の親方
すぐにぼくが眠れるように![32]（「若き悩み」リート四）

この詩には、内面の願望が表現されているのだが、その生の叫びをストレートに出すのではなく、願望が現実には実現不可能なことをすでに見てとってしまった人間の、屈折した欲求が表現されているのである。内面からの欲求と、それを一段高いところから見据える、透徹した批評精神との緊張関係そのものが詩に描かれている。これは矛盾・葛藤した姿のようにも映るであろう。だが、ロマン主義的精神の真髄を人間精神の内面の追究とみたハイネが、リアルな批評的まなざしで、自己——人間を見つめることによって、人間精神をより深く把握し、追究していこうとした姿のように筆者には映る。ここに、人間精神の内面を重視するドイツ・ロマン派的精神を共有しつつ、それを独自の形に発展させたハイネの近代的意義があると言えるのではないだろうか。

## 2　日常的なことばを詩の世界に

ドイツ・ロマン派は、ポエジーを織りなす言語から、その日常的意味内容を除こうとし、純粋な言語の響きの美を、その極限まで追求しようとした。この傾向は、「詩――響きがよく、美しいことばにみちているだけ――また、いかなる意味も脈絡もない――せいぜい個々の節が理解できるだけ――……[33]」というノヴァーリスのことばに典型的にあらわれている。それは、意味、脈絡を無視する結果、ポエジーがモノローグ的な性格をおびていき、かつまた、現実の日常生活では使われることのない、美しい「詩語」の創出へと連なっていった。

それに対し、ハイネはブルジョア世界への対決という点でロマン派と基盤を同じくしながらも、彼の詩作品にはロマン派のポエジーのような「詩語」も、モノローグ的調子もほとんど見られない。それとは対照的な特徴をもっているのである。

ハイネは、「詩語」とは対照的な、従来の詩世界には縁遠かったような、人々が日常的に使っていることばを詩世界に導入し、よくある出来事をうたった。

Ein Jüngling liebt ein Mädchen,
Die hat einen andern erwählt;
Der andre liebt eine andre,
Und hat sich mit dieser vermählt.

ある若者がひとりの娘を好きになり、
その娘、別の男を選んだが、
その男、別の女を好きになり、
あげくの果てに一緒になった。

Das Mädchen heiratet aus Ärger
Den ersten besten Mann,
Der ihr in den Weg gelaufen;
Der Jüngling ist übel dran.

Es ist eine alte Geschichte,
Doch bleibt sie immer neu;
Und wem sie just passieret,
Dem bricht das Herz entzwei.

あの娘、腹立ちまぎれに
行きずりの知らぬ男と
一緒になった。
そのために、あの若者は病に臥した。

これは昔の話だが、
いつになっても耳新しい。
こんな目に遭ったなら、
だれでも胸がはり裂けるだろう。[34]（「抒情挿曲」三十九）

この詩は、シューマンによって曲がつけられ、『詩人の恋』第十一番目の曲として知られているが、なかなか思い通りにはならない男女の愛の複雑怪奇さ、その痛ましさを、これ以上ないほどのきわめて日常的なことば den ersten besten Mann（行き当たりばったりの、手あたり次第の男）、in den Weg gelaufen（たまたま出会った、行きずりの）で表現しきっている。失恋にかけてはだれにも負けないほどのキャリアがあるハイネの渾身の一作であるが、さらりとした表現であるが故に、読む者には余計その痛みが身につまされる。

次の詩も、きわめて日常的なことばで、民謡詩節によって、現代的な愛の形をうたっている。

Sie liebten sich beide, doch keiner
Wollt es dem andern gestehn;
Sie sahen sich an so feindlich,
Und wollten vor Liebe vergehn.

Sie trennten sich endlich und sahn sich
Nur noch zuweilen im Traum;
Sie waren längst gestorben,
Und wußten es selber kaum.

お互いに愛し合っていたけれど、
告白しようとしなかった。
お互いに敵意をもっていがみ合い、
内心はつのる思いで死にそうだった。

しまいには離ればなれになってしまい、
夢の中でだけ時折逢った。
二人ともとうの昔に死んでいて、
そのことを互いに知りもしなかった。[35]

（「帰郷」三十三）

一連目三行目の Sie sahen sich an so feindlich という表現についてだが、普通は、freundlich という副詞と ansehen という動詞を組み合わせて、「やさしく見つめ合う」というほぼ慣用的な表現として使い、愛し合った者たちに使うことばである。ここでは、freundlich（友好的に、やさしく）と音は類似しているが、意味は対極にある feindlich（敵対的に、敵意のある）という副詞を用いて、内面の感情を発露できぬまま、内につのる想いとは反対に振舞ってしまう人間のありようをくっきりと表現している。夢の中でだけ逢っているうちに、互いに歳をとって死んでしまい、死んだことを互いに知ることはなかった。愛がロマンティックに結実することなく、互いの真意を知ることなくこの世を去るという悲劇的な結末を、ロマンティックとは対極にあるようなリアルな表現で描いている。

このように、平明で、日常的な表現にみちたハイネの詩については、すすんで時流に身を委ね、産業時代に見合った複製技術で詩を作り、精神的に責任のある人なら、本来、詩には使わなかったことばを平気で取り入れたとして批判されることもあった。[36] つまり詩を貶めたというのである。裏を返せば、まさにこれこそハイネの狙い通りだったと言えるのではないだろうか。詩の世界の扉を、芸術王国の密室から広い世界へと開いたからである。

ハイネは、ヴィルヘルム・ミュラー宛の手紙で、「自分の詩は、形式はいくらか民衆的ですが、内容は『因襲的な社会』(konventionelle Gesellschaft) のものなのです」(一八二六年六月七日付) と述べており、また、「自分のうた (Lieder) は近代社会の一種の民謡なのである」[37](『旅の絵』第一部への序文) とも述べているように、近代社会の断面を切り取り、民謡調でうたったのである。同時代を生きたプラーテンが、荘重で技巧的な詩語を紡ぎ出し、擬古的な詩形で詩作したのに対し、ハイネは民謡調で詩作した。ハイネは民謡などの中に「深い自然の響き」があることを見出していた。しかし、ハイネ自身の詩の内容は民謡のような自然さ、素朴さはそれほどなく、かなり技巧的に練ったものになっていると言えよう。

## 3 民衆との接点の模索、語りかけ調

ハイネの初期の文学的理想のもう一つの特質は、「ロマン主義」論の次の文章に示されている。

「キリスト教が、それに続いて騎士道が、どれほど巨大な影響をロマン主義的ポエジーに与えてきたかに気づいた多くの者たちは、現在、ロマン主義の性格を打ち出すために、その二つのものを彼らの文学に混ぜなければならないと思っているのだ。だが、私は信ずる、キリスト教と騎士道はロマン主義に門を開くための手段にすぎないと。…ドイツは今や自由だ。いかなる僧侶ももはやドイツの精神を閉じ込めることはできない。いかなる貴族の支配者も、ドイツ人の身体を夫役にかりたて、鞭打つことはできない。従ってまた、ドイツの詩神も再び自由で潑溂とした、気どらぬ、誠実なドイツの娘であるべきで、やつれゆく尼僧や先祖自慢の令嬢であるべきではない。[38]」

ここには、ドグマに拘束されない精神の自由への渇望がみずみずしく表現されている。これは、「真実」、「人間の権利」などと共に、彼が愛してやまなかった「フランス革命[39]」の精神にみちている。このような反封建的社会政治意識は、キリスト教的中世へのロマン派の志向には組しえない。『ロマン派』の出現をみる十数年前、学生時代にすでにハイネはロマン派の中世カトリック世界への志向を痛烈に批判していたのである。

周知のごとく、イェーナ初期ロマン派は、フランス革命を生み出した社会的政治的理念の広がりの中で成立したのであり、彼らは封建的ドイツの固陋さにプロテストし、フランス革命の共和主義的理念に共鳴し、革命の成功に狂喜していた[40]。だが、革命の進行とともに、また、その結果に彼らは幻滅する。彼らが抱いていた人間精神の絶対的本源的統一という夢は、現実には実現されないと思えた。彼らの内に、ブルジョア社会への嫌悪が生じる。彼らは現実世界に理想郷を見出せず、拠り所を失った後，過去の世界（中世）に、現実では叶えられぬ理想を追い求めて行くことなる。

フリードリヒ・シュレーゲルは、近代文化の分裂、混沌を救うのは、宗教と学術を統合していた中世の偉大なローマ教会のような力に他ならないとして、一八〇八年、カトリックに帰依していった。ノヴァーリスは、ルターの宗教改革が、一個の大きな利害で結びあわされていたヨーロッパ中世の調和したカトリック世界を破壊し、分裂させ、その結果フランス革命までひき起こしたととらえ、悪しき現代を克服する救い手を、中世的共同体とその統轄者であるカトリック教会に求めていく。

「諸民族が自分たちを追い回している妄想に気づき、神聖な音楽に心うたれ、さまざまな族をひとつに交えて、心静かに以前の祭壇に歩み寄り、平和の仕事にとりかかり、香をたいた選ばれた場所で、熱い涙をもって愛の宴を平和の祝祭として催さぬうちは、血がヨーロッパを覆い流れるだろう。宗教だけが再びヨーロッパを目ざめさせ、諸民族を保護し、新たな栄光に包まれたキリスト教徒を、地上で、目に見える形で、かつての調停者の職に就任させることができるのだ。[41]」

F・シュレーゲルとノヴァーリスに共通しているのは、混乱分裂した悪しき現代の克服手段を、全体的調和が確固としていたカトリック的中世共同体に求めていたことである。資本主義が支配する現実を悪と見て、失われた調和的世界、有機的人間関係を希求する限りにおいて、彼らなりの一種の変革的契機がそこには含まれてはいるが、ロマン的なもの、すなわち、共同体を基盤とした統合的・神話的象徴を喪失した後、その補塡を、失われし中世という虚構のヴィジョンに求めたところに、イデアリスティッシュで、現実生活から遊離してしまった彼らの特質が示されていると言えるだろう。

一方、すでに述べたように、ハイネもフランス革命の結果としての、ブルジョアが支配する社会を嫌悪していたという点では、ロマン派と基盤を同じくしていた。しかし、ロマン派のように、現実から離れて中世に悪しき現代を克服する理想を追い求めることはもはやできなかった。

一八一九年に書かれた詩「ドイツ・一断章」には次のような一節がある。

おお恥だ！
祖国を解放したひとびとが困窮し、
神聖な傷跡を
粗末でぼろぼろな服がおおっているなんて！
弱虫めらは絹に身を包み、民族の柱を自称する。
悪党どもは貴金属を持ち
職業軍人は胸張りいばる。[42]

一八一五年、プロイセン軍が、中世ドイツ復活を合いことばに、ワーテルローの戦いでナポレオン軍を倒し、祖国を解放した。だが、それによってもたらされたのは、かつてのよきしきたり、道徳、英雄的精神などではなく、祖国解放のために戦場で戦った者たちが困窮する姿と、上層部がう

まい汁をすっている姿だったのである。中世的ドイツへの夢を今日、そのままの形で再現すること
はもはや不可能であることを彼は悟ったのである。

美しき夢はとっくの昔に消え失せ、
美しき妄想はとっくの昔に破れた。[43]

そして、詩の結末では、過去に夢を追わず、眼前の現実に足を踏まえよと呼びかけている。

かつてのよき時代への夢想を追い払え！
夜ごとの夢の中に退けよ！
我らを拒む時代への
空しい嘆きを呼び起こすな！[44]

このように、ロマン派的な中世への夢は、一八一九年のこの詩において、すでに打ち砕かれてしまっている。
金に支配される現実社会を嫌悪し、だからと言って、ロマン派のような中世的社会にも幻想をもてなくなったハイネは、何に理想を叶える夢を託したのだろうか。——
それは、「ロマン主義」論中の「自由で潑溂とした、気どらぬ」娘ということばに示されている

ように思われる。ハイネの視界には、「きらびやかさを誇示している連中」、「つまらぬどうしようもない奴[45]」の対立像としての民衆が、かなり早い時期から登場している。「ロマン主義」論の「自由で溌溂とした、気どらぬ」娘は、漁師の娘[46]（「帰郷」七、八）、ゲッティンゲンの官僚、衒学者たちの対立像として登場するクラウスタールの坑夫[47]（『ハルツ紀行』）などと同じ系列上にある。

ハイネはこのような、次代を作り上げていく主体となるべき民衆との接点を創作上で見出そうとしていた。

ハイネの作品には、ロマン派的なモノローグ調とは反対に、ダイアローグ調が見られる。一八二一年に書かれた詩「フランクフルトでもくろまれたゲーテの記念碑」は、

「お聞きくだされ、ドイツの旦那様方、奥様方、お嬢様方
予約署名者をお集めなされ、せっせ、せっせ、せっせと！[48]」

というベンケルザング（大道の歌）の呼びこみ口調を取り入れた出だしで始まり、フランクフルトの俗物の狙いを、語りかけるような調子で諷刺している。また、この詩が挿入されている『ベルリン便り』も、全篇が読者に話しかけ、問いかけるような対話調で書かれている。

「二、三歩だけ僕の後について来てください。そうすれば、とても興味深い場所に着きます。僕たちはランゲブリュッケ〔長い橋という意味〕の上に立っているのです。あなたは不審に思われるで

しょう、「でも、これはそんなに長くはないですよね」と。これは皮肉というものなのですよ。[49]」
（『ベルリン便り』第一信）

ここには、従来よりはるかに増大した読者層を意識し、彼らに語りかけようとしていた詩人の姿勢が窺われる。こうしたハイネの志向は一八三一年にフランスに移住した後、フランスの民衆とドイツの民衆の架橋になろうとし、ジャーナリストとして活躍するハイネを生み出す原動力にもなっていると思われる。

ハイネが対話し、接点を持とうとした対象を民衆ということばで表現したが、実はハイネの民衆観は時期によって変化しており、それについて語るのは簡単なことではない。しかし、少なくとも若い時代には、あの皮肉屋のハイネの皮肉の矢が彼らに向けられることはなく、かなりの親密感と期待感をもって接していたことは、次節で取り上げる『ハルツ紀行』でも明らかに認められる。

さて、このような民衆との接点を探ろうとするハイネの志向は、当時にあって、どのような文学上の意義をもっていたのだろうか。

ハイネが詩作を始めた頃のドイツはまだ封建的な小国分立状態にあり、資本主義の発展は非常に遅れていたが、出版状況から見ると、それ以前とは比較にならないほど出版物がふえ、読者層も増大した。当時、読書界の状況には二つの傾向が支配的だった。その一つは芸術王国の文学、もう一つは大量の娯楽本、信仰書、大衆文学、盗賊物語の類だった。第一の芸術王国の文学は少数の読者を対象にしていた。事実、少数の読者しか獲得していなかったのに対し、第二にあげたさまざまな読み物は、第一のものに比べ、はるかに多くの読者を獲得していたが、大衆追随的性格が色濃かった。[50]

　このような状況下で、今や従来のように文学者が民衆と断絶して創作する時代ではなく、文学は次代の担い手である民衆との接点をもち、その精神状況の中に入りこんで民衆に影響を与えるものでなければならないとハイネは感じとっていた。民衆が日々の生活を営んでいる大地から遊離した芸術王国での詩作に根底的な疑問を投げかけ、「芸術時代の終り」[51]を挑発的に宣言するハイネの姿がすでにここに予見されるのである。

# 第Ⅱ章　断章（Fragment）、『ハルツ紀行』研究

## （一）断章（Fragment）について

### （1）ハイネとフリードリヒ・シュレーゲル

Ⅰ章の（一）において、「ロマン主義」論を軸に据え、詩作品を分析したが、その後のハイネの創作活動を見てゆくと、学生時代にしたためた文学論や詩作品よりも、もっと大胆に「文学の革新」を目指して歩をすすめていることがわかる。自分が生きる時代に見合った新しい文学を創出することがハイネの生涯を通じたモットーであったが、その新しい文学を創出しようとする際の有力な礎の一つにしたのが、初期ロマン派の Fragment 論であり、その中でもとりわけフリードリヒ・シュレーゲルの Fragment 論だったのではないかと筆者は考えている。以下、順を追って論じていくことにしたい。

ハイネはドイツ・ロマン派批判をかなり痛烈に行ったことから、往々にして、ドイツ・ロマン派批判の急先鋒と捉えられているが、実は、彼自身ロマン派から吸収したものははかりしれないのだ。

この点については、一定程度研究されてきてはいるが、まだ詳細に検討しつくされたとは言い難い状況にある。こうした状況をふまえ、本書ではI章ですでに詩作品を中心に検討したが、この章では、ドイツ・ロマン派の理論的支柱であったF・シュレーゲルからハイネは何を吸収し、何を批判しつつ自らの文学世界を作りあげていったのかを中心に検討したい。F・シュレーゲルの文学理論は現代文学を先取りした点が種々あり、ハイネの作品も、現代文学の示す特徴を色濃くもっている。本章は、現代文学との関連の中に両者の関係を位置づけようとする試みである。

## （2）Fragment 小史、フリードリヒ・シュレーゲルの Fragment 論

ヴァルター・ベンヤミンは、Moderne（モデルネ、現代）の指標として、Stückwerk, Fragment, torso をあげ、Fragment（断片、断章）に近代的な精神を見出している。[1] つまり、ベンヤミンは、「断片」に積極的な意義を見出しているのであるが、「断片」に積極的な意義を見出したのは何もベンヤミンがはじめてではなかった。周知のごとく、それはドイツ・ロマン派のF・シュレーゲルやノヴァーリスであった。ドイツ・ロマン派が現代文学、および思想に対して果たしたとされる貢献はいくつかあるが、それらの中で、最も注目に値するものの一つとして、世界の断片的な性格を察知したこと、およびそれに対応した表現方法として、「断片」に独自の意味をもたせ、それを独自の芸術形式にしたことがあげられるだろう。

Fragment という語は古くからあったが、十八世紀半ばには、外的な状況や内的な理由で完成する

に至っていない作品を指して言うようになった。たとえば、ディドロの百科全書中の fragment の項目には、次のように記されている。

「文学において、fragment（断片、断章）とは、作者がその作品を完成しなかったにせよ、時間が経ったため、我々に一部分しか残されなかったにせよ、完成することなく終わってしまった作品の一部分のことである。[2]」

作品の完成度を要求する古典主義芸術の規準からすると、fragment は未完成であるが故に欠陥を意味したのである。フランスに限らず、当時のヨーロッパの国々において支配的だったこうした見解に対し、ドイツでは、ハーマン、ヘルダーを先駆者として、Fragment に独自の意味を見出そうとする動きがあった。それは、F・シュレーゲルやノヴァーリスにおいて頂点に達する。F・シュレーゲルは、Fragment に、従来のように、未完成であるが故の欠点、不備を見るのではなく、むしろポジティブな意義を見出し、近代という時代のもつ性格との関連性を見てとっているのである。F・シュレーゲルにとって、Fragment は、自らの哲学的、詩的思想を表現する上で、きわめて重要な、その中核をなすといってもよい表現だった。次の言葉にその思想の精髄を見て取ることができるだろう。

「古代人の多くの作品は Fragment になった。近代人の多くの作品は、成立と同時に Fragment なの

である。[3]」（アテネーウム二十四）

従来、Fragment は、完成に至る途上にある未完成なものとみなされてきたのに対し、近代においては、完成に至る一部分なのではなく、それ自体で固有の存在なのだとしている。この規定そのものによって、Fragment は独自の意味を持つようになった。F・シュレーゲルは、Fragment を全く新しいジャンルだと記している。[4] Fragment は、完成されたもの、全的なものに対置されているのである。

さらにはそれを、「普遍哲学（Universalphilosophie）に固有の形式」だと定義している。[5] F・シュレーゲルによれば、普遍哲学とは、生成と変化の状況のただ中にあるものである。Fragment は、生成と変化のただ中にある普遍哲学に固有の形式だとしているのである。

このような思考の根底には、「世界は未完成である」という見方が強くある。

「世界を完成されたものと考えるなら、我々の行為のすべては無である。世界が未完成であるということを知ったなら、その完成に関与しようという我々の使命は十分ある。それによって、経験には無限の空間が与えられる。世界が完成されてしまっているとしたら、それを知ることしかなくなり、行動する余地はなくなるであろう。[6]」（「哲学講義」第一部）

世界が未完成であるが故にそれを完成させることに関わろうとする、世界に対して人間が主体的に関与しようとする意欲は、きわめて能動的で、アクティブなものである。世界を未完成なものととらえるが故に、Fragmentに大きな意味を見出しているのである。

デレンバッハは、「ノヴァーリスやF・シュレーゲルのフラグメント集の開放性」は、「ヘーゲルの体系的完結性（Geschlossenheit）」に対立するものだと述べている。[7] フラグメントを開放性という視点から見ることは、次にあげるF・シュレーゲルの規定を考える上で、大きな示唆を与えてくれる。

それは、「対話はFragmentの連鎖であるか、あるいは、Fragmentの花環なのである。手紙の交換は大規模な対話である。[8]」という規定である。対話を、Fragmentが連鎖したものととらえ、手紙の交換も、Fragmentが連なった対話ととらえているのである。手紙はロマン派が愛好した文学形式だった。また、十八世紀末から十九世紀前半の時代に多く開かれた文学サロンも、まさに対話で成り立つ世界だった。手紙、文学サロンなどに積極的な意義を見出したF・シュレーゲルの思想は、閉じられた文学の世界を広げ、開かれたものにする上で、少なからぬ影響力をもった。そうした点で、Fragmentを開放性という視点でとらえたデレンバッハの指摘は当たっていると思われる。当時、女性たちが主宰するサロンがいくつも開かれ、その内、ラーエル・レーヴィン（ファルンハーゲン）をはじめいくつかのサロンでは、いろいろな意味で限定的ではあるが、性差、人種を越えた開放的空間が実現していたのである。（なお、ラーエルのサロンについては、第Ⅳ章で詳しく述べる。）

## （3）ハイネとFragment

ハイネは、若い時代の代表的散文作品である『ハルツ紀行』（一八二四年）をFragmentであるとし、また『イギリス断章』（Englische Fragmente 一八二八年）のように、タイトルそのものにFragmentという語を入れてもいる。

ハイネはFragmentを一体どのようなものとしてとらえ、それにどのような意味をこめたのだろうか。ここではそれについて少し考えてみたい。

一八二四年九月、ハルツへの旅をしたのと同じ頃、ハイネは、「世界や人生はあまりに断片的（fragmentarisch）だ」という詩行ではじまる詩（「帰郷」五十八）[9]を書いている。彼の根底には、世界そのものが全体性を失い、断片的になっているという認識があったことを知っておく必要があるだろう。

こうした認識は、その後もしばしば記されており、全体性に対置されたfragmentarisch（断片的）ということばは、『旅の絵』第二部、第三部では、それと似たような内実をもつzerrissen（引き裂かれた）ということばで表現されている。

「ああ、愛する読者よ、あなたがあのZerrissenheit（分裂状態）を嘆くなら、むしろ世界自身が真っ二つに裂けていることを嘆きなされ。なぜなら、詩人の心は世界の中心なので、多分現在は痛ましくzerrissen（引き裂かれて）しまっているにちがいないのです。[10]」（『ルッカの温泉』）

こうした現代に生きる詩人の分裂状態を嘆く一方で、次のように述べている。

「かつて世界は全きものだった。……そして、全的な詩人（ganze Dichter）も存在した。……だが、彼らの Ganzheit（全体性、完全性）を模倣するのは嘘いつわりである。[11]」（『ルッカの温泉』）

自らが生きている現代は、世界自体が全体性を失っているのだから、この時代に全的である、あるいは全的であろうとするのは嘘いつわりなのだとさえ述べているのである。

『旅の絵』のテキストの統一性のなさと断片的な性格については、従来長い間、美学的欠陥と見なされてきた。

『旅の絵』は、当時流行していた旅行文学（Reiseliteratur）の範疇に一応入るのであろうが、旅行ルートが必ずしも作品の年代記的構造の基底にあるわけではない点が特徴といえる。そこでは、旅の過程での体験、見聞した事項をもとに、それに関連した省察、空想、夢などが、とどまるところを知らぬ饒舌さで語られる。時には、エピソード、余談、脱線が延々と続き、どこを旅しているのかわからなくなることもしばしばである。このような書き方は、均整のとれた、調和を至高のものとする古典主義美学の規準で測る場合には、きわめて否定的な評価をされる。たしかに、均斉のとれた、完璧な構成を持つものをよしとする古典的美学の基準からすれば、そうした評価は当然のことと思われる。

だが、まさに欠陥とみなされたそうした点こそ、ハイネの意図するところだったのである。ハイネは一八二五年一月十一日、モーゼス・モーザー宛に、『旅の絵』について、「切れはしを雑然と寄せ集めた作品（Lappenwerk）」だと記している。さらには、翌一八二六年十月十四日付のファルンハーゲンとモーゼス・モーザー宛の手紙には、「『旅の絵』は、あらゆる種類の素材、内容、形式を継ぎはぎし、織り合わせることができるのです」と書いている。ハイネにとって、全体性を失ってしまった自らが生きている時代にふさわしい表現は「Fragment」であり、「Lappen」（切れはし）であった。統一性が欠けているのは、作者ハイネの才能のなさによるものではなく、自らが生きている時代に合った表現を創出しようとしていたことの証だったのである。

ザビーナ・ベッカーは、ハイネが『旅の絵』を、「切れはしを雑然と寄せ集めた作品」だとしていることについて、ジャンルの混交、断片的性格はハイネの作品の実験的な性格を明らかにしているとし、それはロマン主義の Fragment 詩学よりも、二十世紀のアヴァンギャルド運動のモンタージュ的な書き方とより多く関わりがあると述べている。[12] たしかに、『旅の絵』シリーズが時代批判的で、社会的志向が強いことを考えると首肯できる点もあるが、ジャンルの混交、断片ともにシュレーゲルが主張したことでもあり、彼の考え方そのものが二十世紀のアヴァンギャルドに通ずる要素があるのではないだろうか。ハイネはF・シュレーゲルの文学理論を自分なりに消化・加工して自らのものにし、機知に富んだ、諷刺的な色彩の濃い作品を生み出したのである。

また、ハイネは、普通の、従来の意味における旅行記を書こうとしたのではないことも念頭に入れておく必要があるだろう。彼は次のように言い放っているのである。

「この世で、イタリア旅行記を読むことほど退屈なことはありません。――著者はイタリア自身について、できるだけわずかしか語らないことによってのみ、幾分それを我慢しうるようにすることができるだけなのです。[13]」（『ルッカの温泉』第九章）

いかにもハイネらしいへそ曲がり的発言であるが、たしかに、旅の過程で自ら見聞したことをそのまま書くのではなく、それについて連想したことや省察したことを彼は饒舌に書き綴っているのである。

ハイネは、現代をさまざまに諷刺した内容を、伝統的な文学的慣習にまったくとらわれない、生き生きとした文体で軽やかに書いた。ローレンス・スターンの『センチメンタル・ジャーニー』（一七六八年）やワシントン・アーヴィングの『スケッチブック』（一八一九―二〇年）、『旅行者の話』（一八二四年）などの書から、ハイネは主観的な記述法を取り入れて自らのものにした。また、ジャン・パウル、E・T・A・ホフマン、セルヴァンテスなどの作品の影響を受けながら、自らの機知に富んだ文体を編み出したのである。

## (二)『ハルツ紀行』(一八二四年)研究

### (1) ハルツの自然の中での解放感

一八二四年九月から十月にかけて、ハイネはハルツ地方を歩いて旅をした。旅を終えた後、十月二十五日から旅行記を書き始め、十一月末には書き上げた。その旅行記である『ハルツ紀行』(Die Harzreise) は、次のような詩句ではじまっている。

黒い上着、絹の靴下、
白い、優雅なカフス、
穏やかな語り合い、抱擁――
ああ、あの人たちに心がありさえすれば！

胸の中に心があり、心の中に愛が、
あたたかい愛がありさえすれば――
ああ、うそいつわりの恋の苦悩の
その歌がぼくをうんざりさせる。

さあ、山に登ろう。
山には清らかな小屋が建っていて、
心は自由に開かれて、
自由な風が吹いている。

さあ、山に登ろう。
山には樅の木が黒々とそびえ立ち、
小川はざわめき、小鳥は歌い、
堂々たる雲が流れていく。

さようなら、磨き上げた大広間！
口先上手な紳士、淑女たち！
ぼくは山に登り、
笑って君らを見下ろそう。[14]

「黒い上着、絹の靴下、白い、優雅なカフス……」の世界とは、上流社会の邸宅で開かれるサロンだと思われるが、その他にも、これと似たような茶会も想定されていると考えられる。そのような世界で、偽りにみちた恋愛談義に辟易した著者は、ハルツの山への旅に出たのである。幾度も恋をしながら、身分や財産をもたないことも大きく関係してそれを実らせることができなかったハイネにとって、この世界は自己の心を開くことができる場ではなかったのである。その狭い世界を出て、ハルツの自然の中にとび込んだハイネは、自分の心が開かれていくのを感じた。大きな自然の中で身も心も解放され、自由になったかのようだった。

「あらゆる自然のながめは緊張を和らげ、心を落着かせた[15]」のである。

## （2）ゲッティンゲン批評

冒頭の詩の後、『ハルツ紀行』はゲッティンゲンから始まる。まずゲッティンゲン市についての説明から入る。

「ゲッティンゲン市はソーセージと大学によって名高く、ハノーファー王の所領であり、九百九十九の人家、多くの教会と産院、天文台、大学の学生監禁室、図書館、ビールが大変おいしい市役所の地下食堂がある。[16]」

ゲッティンゲンは、一七三七年に創設された、ドイツでも有数の古い歴史を誇る大学の町であるといっても過言ではない。その町の説明を大学から始めるのではなく、何と、ソーセージから始めているのである。また、市役所についても、ビールがうまいことしか書いていない。たしかに、ゲッティンゲンのソーセージは、その歴史を誇り、美味なことで知られており、市役所の地下食堂のビールも自家製で旨いとは言え、大学や市役所よりも食を第一に語ることに、食に対するハイネの関心、思い入れは相当なものであることを感じさせられる。あるいは、それ以上に、食を上位に置くことで世間的に権威ある大学へのハイネの距離感が表現されていると言っていいだろう。

こうした距離感が生まれた背景には、いくつかの事情がからんでいると思われる。

以前、一八二〇年秋にゲッティンゲン大学に入学した時分、「堅苦しい」、「人を見下すような態度」が支配的で、「ものすごく退屈な」ところだと感じたゲッティンゲンの雰囲気や学生の気質[17]、また、ボン大学時代から加わっていたブルシェンシャフト（学生組合）がキリスト教的、国粋主義的傾向を強め、一八二〇年九月のブルシェンシャフト憲章で、ユダヤ人、外国人は加入できなくなったこと[18]、そしてその十月に、ハイネもゲッティンゲン大学のブルシェンシャフトをユダヤ人であるという理由で除名されてしまったことへの反感[19]、さらには、その年の十二月、ある学生に侮辱されたため、決闘を申し入れたことが大学当局に知られ、翌年の一八二一年一月に半年間の停学処分を受け、勉学を中断せざるをえなかったことへの憤懣[20]、また、その後ベルリン大学に入り、特に文学面で得るところが大きかったとはいえ、パンを稼ぐために再びゲッティンゲン大学で法律の勉学を続け、修了しなければならないというプレッシャー、「首までつかって」必死に勉強してはいるものの、文学に比べ、法律の勉強そのものがハイネには義務感でする以外の何物でもなかったことなどである[21]。こうしたことが絡み合って、ゲッティンゲンに対して屈折した思いがあった。その屈折した思いをことばに込めて、喜劇的効果を狙った文章の中にすべりこませているのが見てとれる。

「この町はずいぶん前からあるにちがいない。というのは、五年前、僕がここの大学に入学した後じきに、放校に処せられた時のことを覚えているからだ。あの時、この町は今と同じように、すでに灰色の老獪な外観をしていたし、夜回り、守衛、学位論文、ダンスの催しのあるティーパーティー、洗濯女、概説書、鳩の焼肉、ゲルフ修道会、ドクトルの学位を得る前の訪問馬車、パイプの雁首、宮中顧問官、法律顧問官、退学処分顧問官、道化教授（Profaxen）、その他の道化たちがすでに完全に揃っていたのである。[22]」

ここで、かつて退学処分を受けたことを書き、その時にはすでに、「退学処分顧問官」も「揃っていた」としている。これは、先に引用した文の中の、「大学の学生監禁室」とともに、ハイネにとっては苦い思い出を、名詞を列挙する中、後の方にすべり込ませているのである。

そして、その距離感を最も喜劇的に表現しているのは、最後から二番目に挙げている、教授たちを念頭に置いた当時の学生用語からとり入れたProfaxenという語である。これは、ProfessorとFaxenを結合した語であり、Faxenは、道化が人を笑わせる目的で作るしかめ面を意味している。しかめ面で講義する教授を道化に見立てているのである。従って、ここでは「道化教授」と訳した。

さらに、ハイネはゲッティンゲンの住民を四階級に分けている。

「おおむね、ゲッティンゲンの住民は、学生、教授、俗物、家畜の四つに分けられる。だが、この四つの階級は、厳格には分けられない。家畜階級が最も重要なのである。すべての学生の名前、すべての正教授や不正教授の名前をここに一つ一つ数えあげることは、あまりに冗長すぎるだろう。[23]」

分けている項目が独特で、おかしい。学生、教授、俗物、家畜の四つに分け、この四つの階級の区別は厳格なものではないと言い放つ。そして、「家畜階級が最も重要」だと述べ、大胆不敵な断定を下している。伝統的な秩序意識をひっくり返しているのだ。そして、「正教授、不正教授」という語について言えば、通常は正教授（ordentlich Professor）、助教授（außerordentlich Professor）という構成になっているのだが、ハイネは ordentlich に、否定の意味を持つ接頭辞 un を付けて unordentlich（不正な）とし、不正教授という語を造り出して、皮肉っているのである。

**大学の知のあり方について**

ハイネはヴェーンデ門（ゲッティンゲン市の北側の門）の前で出会った、この町生まれの学童たちの会話を耳にし、次のように記している。

「少年たちのうちの一人が、もう一人に、『テオドールとはもうつきあいたくないよ、あいつはろくでもない奴なんだ、なぜって、昨日、あいつは Mensa の二格をどう言うのか全然知らなかったからさ』と言った。このことばは、些細なことのように聞こえるが、僕はそれを再びここに記さなければならない。否、僕はそれを町のモットーとして、ただちに市門に書かせたいのだ。なぜなら、少年たちは、大人たちの言うことをまねて言うものなのだから。そして、少年たちのことばは、学識深いゲオルギア・アウグスタの、偏狭で無味乾燥な知識蒐集癖を示しているからなのだ。[24]」

ゲオルギア・アウグスタとは、ゲッティンゲン大学の正式な名称である。子供たちは大人たちの考えから影響を受けるものだとして、ハイネはゲッティンゲン大学の無味乾燥な知識蒐集癖（Notizenstolz）を批判しているのである。Notizenstolzとは、知識を収集し、身につけることを至上のこととする考え方を言っているのであろう。この少年たちの話の直前に、引用文を書きつけた白い紙片が一面に生えている花壇の中からいくつか摘み取って、新しい花壇に移植している学識ある先生について書かれた文がある。[25]この先生の研究手法は、これまでさまざまな先人によってなされてきた研究からの引用文をいくつか組み合わせて、自分の研究にするというやり方である。これこそが、少年たちのことばに通ずる知識蒐集自慢を象徴していると考えられる。

これに続けて、ゲッティンゲン大学に対するハイネの批判の矢は、Weisheit（英知）の欠如に向けられている。

「このような大学都市には、人の去来が絶えない。ここには三年毎に新しい学生のジェネレーションが見られる。それは永遠なる人の流れであり、ゼメスターの波が別のゼメスターの波を追いやるのだ。ただ、老教授たちだけは、こうした動きの中にあって、びくともせず、エジプトのピラミッドのごとく安定している。――ただ、この大学のピラミッドには、英知（Weisheit）が全く蔵されていないのだ。[26]」

Weisheit には、賢明、思慮、賢明な判断力などの意味がある。知識の蒐集癖に留まっているとハイネが見なしているゲッティンゲン大学には、思慮深さ、賢明な判断力が欠けていると指摘しているのである。伝統ある、権威ある大学に対する歯に衣着せぬ痛烈な批判である。

## （3）俗物（Philister）批判

一般に、俗物と訳される Philister という存在は、特にロマン派の文学においてはポエジーや芸術家に対置され、有用性、効率のみを重視し、ポエジーにまったく無関心な、それとは相容れない存在として批判の対象とされている。アイヒェンドルフの『のらくら者』（Taugenichts）がその代表例であり、主人公は水車小屋の世界が気にそまず、そこを去って、自由でロマンティックな放浪生活を送る。

ハイネもこのようなロマン派と共通する傾向を色濃く持っているが、日常世界の枠から飛び出して放浪する「のらくら者」とはちがって、日常世界に軸足を置いたまま、果敢に俗物批判を展開しているのである。

特に、ゲッティンゲンの経済を動かしている市民たちに対しては、俗物として、最も鋭い批判の矢を放っている。

「ゲッティンゲンの俗物の数は非常に多いにちがいない。[27]」

「その数は、砂のごとく、あるいは、もっとよく言えば、海辺の汚物のごとくである。[28]」

こうした毒舌はとどまるところを知らない。これに関連して言えば、次のゴスラールで出会った市民について次のように語っている。

「その太ったゴスラールの市民は、つやつやで、でっぷりした、ばか賢い（dummklug）顔をし、家畜の伝染病の発見者のように見えた。[29]」

「彼はまた自然のうちにある合目的性と効用に対して僕に注意を促した。木々が緑色なのは目によいからであると言った。僕はその通りだと言い、神様が牛を造られたのは、肉のスープが人間を強くするからであり、ロバを造られたのは、人間と比べるのにロバが役立つからであり、人間を造られたのは、肉のスープを食べさせて、ロバ〔ロバを意味するドイツ語 Esel には馬鹿という意味もある＝筆者〕でないようにするためであると付け加えた。[30]」

このように、出会った人が知識をひけらかして語ったことの断片をとらえて「僕」は機知にとんだ諷刺的な意味をこめて自分の見解を述べているのである。俗物とは、世間的な名誉や利益しか頭にない人という意味とともに、知識、教養をひけらかし、人よりも知識、教養があるかのように振る舞う人という意味もある。したがって、自然のうちにある合目的性と効用を説くこの人物も俗物に他ならず、ハイネはこうした俗物に対し、皮肉にみちた毒たっぷりの批判の矢を放っているのである。

そして、自然は人間のためにできているのだと主張し、すべてのことを合目的性という尺度で測るこの人物に対し、「僕」は痛烈な皮肉をこめて、たたみかけるように反論していくのである。

**撞着語法**

ここで、ハイネの皮肉をことばの点から見てみよう。先に引用した文の中で、知識をひけらかすゴスラールの市民を形容する語として、dummklug という語を使っている。これはハイネの造語である。dumm（愚かな）と klug（賢い）は相反する意味をもっていて、矛盾する語を組み合わせる撞着語法にあたる。撞着語法は対義結合とも言われ、ギリシア語を語源とするオクシモロンとも言われる。相矛盾した語、特に反対の意味を持つ語を結合させて新たな意味を生み出すレトリックである。刺激的で意表をつくような表現であり、皮肉や当てこすりのために使われることもある。

撞着語法的表現はハイネの得意技の一つであり、ここでは、対象に対して思い切り皮肉をこめて使っているのである。

ミハイル・バフチンは、その著『フランソワ・ラブレーの作品と中世ルネサンスの民衆文化』の増補・改訂版の中に、「ハイネの詩における撞着語法的な語結合（同一領域、ふたつの領域での）の役割[31]」というメモらしきものを記している。それについてバフチンが大いなる関心を抱いていたことは疑いないのだが、それ以上具体的な論は展開していない。ただし、『アッタ・トロル』の最終章の詩行を引用して、次のような注を付けている。

『アッタ・トロル』〔第二十七章〕の次に引く数行は、ハイネがアンビヴァレンスをいかに認識していたかを示す好例である。

「気違いが才人の振舞いをする！
知恵が狂気となる！
臨終の溜息が突然
大笑いに変わる！[32]」

こうしたバフチンの着眼は大変興味深く思われる。なぜなら、こうしたハイネの撞着語法的表現は、彼の作品における「対立」的要素の共存という特徴を示す一例ではないかと思われるからである。

## （4）自然の中で暮らす人々への共感

作者は、ゴスラールで出会った、dummklug な人物とともにしばらく歩く。

「彼が僕と並んで歩いている間ずっと、自然はいわば魔力を失っていた。だが、彼がいなくなるや否や、木々は話しはじめ、日光は鳴り響き、牧場の花々は踊り、青空は緑の大地を抱擁した。[33]」

つまり、自然は人間のためにできているのだと主張してはばからない人物を自然は拒否し、沈黙してしまったとハイネはとらえているのである。こういう人間に対し、自然の中で自然と対話ができる少年が対置されている。

ハルツへの旅の途中で出会った、病気の叔父さんのために森で柴を探していた少年は、

「よく知った人のように木々にあいさつし、木々たちはそれに答えてざわざわと音を立てているように見えた。少年は口笛でまひわのようにさえずり、あたりの鳥たちがそれに答えてさえずった。[34]」

ハルツへの旅の途中で、「僕」はこの木々や鳥たちと対話ができるかのような少年をはじめ、暗く寂しい坑内で一日中働き続ける、正直で誠実なクラウスタールの鉱夫たち、素朴に魔物の存在を

信じる、ゴスラールの近くに住んでいる鉱夫の兄弟の娘などに出会う。

このような、自然の中で、素朴に誠実に生きている人々に対して、ハイネは共感を示していて、前項で述べた俗物たちに対置しているのである。このような人々は、前に述べた「ロマン主義」論に出てくる「自由で潑溂としたきどらぬ娘[35]」、サロンの女性に対置された漁師の娘[36]（「帰郷」七、八）などと同じ系列上にあると言えるだろう。彼らに対しては、毒がこめられたハイネの諷刺の矢はまったく放たれてはいない。

ここに見られる俗物的市民対自然という構図はロマン派に共通するものであるとともに、この辺りの自然観には、ルソーの影響が強く感じられもする。

## （5）文章作法（Schreibweise）について

ハイネは『ハルツ紀行』について、「自然描写とウィット（Witz）と詩とワシントン・アーヴィング流の観察の混合物なのだ」と述べている（一八二五年三月四日　ルートヴィヒ・ローベルト宛）が、『ハルツ紀行』には、自然を描写した箇所がいくつもあり、なかなか魅力的な文章になっている。すばらしい天気に恵まれて、森を通り、山々や木々を見ながら、楽しい気分で歩いている場面を見てみよう。

「僕は丘や山を登り、太陽が霧を払いのけようとしている様を観察し、寒さに震えている森を通って楽しい気分で歩いた。僕の夢見ごこちの頭の周辺で、ゴスラールの釣鐘草が鳴っていた。山々は白いナイトガウンをまとっていた。樅の木々は身を揺すって眠りから身を起し、すがすがしい朝の風が、樅の木々のたれかかっている緑の髪を整えていた。小鳥たちは祈禱をささげ、谷の牧場はダイアモンドが散りばめられた黄金の敷物のようにきらきら光っていた。牧人は、鈴を鳴らしている家畜の群とともに、その上を歩いていた。[37]」

ここでは、自然の情景が客観的に描写されているのではない。自然の中にある生命力が擬人化されて表現されているのである。山々や木々、風、小鳥など、自然界のものがみな、自らの生命を持ったものとして表現されている。普通は人間の感覚や動作を表わすのに使う動詞が、ここでは、自然界のものの動作として使われていることが注目される。たとえば、schauern（寒さに震える）森、朝の風が樅の木々の緑の髪を frisieren（整える）など。さらには、山々が ihren weißen Nachtmänteln（白いナイトガウン）をまとっていたという表現も独特な擬人法である。ハイネの言う「自然描写」と「詩」に満ちた場面である。

自然描写の場面をもう一例見てみよう。ゴスラールの宿で月を眺めている場面である。

「美しい夕べだった。夜は黒い馬にまたがって走り、長いたてがみは風にひらめいていた。僕は窓辺に立ち、月をながめた。本当に月には人がいるのだろうか。スラブ人によれば、それはクロータルという名の男で、水を注いで月が満ちるようにしているのだという。僕が小さかった頃、月は果物なのだということを聞かされた、それが熟すと、神様によって摘みとられ、他の満月がいくつも入っている大きな戸棚の中に入れられるのだと。[38]」

ここでも、自然の情景が客観的に描写されているのではなく、自然の中にある生命力が生き生きと表出されている。そして、自然の情景によって呼び起された記憶や連想が書き連ねられていることにも着目したい。

次の箇所も、一つの出来事と、それに関する記憶、エピソードが書き連ねられている。ウィットに富んだ書きぶりが注目される。

「ゴスラールで過したあの夜、きわめて奇妙なことが起きた。そのことを思い出す時、今でもなお、不安に駆られてしまうのだ。僕は生まれつき不安症なわけではない。……しかし、『オーストリアの監視者』〔政府側の新聞名＝筆者〕が幽霊をこわがるのとほとんど同じ位に、僕は幽霊がこわいのだ。恐怖とは何か？　それは理性から生じるのだろうか、あるいは感情から生じるのだろうか？　僕は長いことベルリンのカフェ・ロワイヤルで昼食をとっていたのだが、そこで偶然出会ったザウル・アッシャー博士と、この問題についてしばしば議論した。彼はいつも次のように主張していた。我々は理性の推理によって、あるものを恐ろしいと認識するが故に、それを恐れるのだ。理性だけが力であり、感情は力ではないのだと。

僕がたっぷりと食べ、たっぷりと飲んでいる間、アッシャー博士は絶え間なく理性のすぐれた点を僕に説明した。その説明が終る頃、たいてい時計を見て、いつも、『理性は最高の原理なのです！』ということばで話を終えた。理性！　僕はこのことばを聞くたびに、抽象的な脚をして、窮屈な、先験的灰色のフロックコートを着た、幾何の教科書に銅版画として出てくるような、無愛想な、凍りつくほど冷ややかな顔をしたザウル・アッシャー博士の姿が今でも目に浮かぶのだ。[39]」

この文は、奇妙な出来事をきっかけに、恐怖という語から思い出される、理性の人アッシャー博士の主張と口癖などを書くことによって、アッシャー博士（Saul Ascher 一七六七―一八二二）という実在の人物を浮き彫りにしている。一つの事柄と、それに関する記憶やエピソードなどを、ウィットを交えておもしろおかしく書き連ねているのである。ここでは特に、カントの信奉者であるアッシャー博士に対し、カント哲学の用語を使って皮肉っているところがハイネの面目躍如といった感がある。たとえば「先験的な（transzendental）灰色のフロックコート」など。

そして、こうしたベルリンのカフェでのアッシャー博士の思い出を綴った後、ここでは、まだ語られていない冒頭の「きわめて奇妙なこと」の正体が次のように明かされてゆく。

「深い死のような静けさが家全体を覆っていた時、突然僕の部屋の前の廊下を、おぼつかない老人の足取りのように、よろよろと足を引き摺って歩く音が聞こえたように思った。すると、僕の部屋のドアが開いて、死んだザウル・アッシャー博士がゆっくりと入ってきた。悪寒が背筋を走り、僕はぶるぶる震え、幽霊をまともに見る勇気はなかった。彼は以前と同じ様子だった。同じ先験的灰色のフロックコート、同じ抽象的な脚、そして同じ数学的な顔をしていた。ただ、顔が前よりもいくらか黄色くなり、口も、以前は二二・五度の角を二つ作っていたのがきゅっと堅く結ばれ、目が少し大きくなっていた。よろけながら、そして前と同じようにスペインの籐の杖をついて僕に近寄ってきて、いつもの口の重い訛りのある調子で、愛想よく話しかけてきた。『怖がらないでください。私が幽霊だなどと思わないでください。私が幽霊に見えると思われるなら、それはあなたの想像力による錯覚です。幽霊とは何なのですか。定義してくれますか。幽霊が可能である条件を演繹してくれますか。そのような現象が理性とどのような合理的関係があるのでしょうか。理性は、いいですか、理性はですね……』というように、幽霊は理性の分析をし始め、カントの『純粋理性批判』第二部門、第一部、第二編、第三章「現象と本体との区別」という箇所を引用した後、疑わしい幽霊信仰の概念的構成を明らかにし、三段論法に三段論法を積み重ねて、幽霊というものは全く存在しないのだということを論理的に証明したのである。」[40]

幽霊の出現を描いた箇所は、ホフマンを思わせる。この「幽霊」の正体である純粋理性を説くアッシャー博士は、生きている時から「抽象的な脚」をしていたとハイネは先の引用文の中に書いている。つまり、籐の杖の力を借りなければ歩行もままならないような脚なのである。そして、死後、自分が「幽霊」として出現しているにもかかわらず、幽霊の出現は不可能であることを延々と証明してみせるのである。こうした、存在の矛盾を体現した存在についての、哲学用語を織り交ぜながらのウィットに富んだ話の展開はハイネの独壇場である。

ここに見られるような、ある事柄の断片によって呼び起された記憶や夢について書き連ねたり、出会った人との会話の断片をとらえて、自分の考えを機知と皮肉をこめた表現で披瀝したりする書き方は、『ハルツ紀行』だけではなく、『旅の絵』シリーズを貫く特徴である。統一した筋はないが、その文章はウィットに富み、諧謔にみちている。『ハルツ紀行』は、作者ハイネのことば通り、「断片であり、断片のままで」[41]、話の終り、結末らしきものはない。

このような書き方は、古典的美学の規準では完結した芸術作品とはみなされない。この作品を書いたのは、ハルツの旅を終えた後、ワイマルに行き、ゲーテを訪問した後である。ゲーテに会った時に感じた貴族的な雰囲気に反発し、新しい時代に見合った新しい文学を創り出そうと決意し、試行錯誤を続けていた頃である。従来の文学のような統一した筋、完結した芸術作品を意識的に避け、敢えて断片的なものにしていたのではないかと考えられる。［これについては、本章の（一）断章についての（3）ハイネとFragmentの項でも述べているので、参照していただきたい。］

ともあれ、かなり挑発的な表現にみちていると思われるこの『ハルツ紀行』は評判をよび、ハイネの名が広く世に知れることとなった。

# 第Ⅲ章　諷刺の手法

ハイネの本領は、他に類をみない痛烈な諷刺にあると筆者は考えている。この章では、ハイネの諷刺の手法について検討していきたい。

## （一）韻の攪乱

### 「美的」茶会への諷刺

ハイネは一八二一年から二三年にかけてベルリンに滞在した。そこにはさまざまなレベルの集まりがあることを知り、それに出入りするようになる。ペートラ・ヴィルヘルミー・ドリンガーによれば、一八一五年から三〇年にかけて、ベルリンにはラーエル・ファルンハーゲンのサロンをはじめとして、十二の重要なサロンが存在した。その他、「美的」茶会は過度なまでに流行していたという。[1] ある時の「美的」茶会の様子をハイネは次のような詩にしている。

Sie saßen und tranken am Teetisch,　　　　テーブルに彼らは座り紅茶を飲み、

Und sprachen von Liebe viel.
Die Herren die waren ästhetisch,
Die Damen von zartem Gefühl.

愛についてさまざまに語った。
紳士たちは美学的、
淑女たちは繊細な感情の持主だった。

Die Liebe muß sein platonisch,
Der dürre Hofrat sprach.
Die Hofrätin lächelt ironisch,
Und dennoch seufzet sie : Ach!

愛はプラトニックでなければならない、
やせた顧問官が語った。
顧問官夫人は皮肉な微笑を浮べた、
それでも、「まあ」とため息をついた。

Der Domherr öffnet den Mund weit:
Die Liebe sei nicht zu roh,
Sie schadet sonst der Gesundheit.
Das Fräulein lispelt: Wie so?

大司教は口を大きく開けて言った、
愛は粗野でありすぎてはならない、
さもないと健康によくない。
令嬢はつぶやいた、「なぜですの？」

Die Gräfin spricht wehmütig:
Die Liebe ist eine Passion!
Und präsentieret gütig
Die Tasse dem Herren Baron.

伯爵夫人は悲哀をこめて語った、
愛は情熱ですわ！
そしてやさしく男爵に
紅茶のカップを差し出した。

Am Tische war noch ein Plätzchen;
Mein Liebchen, da hast du gefehlt.
Du hättest so hübsch, mein Schätzchen,
Von deiner Liebe erzählt.

テーブルにはまだ一つ席が空いていた、
愛する人よ、おまえが欠けているのだ。
恋人よ、おまえだったらとてもみごとに
愛について語っていただろうに。[2]
（「抒情挿曲」五〇）

この詩は、政府高官、聖職者などが集う茶会の一場面を切り取り、愛について語り合っている参加者の会話を、さながら一篇のドラマのように、醒めた視線で写し取っている。

四行詩節のVolksliedstrophe（民謡詩節）の形になっているが、これは、ロマン派の詩人たちが好んで使ったものである。ハイネの『歌の本』でも多数がこの形になっている。この詩はきちんと脚韻（abab）を踏んでいるのだが、その脚韻がふつうではないのである。

一般的に、よい韻というのは、Herz（心）とSchmerz（痛み）のように、音と思想的関連を有するものとされているのだが、この詩ではそれが破壊されているのだ。

たとえば、第一連一行目のTeetischと三行目のästhetischは韻を踏んでいるのだが、お茶の「テーブル」と「美的」の「的」に当たる形容詞の語尾のtischの部分が脚韻になっていて、具体的な物体と、形容詞の語尾の「的」にあたる部分のコントラストが皮肉なおかしさを引き起こしている。

第二連一行目のplatonisch（プラトニックな）と三行目のironisch（皮肉な）も脚韻を踏んではいる

のだが、思想的な関連性はない。二つのことばの意味内容の対比により、ここでも読む者に皮肉なおかしみを感じさせる。第三連一行目の（den Mund) weit（口を大きく）と三行目の Gesundheit（健康）の脚音もまったく関連性がない。第四連二行目の Passion（情熱）と四行目の Baron（男爵）の脚音も同様に関連性がなく、いずれもおかしみを感じさせる脚韻になっている。このような脚韻が使われていることを見るだけでも、この茶会に対する作者ハイネの皮肉な、諷刺的な視線を感じとることができる。

ちなみに、ハイネはこのようなお茶会への参加を苦行ととらえていたようだ。カール・インマーマン宛に次のような手紙を書き送っている。

「出版社探しは作家の受難のはじまりです。そして出版社の嘲りの後には、お茶会の集まりの鞭打ちが続くのです。」（一八二三年一月一四日）

## （二）幻想破壊

### 時事詩における幻想破壊

I章において、ハイネの詩の特徴の一つとして、結末での幻想破壊について述べたが、幻想破壊の手法は、後の一八四〇年代の時事詩ではさらに研ぎ澄まされ、時代に果敢に切り込むハイネならではの創作手法となっている。時事詩では特に、登場する人物に心中などを語らせる配役詩（Rollengedicht）と呼ばれる形を好んで使っている。ここでは、①独白（モノローグ）劇風の詩、②対話劇風の詩を取り上げ、検討していきたい。

## （1）独白（モノローグ）劇風の詩――心中の吐露により、仮面をはぐ

### 1「新アレキサンダー」（Der neue Alexander）

この詩のⅠ、Ⅱは「フォアヴェルツ（Vorwärts）」紙一八四四年六月十五日号、Ⅲは七月十三日号に掲載された。

詩の冒頭部は、ゲーテの『ファウスト』第一部にも登場する有名な詩「トゥーレの王」（Der König in Thule）のパロディーとなっている。次に、両方の詩を引用し、比較してみよう。

| ゲーテ「トゥーレの王」 | ハイネ「新アレキサンダー」 |
|---|---|
| Es war ein König in Thule, | Es ist ein König in Thule, der trinkt |
| Gar treu bis an das Grab, | Champagner, es geht ihm nichts drüber; |
| Dem sterbend seine Buhle | Und wenn er seinen Champagner trinkt, |
| Einen goldnen Becher gab. | Dann gehen die Augen ihm über. |

Es ging ihm nichts darüber,
Er leerte ihn jeden Schmaus;
Die Augen gingen ihm über,
So oft er trank daraus[3].

昔トゥーレに王ありき
王は変らぬ愛を貫けり
その恋人は死に臨みて
黄金の盃手渡しぬ

この盃を王は何よりも愛《め》で
饗宴《うたげ》のたびに飲みほしぬ
盃を傾けるたびに王の
目より涙ぞあふれける

Die Ritter sitzen um ihn her,
Die ganze historische Schule;
Ihm aber wird die Zunge schwer,
Es lallt der König von Thule[4]:

トゥーレに一人の王がいて　彼は
シャンパン飲んでいる　王はこれを何より愛し
シャンパンを飲むたび
目から涙があふれ出る

歴史学派の先生方が
騎士然と王のまわりに侍りおる
だが王の呂律はまわらず
その舌がもつれたままに語り出す

ゲーテの詩が、Es war ein König in Thule（「昔トゥーレに王ありき」）と、過去時称で昔話として語られているのに対し、ハイネのこの詩は、Es ist ein König in Thule（「トゥーレに一人の王がいる」と、現在時称になっており、当時の読者は、現在という時を意識させられ、それが何を意味しているかも容易に理解できたであろう。この詩が作られたのは一八四四年だが、当時のプロイセン王はフリードリヒ・ヴィルヘルム四世だった。この王こそが、現在時称で語られている王なのである。

フリードリヒ・ヴィルヘルム四世は、一八四〇年に即位するとすぐに自由主義的政策を実行し、それまでの抑圧的な復古政治に変化をもたらしてくれるのではないかという期待を抱かせた。一八三五年の連邦決議によって、執筆禁止の処分を受けていた「若きドイツ」と名指しされた面々も、その措置を条件付きながら解除された。（ただし、国外に居住する者は対象からはずされた。従って、パリ在住のハイネは執筆禁止措置を解除されなかったのである。）フリードリヒ・ヴィルヘルム四世への期待は非常に大きかった。それに対しハイネは、王は見かけ上はリベラルだが、その裏には復古主義的な傾向を潜めていると見ていた。この詩では、国民の間に広がっている王への期待を幻想であるととらえ、王の正体を暴こうとしているのである。

ゲーテの詩では、二連目一行目で、恋人が死に臨んで王に黄金の盃を手渡し、Es ging ihm nichts darüber（王にはこの盃に優るものはなかった＝この盃を王は何よりも愛で）となっていて、王の treue Liebe（変らぬ愛）を語っている。それに対し、ハイネの詩では、「王はシャンパンを飲む」の後、一連目二行目に、ゲーテの詩行をそのまま現在時称にした詩行 es geht ihm nichts drüber. が続く。しかし、その意味は「王にはシャンパンに優るものはない＝王はシャンパンを何より愛し」となっており、「変らぬ愛」という精神的な次元のものを物質的な次元のものに転じることによって、精神性とは対極にある酒好きでアルコール依存症の王の姿があぶり出されているのである。そして、トゥーレの王の目から涙が溢れ出るのは、恋人から贈られた金の盃を傾ける時だが、新アレキサンダーの目から涙が溢れ出るのは、シャンパンを飲む時なのだ。

シャンパンで酔った王の舌はもつれ、呂律がまわらぬまま語り出す。まさに、独白劇での心中の吐露といったシーンである。

「アレキサンダー、ギリシアの英雄は
そのわずかな軍勢で
全世界を征服し、
その後酒をがぶ飲みした。

戦《いくさ》が続いて
のどが渇き、
勝利の後に酒を飲みすぎ死んでしまった。
彼は酒が強くはなかったのだ。

だがわしは、もっと強い男で、
もっと賢い。
王が終ったところから、わしははじめた、

飲酒をはじめたのだ。

酔って進軍したならば、
はるかにうまくいくだろう。
そしたらわしは杯を重ねてふらつきつつも、
全世界を征服するだろう。[5]」

自らをアレキサンダー王と比べ、自分はアレキサンダー王より「もっと強い」と言っているが、それは主に、アルコールのことなのだ。こうしたずらし、茶化しは、ハイネの得意技である。また、シャンパンはフランスのシャンパーニュ地方で生産される発泡性の高級ワインで、宮廷での儀式にも使われ、ナポレオンも遠征前には必ず飲んだといわれるほどのものである。それ故、「王はシャンパンを飲んでいる、王はこれ（シャンパン）を何より愛し」という詩行で、王の高級志向とフランス制覇への野望とが象徴されていると考えられる。それは次に引用するこの詩のⅡで語られていることからも想像できるだろう。

Ⅱ

そこに彼は座り、しゃべる、呂律のまわらぬ舌で。

新アレキサンダーが
世界制覇の計画を
事細かく説明する。

「アルザスとロートリンゲン、これはずっと前から知っておる。
それは自ずとわしらの手に入る。
雄馬は最後には雌馬について行くものじゃ。
子牛は雌牛について行くものじゃ。

シャンパーニュがわしを誘う。
わしらの頭脳を明晰にし、
わしらの生活を甘美なものにしてくれる
あの葡萄が芽吹く一等地が。

ここでわしの戦意を見せてやろう。
さあ進軍を始めよう。
シャンパンの栓を抜き、白い泡が
瓶からほとばしり出る。

ここでわしの若い英雄的精神が
泡立って星にまで届くだろう！
だが、わしは名声を追い求め
パリまで進軍するつもりじゃ。[6]」

一八四〇年、「ライン危機」と言われるフランスとドイツの間の外交的危機が始まった。その背景には、当時、オスマン・トルコとエジプトの間で衝突が起こり、オスマン・トルコを支援するイギリス、ロシア、プロイセン、オーストリアの四国同盟と、エジプトを支援するフランスが対立する事態になったことがあげられる。この対立構図は、ウィーン会議を想起させ、フランスの世論は一八一五年の復讐とばかりに、ライン左岸を取り戻せという声が高まっていった。それに反撥して、ドイツでは、反フランスのナショナリズムが高まり、ニコラウス・ベッカーの「ラインの歌」、ホフマン・フォン・ファラースレーベンの「ラインの護り」などの詩に曲を付けた愛国歌がうたわれた。[7]この詩では、ナショナリズムの高まりとともに、アルザス・ロレーヌ（ドイツ語ではロートリンゲン）奪還をはじめとして、シャンパーニュ地方、パリへとフランス制覇の夢をつのらせていく王という設定にしている。

このように、ハイネは、ゲーテの詩の treue Liebe（変らぬ愛）の精神的世界を、酒（シャンパン）ぴたりの王がシャンパンの産地であるシャンパーニュ地方が自分を誘っているのだとして、アルコールが入った勢いで勇ましく隣国フランスを手始めとする世界制覇への夢を語る世界へと詩の舞台を転換させているのである。

諷刺の方法は、詩人自身の口から発せられた直接的な攻撃ではなく、登場人物（ここでは、フリードリヒ・ヴィルヘルム四世とおぼしき王）の口から言わせるというものである。いわゆる配役詩(Rollengedicht）によるものであり、このような手法をハイネは時事詩において好んで使っている。「ルートヴィヒ王讃歌」、「中国の皇帝」なども同じような手法によっている。

次に、「中国の皇帝」を見ていこう。

## 2 「中国の皇帝」（Der Kaiser von China）

この詩は、はじめ、「フォアヴェルツ」紙に掲載され、その後『新詩集』中の「時事詩」（一八四四年）の十七番目に収められたものである。

余が焼酎を飲むと、
たちまち中国全土に花が咲く。

…………

兵士のライ麦パンは
アーモンド菓子となる。――おお、愉快じゃ！
余の国のルンペンはみな、ビロードや絹の服を着て散歩する。

……………
革命精神は消え、
満州の廷臣たちは叫んでおる、
「わたくしどもは憲法などほしくはありません。
わたくしどもは棍棒や革の鞭がほしいのです。」

医神アスクレーピオスの弟子たちは
余に酒をやめるよう忠告した。
だが、国家の福利のためにも、
余は焼酎を飲み続けるのじゃ。[8]

この詩も、プロイセン王フリードリヒ・ヴィルヘルム四世を念頭に書いたと言われる。舞台は中国である。中国は、フランス啓蒙主義以来、絶対主義と圧政と宗教支配の一般的な符号となっていた。[9]「余」と言っているのは中国の皇帝であるが、フリードリヒ・ヴィルヘルム四世のイメージをダブらせている。現存の人物を、過去の人間に置き換える歴史的異化と言いうる手法は、ハイネがよく使った諷刺の方法である。

この詩でも、プロイセン王に重ねられている皇帝は酒を飲んでいる。フリードリヒ・ヴィルヘルム四世は酒好きで知られていた。

「余」が焼酎を飲むと、ルンペンがあふれた現実世界がたちどころに消え、アーモンド菓子やビロードや絹の服を着た人々があふれた幻想の世界が現れる。幻想の世界の方が豊かで、国民も幸せな上、従順で、「憲法を制定せよ」などと要求することもなく、「棍棒や皮の鞭」、つまり圧政を望んでいるのだから、王は焼酎を飲み続けなければならないのだ。

フリードリヒ・ヴィルヘルム四世のアルコール依存症、見かけ上のリベラルな態度の裏に隠された復古主義的な本質が諷刺の的になっていて、歴史的異化の手法により、諷刺の効果が倍増しているのである。

前述したように、フリードリヒ・ヴィルヘルム四世は、リベラルな王として、かつての反政府派が大きな期待を寄せていた。そうした中で、ハイネはそのような期待は幻想であるとして、「中国の皇帝」や「ルートヴィヒ王讃歌」を書いたのである。

### 3 「田舎町の恐怖時代の思い出」(Erinnerung aus Krähwinkels Schreckenstagen)

この詩は、『最後の詩集』(一八五三年―五四年の詩集)に収められたものである。

布告の形をとっているこの詩は、布告そのものに語らせるという点で、一種の配役詩とも言いうるものになっている。

われわれ市長と市政府は
忠実なる市民のすべての階級に

次のように布告する。

「わが市に反逆の精神の種を蒔いたのは、
たいていは外国人、よそ者だ。
ありがたや！　市民には
そのような罪人はほとんどいない。

これらの者はたいていは無神論者で、
神から離れる者は
やがてわれわれ地上の当局にも
背くことになるだろう。

政府に従うことが
ユダヤ人およびキリスト教徒にとって、第一の義務。
キリスト教徒およびユダヤ人よ、暗くなったら直ちに
どちらも店を閉めること。

三人集まっているところでは

解散しなければならない。
何びとも、夜間に灯りを持たずに
街頭に姿を現してはならない。

いずれの者もその武器を
ギルド会館に引き渡せ、
いかなる種類の弾薬も
同所に預けよ。

街頭で不平不満を言う者は
即座に銃殺刑に処される。
不平不満の態度を示す者も
同様に厳しく罰せられる。

慈しみ深くきわめて賢明な処置により
敬虔に愛を持って国を守る
汝らの市政府を信頼せよ、
汝らはつねに黙っているがよい。[10]」

ハイネが出版社のカンペに送ったこの詩の原稿には、次のような注が含まれていた。

「冒頭の詩行が場所的に特定できてしまうと思われるなら、次のような詩行を代わりに置くことができるでしょう。

『田舎町の人々よ、私たちの議会は』等々。[11]」

タイトルにある Krähwinkel とは、偏狭な小都市（田舎町）のことを指し、コッツェブーの喜劇「ドイツの小都市住民（田舎者）」（一八〇二年）の中に出てくる町の名で、その後慣用的に、偏狭な田舎町を意味するようになったものである。

一八四八年の革命後の復古時代のハンブルク市を念頭において書かれたと言われるこの詩は、布告そのものに語らせる形をとっているが故に、復古時代の弾圧の仕方、その実態が、事実に即して明らかになっている。「わが市に反逆の精神の種を蒔いたのは、たいていは外国人、よそ者だ」、「街頭で不平不満を言う者」、「不平不満の態度を示す者」は厳しく罰せられるなどの詩行を読んでいくと、この詩は、あたかも第三帝国について書かれたかのように思われてくる。また、ここに見られる異なった見解を持つ者、お上の言うことに従わぬ者を排除する傾向は、この詩が書かれてから百六十年余り経っているにも関わらず、まるで現在のことかと思われるような内容で、現代に生きている我々にも、非常にアクチュアルな響きを持って迫ってくる。

## （2）対話劇風の詩――問答形式により、幻想をあばく

### 「夜警君のパリ到着に際して」（Bei des Nachtwächters Ankunft zu Paris）

この詩は、「時事詩」の六番目に収められている。詩のタイトルにある夜警君とは、詩集『コスモポリタンの夜警の歌』を出したフランツ・ディンゲルシュテット（Franz Dingelstedt 一八一四―一八八一年）の詩集のタイトルからとったものである。。一八四一年十月、詩集『コスモポリタンの夜警の歌』を匿名でホフマン・ウント・カンペ書店から出版して喝采を博した革命的政治詩人ディンゲルシュテットは、その年の十一月、パリでハイネと交流した。ハイネは彼との会話をもとにして、この詩を書いたのである。ハイネの問にディンゲルシュテットが答えるという形式にしており、ディンゲルシュテットのことばそのものを読者に提示している。

「長い進歩の脚をもった夜警君、
そんなにあわてて走ってくるなんて！
郷里のわたしの愛する人たちはどんな具合なのか。
故国はもう解放されたのか。」

「すばらしい状況です。静かな幸福が

道徳的に監視された家には広がっています。
穏やかに、確実に、温和なやり方で、
ドイツは内から発展しています。

自由が外面生活を動かしているフランスのように
表面的ではなく栄えています。
ドイツ男児は心情の奥深くに
自由を持っているのです。

…………

憲法や自由の法律は
我らに約束されています。我らは発言権を持つのです。
国王のことば、それは宝です。
ラインの奥深くのニーベルンゲンの宝のような。

…………

春はたけなわ、えんどう豆のさやがはじけ、
我らは大自然の中で自由に呼吸しているのです!
そして、すべての出版が禁止されれば、
結局は検閲もひとりでに消滅してしまうのです。[12]」

「夜警君」は、ドイツは「自由」だと語っている。新しい国王のもと、一八一九年のカールスバート決議以来、厳格をきわめた検閲は大幅に緩和され、所轄の警察署に見本を一部提出するだけで、基本的に検閲なしに出版できるようになり、国王は非常にリベラルであると受け止められていた。だが、本当にそうなのだろうかと、ハイネは問題を投げかけているのである。

二節目で、ドイツの現状を、「すばらしい状況です」と夜警君が言った後、ドイツでは「静かな幸福が／道徳的に監視された家には広がっています。／穏やかに、確実に、温和なやり方で」内から発展しているという詩行が続いている。これは、次の節にあるフランスと対比されているのである。「自由が外面生活を動かしているフランス」とは、フランスでは、政治的な意味での自由が軸となって社会生活が展開されているということであろう。それと比べてドイツの自由は内なるものであり、「ドイツ男児は心情の奥深くに　自由をもっている」のである。これらの詩行には皮肉がたっぷりと込められている。つまり、ドイツの自由はあくまでも「心情の奥深くにもっている」内なるものであって、政治的な自由ではないと言っているのである。「ドイツ男児」、「心情」などの語で、伝統的なドイツ的価値観を表現し、フランス的な価値観と対比させていることにも注意すべ

きであろう。

また、引用した次の節では、「憲法や自由の法律は我らに約束されています。我らは発言権を持つのです」と「夜警君」は満足げに語っている。しかし、実際には、先代のフリードリヒ・ヴィルヘルム三世の時代からの憲法制定の約束を実現しようとしなかったのである。夜警君が語ることばから、当時のリベラル派が、国王に対して、いかにばら色の幻想を抱いていたのかが浮き彫りにされている。

そして、最終節の「春はたけなわ、えんどう豆のさやがはじけ……」という詩行にある「春」は、ゲオルク・ヘルヴェークの「春の歌」をはじめとして、当時の三月前期のリベラル派の詩の中でしばしば使われていた、希望を象徴するメタファーである。ここではそれを意識して使い、希望にみちた自由な空気になっていると夜警君に語らせている。そして最後の二行「すべての出版が禁止されれば」「検閲もひとりでに消滅してしまうのです」が続く。この二行が書かれた背景には、次のような事情があった。

ディンゲルシュテットがパリでハイネに会って話をした一ヶ月後、ホフマン・フォン・ファラースレーベンの詩集『非政治的な歌』、ヘルヴェークの『生ける者の詩』、匿名詩人（実はディンゲルシュテット）の詩集『コスモポリタンの夜警の歌』を出版したホフマン・ウント・カンペ書店は、一八四一年十二月八日から出版禁止処分を受けた。国王はリベラルに見えても、国家体制や君主制を批判したり、政府の政策を批判したものに対しては、厳しい措置をとったのである。

このような状況をふまえた上で、カンペだけではなく、すべての書店が出版を禁止されれば、検閲なぞ必要がなくなり、消滅してしまうのだと夜警君にのん気に語らせている。ここには作者の辛辣な皮肉がこめられており、真に批判的なものに対しては厳しい措置をとる国王の本質が見えず、自由になったとして国王を讃美する、リベラル派の幻想がここでも破壊されているのである。

「すべての出版が禁止されれば、結局は検閲もひとりでに消滅してしまうのです」と、夜警君が語っていたことが、やがて一八四三年には、ほぼ現実のものとなってしまう。「ライン新聞」、「ドイツ年報」、「ライプツィヒ一般新聞」などのリベラルな傾向の新聞は即刻禁止されるか、組織的に息の根を止められたのである。このような状況の中で、A・ルーゲ、M・ヘス、K・マルクスなど、多くの者は亡命の道を選んだ。[13] だが、この詩に登場した夜警君ことディンゲルシュテットは、シュトゥットガルトの宮中顧問官になる道を選んだのである。（これについては、「時事詩」十九「夜警君に（後の機会に）」で取り上げられている。[14]）

## （三）動物寓話詩

諷刺の手法の最後に、動物を主人公にした寓話詩の一篇について検討したい。

ハイネは一八四〇年代以降、動物を主人公にした数多くの詩を書いた。特に晩年は、寓話をもとにした動物寓話詩とも言える詩を好んで書いている。寓話とは、教訓を含んだたとえ話である。現実世界に直接触れることができない不治の病に臥していた晩年には、新聞や書物を通して知った人間界の出来事を、現実から距離をおいた動物たちの世界の話にして、楽しんでいたのかもしれない。

ここで取り上げる「ロバの選挙」も晩年に書かれたものである。

**ロバの選挙（Die Wahl-Esel）**

とうとう自由に飽き飽きし、
動物共和国は
たった一人の君主が
絶対君主として治めることを熱望しました。

種々様々の動物が集まって
いよいよ選挙が始まりました。
党派心が猛威を振るい、
陰謀が企てられました。

ロバの委員会は
長耳の長老たちが牛耳っていました。
彼らは頭に黒―赤―金の
帽章をつけていました。

小さな馬党もありました。
でも、あえて声をあげようとはしませんでした。
激怒した長耳の長老たちの叫び声を
こわがっていたからです。

それでも、誰かが馬の候補者を
推薦した時に、老長耳は
悲痛な叫び声をあげ、彼のことばをさえぎって
叫びました、「裏切り者め！」

「お前は裏切り者だ、お前の身体には
ロバの血は一滴も流れてはおらん、
お前はロバじゃない、お前の母親は
ロマンス系の馬だろうよ。

もしかしたら、お前はシマウマの血筋かもしれんな。
シマウマのような縞があるからな。
お前の鼻にかかった声は、

エジプト＝ヘブライ訛りのように響く。

仮にお前がよそ者でないとしても、
お前はただの理性的ロバにすぎん、
お前には、ロバの本性の深みがわかりゃせん。
その神秘的な弦楽器の響きはお前にはわかりゃせんのだ。

だがわしは、あの甘い調べに
魂が吸い寄せられるのじゃ。
わしはロバじゃ。しっぽの毛の
一本一本まですべてロバなのじゃ。

わしはロマンス系でもなく、スラブ系でもなく、
先祖と同じドイツのロバじゃ。
先祖はとても実直、
素朴で、思慮深かった。

先祖はいかがわしい悪習に

ふけりはしなかった。
先祖は毎日毎日、元気に――敬虔に――愉快に――自由に
粉袋を水車小屋に運んだのじゃ。[15]」

この詩は、フランクフルト国民議会を念頭において書かれたと言われている。一八四八年の三月革命の後に設置されたフランクフルト国民議会では、新たなドイツの領域をどのようにするかをめぐって審議された。ドイツ統一問題が焦点となり、多民族国家オーストリアを含むドイツ統一を主張する大ドイツ主義と、これを切り離して、プロイセン中心の統一をはかるべきだとする小ドイツ主義の主張が対立していた。[16] そうした状況を、諷刺的な視線をもって、動物寓話詩の形で提示したものである。

ロバ党と馬党が出てくるが、ロバと馬は何を象徴しているのだろうか。一般的に、ロバはヨーロッパ人にとって、無知の象徴であり、説話や寓話の中では愚鈍な動物として登場している。[17] 一方、馬はシンボルとしては、力強さや活力を体現しており、高貴で聡明な反面、いったん動揺すると不安におびえ、臆病になるとされる。[18]

ハイネは同じく晩年に、「馬とロバ」という寓話詩を書いている。[19] その詩では、馬は蒸気機関車の発達で、自分たちの役目は終った、自分たちは人間に棄てられるのではないかと不安におびえている。それに対し、ロバは、蒸気機関車に自分たちの代わりはできっこない、粉を水車小屋からパン屋に運ぶ大昔から続く自分たちの役目はこれからも変らず続いていくと言い放つ。ロバは、時代

がどんなに変化しても、ずっと自分の役目は変らないと信じこんでいる。楽観的な強さはあるが、無知であるがゆえの強さでもある。それに対し、馬は時代の変化を察知し、自分たちの将来に絶望し、嘆いているのである。

この詩のロバ党の長老のことばには、「馬とロバ」の中のロバと同じような、時代の変化を無視した、無知ゆえの強さがあらわれている。一方、馬党の面々は、激怒した時の長老たちの叫びがこわくて、不安におびえている点で、一般的な馬のイメージと重なっている。

さらには、ロバ党の長耳の長老たちは、頭に黒―赤―金の帽章を付けていたとあるが、黒―赤―金はドイツ統一の旗印なのだが、もともと、ナポレオン解放戦争を機に民族意識に目覚めた者たちが自分たちのシンボルカラーとして選んだものである。反フランス、反ユダヤで、ドイツ民族を絶対視する傾向が強かった。[20] ここでもそのような傾向のものたちだということが示されている。そして、引用した最後の節に、「元気に―敬虔に―愉快に―自由に」(frisch-fromm-fröhlich-frei) とあるが、これは、「ドイツ体操の父」と呼ばれるフリードリヒ・ヤーン（一七七八―一八五二）がはじめた愛国的体操の掛け声である。ヤーンが一八一一年、ベルリンのハーゼンハイデで開始し、主導したトゥルネン（体操）運動は、反フランスのナショナリズム的傾向と自由主義的傾向を併せ持ち、短期間のうちに多数の青少年をとらえた。[21] 彼はブルシェンシャフト（学生組合）とも密接な関わりをもっていた。一八一九年、「反社会的運動の扇動者」として逮捕されて以来、表舞台からは退いていたが、一八四〇年、フリードリヒ・ヴィルヘルム四世の即位とともに釈放されて復活し、一八四八年、フランクフルト国民議会の議員に当選し、活動していた。彼はプロイセンを中心とする小ドイツ的統一を支持し、一八四八年八月には貴族制度の廃止案に反対し、一八四九年一月には世襲帝政を擁護するなど、保守的な立場をとっていた。[22] ハイネは恐らく、ヤーンを念頭におき、ヤーンらの長耳の長老たちを揶揄しているのではないかと考えられる。ハイネは、反フランス、反ユダヤを鮮明に掲げる国粋主義的なヤーンに若い頃から批判的で、いろいろな所でヤーンを皮肉っているからである。

では、少数党の馬党とは何をあらわしているのか、正確なことは不明であるが、当時の意見の対立状況を考えると、オーストリアを含むドイツ統一を目指していた党派ではないかと思われる。ともあれ、当時の事情を超えて、この詩は、現代の問題状況を鋭く写し出しているように思われるのである。冒頭の、自由に飽きて、独裁者を求めるという状況は、ヒトラーの第三帝国が生まれるに至る社会心理を分析したエーリヒ・フロムの『自由からの逃走[23]』を思い起こさせると同時に、現代にも通じる極めてアクチュアルな設定となっている。

そして、異なる考えを持つ者を威圧し、罵倒するロバの長老のことばにも注目したい。お前の母親はロマンス系の馬だろうとか、シマウマの血筋かもしれぬとして、純粋のロバの血筋ではないと邪推し、罵倒している。つまり、血統を重んじ、ちがう血筋のものを排除しようとしているのである。この血統の重視ということもその後のドイツの歩みを予感させるものとなっている。

「わしはロバじゃから、諸君に
ロバを国王に選ぶように勧めるのじゃ。

ロバだけが命令できる
大ロバ帝国を打ち立てよう。

わしらはみんなロバじゃ！　ヒーン！　ヒーン！
わしらは馬の家来じゃない。
馬を追い出せ！　万歳、
ロバの王様万歳！」

愛国者はそう演説しました。
会場のロバたちは、やんやと喝采しました。
ロバたちはみな国粋的で、
ひづめを踏み鳴らしました。[24]

愛国者の強硬な姿勢の演説に、「やんやと喝采し」、「ひづめを踏み鳴らし」て賛同の意を表するロバたち。こうした場面は、この詩が書かれてから百六十五年も経っている現在の状況を写し取っているかのようだ。この詩も、前述した「田舎町の恐怖時代の思い出」と同様、あたかも現在のことであるかのように響いてくる。

# 第Ⅳ章　ハイネとラーエル・ファルンハーゲンの第二次サロン

## （一）　ベルリン大学時代のハイネ

第Ⅱ章で述べたように、ハイネは一八二一年一月、「決闘禁止法違反」のかどにより、ゲッティンゲン大学から半年間の停学処分を受けた後、三月にベルリンに渡り、四月にベルリン大学に入学する。それ以来一八二三年五月までベルリンに滞在した。この地で過した約二年間に、ハイネはさまざまな刺激を受け、思想面、文学面などで得るところが大きかった。

まず第一にあげられるのは、ベルリン大学でヘーゲルの講義を聴くことができたことである。ハイネは一八二一年四月から、ヘーゲルの論理学、宗教哲学、法哲学などの講義を聴き、その著作を読んでいた。ハイネのヘーゲル観は紆余曲折をたどる。ヘーゲルの、現実的なもの（存在するもの）はすべて理性的であるという命題について、『ルッカの町』（一八三一年）などで、しばしば皮肉をこめて批判的に述べている。だがその後、『ドイツ宗教哲学史考』（一八三四年）では、ヘーゲルをライプニッツ以来最大の哲学者だとし、自然哲学を完成して完全な体系を作り上げ、ドイツの哲学革命を大成させたのだとして、高く評価しているのをはじめ、詩作品の中でもたびたび取り上げている。そして、病床に伏してからの晩年には、『告白』（一八五四年）の中で、「無神論を助長する」ヘーゲル哲学を忌わしいものと記している。このように見てくると、ハイネは人生の折々でヘーゲルを意識した発言をしており、色々な意味で、ヘーゲルの影響は少なくなかったと言えるだろう。[1]

さらには、ラーエル・ファルンハーゲン（一七七一―一八三三）やエリーゼ・ホーエンハウゼン（一七八九―一八五七）のサロンにも出入りした。ラーエルのサロンでは、フィヒテ、ヘーゲル、アレクサンダー・フォン・フンボルト、シャミッソー、フーケなどの哲学者や文学者と出会い、交友関係を築いていった。一八一九年から開かれているこのサロンには、さまざまな人々が集っていた。ハイネは、このサロンで、多くの芸術家や作家たちと交流する中で、文学面でも、政治面でも視野を広げていったのである。また、エリーゼ・ホーエンハウゼンのサロンでは、彼女がウォルター・スコットやバイロンの作品をドイツ語に訳していたこともあり、イギリス・ロマン派が話題の中心になっていた。ハイネはこのサロンを度々訪れ、イギリスの詩人たちの作品と動向を知り、大きな刺激を受けたのである。[2]

ここでは、ラーエルのサロンとハイネに焦点を当てて検討していきたい。その後のハイネの思想形成と行動に大きな影響を与えたと思われるからである。

## （二）ラーエルとハイネ

ハイネがラーエルのサロンをはじめて訪れたのは、一八二一年五月だった。それ以来、ハイネはしばしばここに顔を出していた。さまざまな知識人や芸術家たちと出会うことができるからということもあっただろうが、何といっても、ラーエルの存在が大きかったからだと思われる。

ラーエルの評伝を書いたスクルラは、「ラーエルは、若いハイネに母親のような愛情をもって接していた[3]」と記しているが、ハイネの方では、ラーエルを母親のように思っていたわけではないのである。

ハイネは、友人に宛てた手紙の中で、ラーエルのことを、die herrliche Frau（素晴らしい女性）、「僕が今まで知り合った中で、最も geistreich な（才気に溢れた、機知に富んだ）女性」「宇宙で最も geistreich な女性」だと何度も書き、称讃している[4]。そして、「ファルンハーゲン夫人ほど僕のことを深く理解し、知ってくれている人は、他には誰もいないということを告白します[5]」と述べ、自分のことを誰よりも深く理解してくれていると感じていた。

一八二三年四月、ベルリンを離れる直前に、ハイネがラーエルに宛てて書いた手紙には、次のようなことが記されている。

「僕は一日に百回も、『お前はファルンハーゲン夫人を忘れたいのだ！』と自分に言って聞かせても、そうはいかないのです。僕を忘れないでください。……もしかして僕が二、三世紀後に、天国の谷で、一番美しく、一番立派な花であるあなたに再会する喜びをもてたあかつきには、哀れなセイヨウヒイラギ（あるいはもっと悪いものでしょうか？）である僕に、あなたはその親切な輝きと愛らしい息吹をもって挨拶してくださいますでしょうか。」（一八二三年四月十二日）

　母親のような存在だと思っている人を念頭に思い浮かべて、一日に百回も、「お前はあの人を忘れたいのだ」と自分に言い聞かすだろうか。そして、「僕はゲーテがとても気に入った。ファルンハーゲン夫人に宛てて手紙を書きたいのだが、それは僕にはあまりにも苦痛なのだ。……ファルンハーゲンのことを考える時、歯の痛み――この瞬間、僕が感じている真の恍惚感でもある歯の痛みが、僕の心を引き裂いてしまうのだ」[6]という文面、あるいは、ゲッティンゲンに再び戻り、憂鬱な気分や頭痛を吹き飛ばそうとして、ベルリンに旅することを思いついた時、モーゼス・モーザー宛に「ファルンハーゲン夫人――僕はあの素晴らしい女性に再会できるのがうれしい。そのことで、僕の頭は割れるように痛むのだ」（一八二四年三月十九日）と書いていることを考えると、少なくとも、ハイネにとってラーエルは、母親のような存在にとどまるのではなく、心からの愛をもって慕う、特別な存在だったと考えられる。

　一八二三年にベルリンを離れた後も手紙のやり取りをし、その後ベルリンに行った時は何度もこのサロンを訪れたりして、交流は続いていた。

　ともあれ、二人の関係について究明することが本章の目的ではないので、この問題はこれ位にして、ラーエルのサロンの実態についての話に移ることにしたい。

## (三) ラーエル・ファルンハーゲンの第二次サロンについて

ユダヤ人宝石商の家に生まれたラーエルは、教養層を除く当時のユダヤ人の多くがそうだったように、教育的環境とは無縁な中に育った。知に対する憧れにも似た思いを抱いていたラーエルは、自らを「教養ある人格」に教育し、自分の足で立ってゆくことを目指して、一七九〇年、十九歳の時、自宅の屋根裏部屋において、独力でサロンを開いた。だが、対ナポレオン戦争などにより、一八〇六年に閉鎖を余儀なくされた。その後しばらく戦火を逃れ、戦傷者の救護活動などをした後、一八一九年、夫のファルンハーゲンとともに新たにサロンを開いた。従って、このサロンはラーエルの第二次サロンと呼ばれている。

このラーエルの第二次サロンは、ゲーテ崇拝のメッカだったとされ、そのことだけでしか知られていないように思われる。だが実際は、出入りしていた顔ぶれから見ても、もっと多方面にわたる内実を持つものだった。しかも、世に知られたゲーテ崇拝にしても、彼らがゲーテの何を、どのように評価していたのかについては、ほとんど知られていないのが実情である。ここでは、ラーエル・ファルンハーゲン、ファルンハーゲン・フォン・エンゼ、ハイネを中心に据えて、このサロンの実態をできる限り明らかにし、その文学的、社会的意味を探っていきたい。そして、ハイネはここでどのようなものを得たのかについても考えてみたい。

## （1）復古期（ビーダーマイアー時代　一八一五年―一八四八年）のベルリン

十八世紀末のベルリンには、女性が主宰するサロンがいくつも生まれた。その代表的なものは、ヘンリエッテ・ヘルツのサロン（一七八〇年開設）であり、これはベルリンにおける最初の本格的なユダヤ人サロンだった。その後、ラーエルなどのサロンが次々に生まれていった。このように、ユダヤ人サロンが多数開設されたことには、それなりの時代背景があった。

この時代、都市ユダヤ人は急激な経済的上昇をとげ、市民として承認されることを願っていた。貴族階級は没落に瀕しており、その前途を模索していた。都市市民層は知的センターを求めていた。こうして、各々の階層が各々の理由で、他の階層との交流を求めていた。当時、まだユダヤ人は法的に解放されてはいなかったので、ドイツ人の家に出入りすることができなかった。それ故、こうした交流の場は、ユダヤ人の家のサロンに求められたのである。[7]

ベルリンのユダヤ人サロンは、地位、階層、人種、性を超えたベルリンの知識層の出会いの場となった。ピア・シュミットによると、このころベルリンのサロンを訪れた人の二分の一は貴族、三分の一は市民、六分の一はユダヤ人であり、三分の二が男性、三分の一が女性、また、その三分の二は文学にたずさわっている人物だったという。[8]

ここは、個性に基づいた、偏見のないコミュニケーションを交わすことができる、限定的ではあるが、束の間の解放的空間となっていた。啓蒙主義的精神と、自意識を表明する初期ロマン派的精神が支配しており、さまざまな因襲や伝統から解き放たれていた。ここでは、ユダヤ人や女性の「市民的改善」の叫びも聞かれ、限られた空間の中で、対等な人間同士の交流が行われていた。

ちなみにこの頃、ユダヤ人や女性の解放について、啓蒙主義者たちが次々に意見を表明していた。たとえば、一七八一年にはクリスティアン・ヴィルヘルム・ドーム（Christian Wilhelm Dohm 一七五一―一八二〇）が『ユダヤ人の市民的改善について』（Über die bürgerliche Verbesserung der Juden）を発表し、ユダヤ人もキリスト教徒と同様に、市民として同等の待遇を受けるべきだと主張した。一七九一年には、テーオドール・ゴットリープ・ヒッペル（Theodor Gottlieb Hippel 一七四一―一七九六）が、『女性の市民的改善について』（Über die bürgerliche Verbesserung der Weiber）を公にし、人類の力の半分を、評価されず、使われぬまま、まどろませておくことは許されないことではないかと説いていた。このような、人種や性差別からの解放は、サロンの中で先取り的に実現されていたといってよい。こうした雰囲気の中で、とりわけ独創的な才能と高い教養をもった女性たちの個性は十全に開花し、サロンは彼女たちの自我確立の場となった。ラーエル等のベルリンのサロンが女性文化と言われる所以はここにある。

このようなベルリンの女性主導のサロンは、一八〇六年を境として消滅に向う。この年の十月、ナポレオン軍とプロイセン・ザクセン軍の戦争が勃発したことにより、サロンのメンバーがちりぢりになってしまい、一七九〇年から開いていたラーエルのサロンも閉鎖を余儀なくされた。ベルリンは全体として、反ナポレオン、反フランスの国粋主義的な雰囲気が支配的になり、ドイツ人ではないユダヤ人が主宰するサロンも避けられるようになる。十八世紀末から十九世紀初頭にかけての束の間の、当時としては稀な、性的、人種的差別の枠のない開かれた交流の場であるサロンが、歴史の波に呑み込まれてしまったのである。

それに代わって台頭してきた新たな社交界の潮流は、厳格な会則を持った男性主導の会だった。たとえば、一八一一年には、クレメンス・ブレンターノ、ハインリヒ・フォン・クライストらによって、「キリスト教ドイツ人晩餐会」(Christlich-Deutsche Tischgesellschaft) が創設された。この会は、ドイツの包括的な社会的、政治的改革を目指す、「精神と真実の新しい騎士道」の養成を目標としていた。その会則は、女性、フランス人、ユダヤ人、俗物の入会を禁じていた。以前のサロンの特徴だった、性的、人種的な枠を取り払ったオープンな性格とは対照的な、閉鎖的なものだった。[9]

一八〇六年にサロンの閉鎖を余儀なくされたラーエルは、その後一八一三年五月、戦火に脅えるベルリンを離れて以来、ブレスラウを経てプラハに赴き、戦傷者の救護活動に参加した。翌一八一四年、しばらく前から親しく交際していたファルンハーゲン・フォン・エンゼと結婚した。プロイセンの外交官である夫の任地に随行し、ウィーン、カールスルーエなどに住む。やがて一八一九年七月、ファルンハーゲンがプロイセン公使を解任されたことにより、同年十月、再びベルリンに戻り、六年ぶりにこの地に居を定めることとなった。夫の解任の理由も明らかにされぬまま、不快な気分で、意気消沈して戻ったラーエルが目にしたベルリンは、かつてサロンを開いていた頃とはすっかり変ってしまっていた。都市の景観も、人々の生活ぶりも、また人間そのものも、変ってしまったとラーエルには思われた。産業の発展による都市市民層、労働者層の増大により、社会構造が大きな変化をとげていた。人々は、容易には変らない「大きな世界」とは直接関わらず、自分たちの生活を居心地良く、快適なものにすることに努力を傾注していた。「小さな世界」の生活を、快適に、ゆとりを持って生きることが、この時期の多くの市民たちの願望だった。現在の我々の時代の原型の如き、いわゆるビーダーマイアー的な雰囲気の中で人々は暮していたのである。

しかし、復古期と言われる当時の政治的状況を直視した場合、実はそのように快適なものではなかったのである。ラーエル夫妻がベルリンに移ってきてから十日後の一八一九年十月十八日、検閲令が布告された。カールスバート決議による新たな検閲令では、科学アカデミーも大学も検閲を免れることができなくなった。新聞、雑誌などの定期刊行物は事前検閲に、書籍は事後検閲に付された。管理統制が強まり、世論は全く鳴りをひそめてしまったが、それに対し、秘密警察は公然と大手を振り、世論は遠慮し、秘密警察は遠慮会釈もなくなったと、一八二二年に、ファルンハーゲンは記している。[10]また、当時のベルリンの状況を、シュテルンベルクは次のように記している。自由なベルリンの社交は、スパイの横行などによって死滅してしまい、見知らぬ者や疑わしい者が部屋に入ってくると、人々は話を中断してしまう。人々はもっぱらひそひそ話をし、とりつくろわない大きな激しいことばはタブーとされた。人々は、政治から芸術や学問へと逃避したと。[11]実際、ベルリンの多くの人々の関心事、話題は、もっぱら芝居、コンサート、バレーだったのである。

## (2) ラーエルのサロンの形成

この間に、ラーエルのまわりには、こうした復古期の雰囲気を息苦しく感じている知識人、芸術家、貴族などが集まって来ていて、彼らの出会いの場が形成されていた。ここに集まって来た者たちは、アレクサンダー・フンボルト、ゲオルク・ヴィルヘルム・フリードリヒ・ヘーゲル、エデュアルト・ガンス、ベッティーナ・フォン・アルニムなどであった。このラーエルの第二次サロンは、アヒム・フォン・アルニムらのサロンのような閉鎖的なものではなく、会則もなく、開放的でゆるやかな性格のものだった。それは、ルネッサンスに源がある文学サロンの系譜を引く、屋根裏部屋での第一次サロン（一七九〇―一八〇六年）の精神を再現しようとするラーエルの意向によるものだった。復古期にあって、このサロンは、リベラルな知識人、芸術家、反体制派などが集い、その思うところを率直に語り合うことができる貴重な場となった。

ラーエルの第二次サロンの様子を、その状況を描写した証言によって見てみよう。ハイネの思い出を綴った彼の姪マリアは次のように述べている。

「ベルリンで、ハイネはファルンハーゲン・フォン・エンゼとラーエル夫妻に歓待された。二人とも、若い詩人に惚れ込んでいた。ハイネは、そのサテュロス的な話し方、イローニッシュな論評により、ファルンハーゲンの家を訪問してくる人々の集いの中心になった。当時の有名で、才気あふれたすべての人々がここに集まってきた。芸術家や作家たちがここに姿を現した。フンボルト、シュライエルマッハー、シャミッソー、ヘーゲルらは、ここの常連だった。ハイネはヘーゲルとしばしば激しい論争を展開した。[12]」

このサロンにおける会話のテーマは多岐にわたっていた。当時、ベルリンでは、音楽が最も多くの人々の関心事になっていて、一八二二年の冬からは、定期的にメンデルスゾーン邸で日曜コンサートが開かれるようになっていた。ラーエルのサロンにも、フェーリクス・メンデルスゾーン、ウエーバー、ロッシーニ、パガニーニなどの音楽家が時々顔を見せていて、音楽のことがよく話題にのぼった。[13]

「スポンティーニの功績について論じられた。彼はナポレオン時代の作曲家である。皇帝の時代が遠ざかれば遠ざかるほど、彼もまた、我々とは縁遠くなる。……音楽における、また芸術一般におけるベルリンの趣味は激しく攻撃されたかと思うと、一方ではまた弁護された。[14]」

また、ここでは、ラーエルの第一次サロンにおけるよりも、政治に関する議論が活発に行われた。政治的状況が第一次サロンの頃とは大分異なっていた。また、ラーエル自身、その頃と比較して、政治的洞察力が鋭くなってもいた。そして、政治的に思考するファルンハーゲンが加わったことにもよる。法学者でヘーゲル学徒である比較法学の創始者エデュアルト・ガンスがいるところでは、とりわけ政治問題が熱心に語られた。

「彼らはベルリンでの小さな集いで、思う存分自らを主張していた。……この四十年ほどは、フランスがどうなっているのかということが政治的議論のための素材、あるいは基準となり、その他あらゆる政治的関心事がこの渦中に入ってきたので、じきにポリニャック内閣のことが話題になった。[15]」

このように、特に頻繁にテーマに取り上げられたのは、フランスをはじめとするヨーロッパの政治的事件であり、それらに関し、率直な意見交換が行われた。このサロンは、復古時代にあって、スパイや検閲によって抑圧されていた政治的意見を自由に交換できる、一種のフォーラムの役割を果していたと言えよう。

以上のような場としてのラーエルの第二次サロンを思い浮かべる時、第二次サロンでは、第一次サロンほど率直な意見交換はなく、上品さの仮面の下で取り繕った会話をしていたというドレーヴィッツの指摘[16]は、誤解に基づいているという他ないだろう。もちろん、当時のベルリンには、ドレーヴィッツが指摘するようなサロンも多かったことはたしかなようではあるのだが。それに関し、次のような証言がある。

「ここ（ラーエルのサロン）は本当の集いで、単に生み出された空の形式ではなかった。本質的なものは、常に実り豊かなのである。彼女の意志で、誰かある人が、……それが男であれ、女であれ、サロンの飾りのような扱いを受けることは決してなかった。それに対して、他の集いでは、人々が女主人と何の共通性ももたないので、普段は極めて重要な人物たちでさえ、役立たずで、とるに足らぬ者同然に、ただ部屋を満員にするためだけの存在になっているのをしばしば見かけた。[17]」

ラーエルの第二次サロンに関しては、多くはネガティブな意味で、熱狂的なゲーテ崇拝のメッカだった（それのみだった！）、もっぱら文学的なことだけが話題になっていたという偏見のごときものがあるように思われる。そうした偏見を払拭するために、以下、「ゲーテ崇拝」の実態、サン・シモニズムをめぐる論議の二つに的を絞って論じていくことにしたい。

### （3）「ゲーテ崇拝」の実態

ここでは、ラーエル、ファルンハーゲン、ハイネの三人を中心に、それぞれがゲーテをどのようにとらえていたのかを明らかにしつつ、このサロンでの「ゲーテ崇拝」の実態について考えていきたい。

#### 1　ラーエルとゲーテ

ラーエルは若い頃からゲーテを読み、それに傾倒していた。

「私のこれまでの人生を通じて、ゲーテは私にたしかに付添ってくれました。彼は永遠に私の唯一の、最も確かな Freund でした。私の師でもありました。……つまり、私は彼とともに成長したのです。」（一八〇八年七月二十二日　ファルンハーゲン宛）

この文章に、ゲーテに対するラーエルの関係が端的に表現されていると思われる。即ち、ラーエルはゲーテを、自分が成長していく上での師と仰ぎ、生きていく上での支えであり、指針であると考えていたのである。従って、彼女のゲーテの作品の読み方も、その手紙や日記に記された文を見る限り、登場人物の生き方に注目しているものが多い。たとえば、『ヴィルヘルム・マイスターの修業時代』を読んで、次のように書き記している。

「『ヴィルヘルム・マイスターの修業時代』を読み返した。――我々の賢者はたえず努力をし、世間と間断なき闘争をしている、最も高貴で、最も純粋で、最も誠実な魂を彷彿とさせるように描き出されている。一瞬たりとも不純な混乱に陥ることなく、常に自分を非難し、よりよくすべく努力し、いつも純真に他人を実際よりもよく見ようとしているのだ。」（一八二二年一月二十九日）

ラーエルは、間断なき自己批判と自己改革をするヴィルヘルム・マイスターの生き方を自分の生き方と重ね合わせて読み、共感を示しているのである。つまり、ラーエルのゲーテの作品の読み方は、登場人物に自己を同化して理解しようとする傾向が強いと言えるのであろうが、作中の女性たちについては、特に同化の度合いが激しい。たとえば、ダーヴィト・ファイトに、「もし私がアウレーリエのように幸せいっぱいだったなら、そして、その幸せに浸って子供のように夢中になれたなら、私は決して再びそんなに不幸にはなれないでしょう。」（一七九五年六月一日）と書き送っているのである。

しかし、ラーエルはそれだけに留まらず、ゲーテの別な面にも注目していたのである。たとえば、『ヴィルヘルム・マイスター』に登場する三人の女性たちに関して、日記に次のように記している。

「次のことは十分熟慮した上で起きたことかもしれないし、あるいは、熟慮せぬままに起きたことかもしれない。それは巨大な詩人によるものである。つまり、『ヴィルヘルム・マイスター』中の三人の女性、愛するマリアンネ、アウレーリエ、ミニヨンは生き続けることができなかったということだ。

こうした者たちのための施設はまだ何もないのだ。」（一八〇七年三月十五日）

三人の女性を死なせたことで、下層の人々への福祉の欠如という問題をゲーテが明るみに出したことをラーエルは見てとっているのである。また、ラーエルは、別の日記における『ヴィルヘルム・マイスター』についての所見の中で、この作品の二つの箇所に注目している。その一つは、ヴィルヘルム・マイスターがアウレーリエに対して、「おお、人間に対して、こんなに多くの不可能なことが拒まれているだけではなく、こんなに多くの可能なことも拒まれているのは何と奇妙なことだろう」と告白する箇所、もう一つは、世界の中で、我々の一番小さな空間でさえ、どの川も、どの山も、みなすでに所有されているという箇所である。[18] 即ち、ラーエルは、『ヴィルヘルム・マイスターの修業時代』が、下層の人々への福祉と所有関係の問題を明るみに出していることに着目しているのである。ファルンハーゲンも後年、一八二一年に発表した『ヴィルヘルム・マイスターの遍歴時代』の評論の中で、このラーエルの所見を重要な指摘として取り上げ、その説を敷衍している。[19] 即ち、この点から見ると、フォアトリーデも指摘しているように、ラーエルもファルンハーゲンも、『ヴィルヘルム・マイスター』を教養小説としてとらえるだけではなく、時代の様相、問題を描き出している社会小説（Zeitroman）としてとらえていること[20]は注目に値するだろう。

## 2　ファルンハーゲンとゲーテ

ファルンハーゲンは、彼の書いたものが評論だったこともあり、手紙や日記に書かれたラーエルのゲーテに対する評価よりも幾分客観的に、ゲーテの特質を分析してみせている。

「かつて、他のどんな詩人も、人生の問題について、人間関係の暗黒、秘密について、ゲーテのようには説明しなかった。人間の感じる心と探求する精神、その他の被造物の性質、すべてを包括する芸術による両者の媒介、あらゆる移行と段階の歴史、これらすべてが統一され、同時に予言者的な明瞭さで見通せるように呈示している。[21]」

ゲーテの作品の中に、人生についての洞察や教えを見出している点で、ファルンハーゲンもラーエルとよく似ている。また、それと同時に、ファルンハーゲンは、ラーエルと同様、否、それ以上に、ゲーテの作品がアクチュアルな社会状況をリアルに把握し、描き出していることに注目しているのである。

『修業時代』においてすでに身分の相違、土地の所有関係、能力と職業選択の不一致に光を当てたにもかかわらず、それにふさわしい注目をほとんど浴びなかったばかりか、完全に誤解されることがしばしばだった。[22]」

後述するように、一八二〇年代、日増しに激しくなっていくゲーテ批判の合唱の中で、ラーエルとファルンハーゲンは、このような社会的視点から、特に『ヴィルヘルム・マイスター』に注目し、ゲーテを擁護し続けたのである。

## 3　ハイネとゲーテ

ハイネとこのサロンとの関わりについて語られる時、ラーエルの影響でゲーテに近づいたことがよくあげられる。即ち、「どんなに今、僕がファルンハーゲン夫人に対して礼儀正しくふるまっているか、ほとんど想像できないだろう。……僕は今、ささいなものに至るまで、ゲーテを全部読み尽くしてしまったんだ！　僕はもう盲目の異教徒ではなく、目の見える異教徒だ。僕はゲーテがとても気に入った」（一八二三年十一月二十七日）というラーエルの弟ローベルトに宛てた手紙を根拠にして、ハイネはラーエルによってゲーテに眼を開かされたように言われるのであるが、それは事実とは違っている。事実はもう少し複雑なのである。

実際のところ、若いハイネにゲーテを評価する道をはじめて開いたのは、ボン大学で講義をしていたヴィルヘルム・シュレーゲルであった。彼の奨めでゲーテを読むようになったハイネは、一八二〇年、ボン大学の学生時代に書いたはじめての評論「ロマン主義」において、ゲーテをヴィルヘルム・シュレーゲルとともに、最大のロマン主義者だとして、次のように述べている。

「我国の二人の最大のロマン主義者であるゲーテとA・W・シュレーゲルは、同時にまた、最大の彫塑主義者である。ゲーテの『ファウスト』やリートには、『イフィゲーニエ』や『ヘルマンとドロテーア』やエレギーなどにおけるのと同じ純粋な輪郭がある。[23]」

これは、ロマン的感情を呼び起こす素材を、茫漠、朦朧と描くのではなく、明確な輪郭で描くべきだとするハイネ独自のロマン主義論の中の一節である。ゲーテの明確な輪郭をもった造形性（彫塑性）を高く評価しているのである。ゲーテの造形性に対して、ハイネはこれ以降、ずっと敬意を表し続ける。彼がゲーテに対して敢然と批判を展開していた一八二〇年代末から一八三〇年代はじめ頃でも、それは変らなかった。それでは、すでにゲーテに対して、明確な輪郭をもったすぐれた造形性の持主というイメージを抱いていたハイネは、ラーエルから、ゲーテに関してどんなインパクトを得たのだろうか。それは、きちんと記されていないので、彼の書いたものから推測する他ないが、その序曲は次の文章の中で奏でられているのではないかと筆者は考える。

「我国のアーリ・パーシャであるこのたくましい老人（ゲーテ）は、彼の伝記の一部を再び出版した。完結すれば、これは最も注目すべき作品の一つに、いわば偉大な、時代の叙事詩となるだろう。なぜなら、この自伝は、時代の伝記でもあるからだ。ゲーテは大抵時代の伝記を描いていて、時代がどのように彼に作用したかを描いている。他の自伝、たとえば、バプティスト・ルソーのそれなどは、単なる主観性に心を留めているだけなのだ。[24]」（『ベルリン便り』）

ここでハイネは、時代のさまざまな様相、および時代の中に生きる人間の描き手としてゲーテを見ている。この見方は、『ヴィルヘルム・マイスター』を教養小説としてだけではなく、社会のさまざまな相を描き出した社会小説としてとらえたラーエルとファルンハーゲンの見方に近い地点にあると言ってよいだろう。そして、こうした、時代のさまざまな相を描くゲーテという見方から、次の文に見られるゲーテ観に到る道のりは、そう遠くはない。

「ああ、どんなに僕はゲーテ的な解放戦に狙撃兵として志願し、参加したいかしれません。でも、僕はローマ法の泥沼に首までつかってしまっているのです。」（一八二三年十一月二十七日　ルートヴィヒ・ローベルト宛）

これまでのゲーテのイメージに、「ゲーテ的な解放戦」というイメージが加わって、にわかにゲーテは現実味をおびてくる。では一体、この「ゲーテ的な解放戦」とは何なのであろうか。前述した通り、一八一四年にすでにラーエルは、『ヴィルヘルム・マイスターの修業時代』が、下層の人々への福祉、および所有関係の矛盾を明るみに出していることに着目し、ゲーテの作品に内在する社会的意味を高く評価していた。こうしたゲーテの作品に対する見方は、サロンにおける交流の中で、若いハイネにも影響を与えたのではないかと思われる。文学の世界の中でこの世の矛盾に光を当て、真実の世界を建設しようとする「ゲーテ的な解放戦」の意味を、ハイネはこの時点で、彼なりに感じ取っていたのではないだろうか。

しかし、この後、ハイネのゲーテ評価は紆余曲折をたどる。以前から、「絹の上着をまとった貴族主義者ゲーテ」[25]については心よからず思っていたのだが、一八二四年十月、ハルツの旅の帰途、ワイマルにゲーテを訪問し、実際に会って話をした際、その態度などから、自分とは異質な人間ゲーテに対する違和感をおぼえ、反撥するものを感じた。それ以来、彼の内部で、ゲーテに対する批判的な見方が急速にふくらんでいくのである。

折しも、世間にはゲーテ批判がうずまいていた。皮肉なことに、ゲーテ崇拝の気運を作り出したフリードリヒ・シュレーゲルによって一八一二年に最初にあげられた反ゲーテののろしに、ロマン主義者、カトリック教徒、プロテスタント正統派、若い文学世代など、全く意見を異にする者たちが各々の立場で呼応した。二〇年代には反デーテの声がますます高まり、ハイネによると、一八三〇年代には、ヘングステンベルクからベルネに至るまでの、一種の反ゲーテ統一戦線が形成されるに至ったのである。[26]若い文学世代がゲーテに向けた非難は、主として政治的観点からのものであり、ゲーテの貴族主義、大衆感情の欠如、エゴイズムに向けられたものだった。このようなゲーテ批判を徹底的に、執拗に展開したのは、ヴォルフガング・メンツェルであった。一八一九年以来、彼は雑誌「ドイツ文学」でゲーテ批判を開始し、一八二八年には、時代のあらゆる偏見と空虚さに媚びたゲーテを批判している。このようなゲーテ批判の動きと、『旅の絵』の執筆、『政治年鑑』の編纂などにより、研ぎすまされていったハイネの政治意識、時代意識とが相俟って、現実生活と隔絶した「芸術王国」で、その芸術原理に従って創作にふけっているゲーテたちの生き方を、ハイネは容認できなくなっていった。彼は書評「メンツェルのドイツ文学」(一八二八年)において、次のように述べている。

「ゲーテ時代の原理、芸術理念は消え、新しい原理をもった新しい時代が到来する。……それはゲーテに対する反乱をもって始まる。[27]」

だが、「新しい原理をもった新しい時代」と口では言っても、その具体的なイメージはなかなか描けない。しかし、ともかくも、ゲーテのやり方をそのまま適用することはもはやできないことだけは確かだ。ハイネは書いている、「芸術時代の終りとともに、ゲーテ主義もまた終るというのは、依然として僕のゆるぎない信念です。……感激と実践の時代にはゲーテは役に立ちません。」(一八三〇年二月二十八日　ファルンハーゲン宛)

ハイネは、ラーエルの面前でもゲーテ批判を展開するようになる。[28] その後パリに渡り、試行錯誤を続けた後、彼自身の思想、芸術観が深化したことにより、異教徒ゲーテを積極的に評価するに至るのだが、それについては、この章の目的の枠を越えるので、その詳細は省くことにする。

## （4）サン・シモニズムをめぐる論議

マックス・フォン・ベーンは、その著『ビーダーマイアー』の中で、この時期、自国の政治情勢が絶望的であったが故に、ドイツ人の関心は常にフランスに向いていたと述べ、次のような事実を指摘している。フランスの新聞や本がよく読まれ、ドイツの憲法を制定することを思い描いていた教養層は、フランスの議会の動向に大きな関心を寄せていた。また、ゲーテはフランスの「ル・グローブ」を最も興味ある雑誌だと見なしていたと。[29] この「ル・グローブ」は、一八二四年に文芸誌として創刊された。それ以来、フランスにおけるゲーテ崇拝の拠点となっていて、フランスにおけるゲーテ受容に大きな役割を果していた。従って、この雑誌は当然、ラーエルのサロンにも届いていたのである。[30] ラーエルも、ファルンハーゲンも、この雑誌を熱心に、大きな関心をもって読んでいた。「ル・グローブ」は、一八三〇年の七月革命の後、サン・シモニストの機関誌のような存在となる。七月革命後、ドイツでは、それまで以上にフランスの政治・思想に対する関心が高まり、サン・シモニズムは、特に進歩派と目される人々の注目の的となり、大きな影響力をもっていた。このサロンのメンバーであるラーエルも、ファルンハーゲンも、ハイネも、ピュックラー・ムスカウも、サン・シモニズムに共鳴し、大いなる期待感をもって、その動向を見つめていた。一体、サン・シモニズムの何が彼らを惹きつけたのだろうか。以下、ラーエル、ファルンハーゲン、ハイネの三人を中心に、それぞれがサン・シモニズムの何に注目し、共鳴していたのかを明らかにしていきたい。

### 1　ラーエルとサン・シモニズム

ラーエルは、一八三三年にその生涯を終えているが、生涯の最後の日々は、この理念に没頭し、「ル・グローブ」が届くのを心待ちにし、読みふけっていた。ラーエルがどれほどこの思想に感銘を受けていたかは、次の手紙から読み取ることができる。

「ここに『グローブ』があります。なくてはならぬ日々の糧です。あなたは、私が何を美しいと言い、重要だと思っているかを、私の筆使いとことばを通しておわかりになるでしょう。でも、それがどんなに私の心を揺さぶり、心が破壊されてしまうほど幸せにさせるのかはご覧になれないのです。」(一八三二年四月二十五日　アドルフ・フォン・ヴィリゼン宛)

では一体ラーエルは、サン・シモニズムの何にそれほどまでに「心を揺さぶ」られたのだろうか。この点については、七月革命後、パリに移住し、サン・シモニストたちとコンタクトをもっているハイネに宛てた手紙が明らかにしてくれる。

「サン・シモニズムは大きな古傷、地球上の人間の歴史を究極において解明する、新たに考え出された偉大な発明です。サン・シモニズムは手術をし、種をまき、覆すことのできない真実を明るみに出したのです。真の問題を整備して出し、多くの重要な問題に答えました。宗教の問題は私には十分とは思えません。これについて、私たちは議論し、語り合わなければならないでしょう。冬の間ずっと、これらの書物、特に『グローブ』は私の養分であり、楽しみであり、私の仕事でもありました。それが届くのを心待ちにしていたのです。この世をより素晴らしいものにすること、これは私の昔からのテーマです。各人が人間的に発展するための自由も、まさにそうです。……私は心底からのサン・シモニストです。即ち、私は、進歩や倫理的完成にいたる可能性（Perfektibilität）に対する理解がますます大きくなっていくこと、宇宙が豊かになっていくことを確信しているからです。」（一八三二年七月五日　ハインリヒ・ハイネ宛）

この手紙に見られるラーエルの考えの大きな柱となっているのは、進歩、発展への確信である。Perfektibilität という啓蒙主義哲学に端を発する語を使っていることからみても、ラーエルの思想は啓蒙主義の系譜上にあると言えるだろう。ラーエルは、このような啓蒙主義的な理念をサン・シモニズムの中に見出していたからこそ、「私は最も深いところからのサン・シモニスト」だと言い切っているのであろう。彼女のサン・シモニズム理解、およびそれへの共鳴点は、「この世をより素晴らしいものにすること」、「各人が人間的に発展するための自由」という表現に集約されている。ラーエルは、自然権に基づく啓蒙主義的な人権思想、隣人愛、社会的正義をサン・シモニズムに見出して、共鳴していると言えるだろう。一方、サン・シモニズムの宗教面については十分とは思えないとして、賛意を表してはいない。この点、後述するように、もっぱら宗教面に関心を示し、共鳴していたハイネと態度を異にしている。それ故、これについては、「議論し、語り合わなければならない」とラーエルは述べているのである。

## 2 ファルンハーゲンのサン・シモニズム理解

ファルンハーゲンもラーエルと同じように、「ル・グローブ」を心待ちにし、「大きな緊張感をもって」読んでいた。

「『グローブ』の精神の豊かな、新しい、大胆な、魅力的で快適な、崇高な、感動的な、心を揺さぶる記事をどんなに愛読していることでしょう。とても深遠で、とても教養があり、断固としていて自由なのです。あたかも、フィヒテとゲーテによって、毎朝の楽しみを受け取っていると思えるのです。ミシェル・シュヴァリエとは面識がありますか。彼が書くものは素晴らしい。私は『ヴィルヘルム・マイスターの遍歴時代』の中に、サン・シモニズムの大きな要素が働いていることに注目したはじめての者なのです。」（一八三二年二月十六日　ハインリヒ・ハイネ宛）

ファルンハーゲンは、サン・シモニズムの何に「心を揺さぶ」られていたのだろうか。ファルンハーゲンは、一八三二年三月、コッタの主宰する「アウグスブルガー・アルゲマイネ・ツァイトゥング」に、「サン・シモニズムについて」(Über den Saint-Simonismus) という記事を書いている。これは、サン・シモニズムを紹介しつつ、さまざまな批判をあびているサン・シモニズムを弁護する記事となっている。

それによると、サン・シモニズムの学説の中でファルンハーゲンが特に注目しているのは、「国家経済的学説」であり、「産業上の教説」であった。そして、その根底にある「人間味豊かな願望」に惹きつけられていたのである。[31] ファルンハーゲンが注目していた「国家経済的学説」とは、具体的には、彼自身が書いた次のような所有論のことを指しているものと思われる。

「世襲財産の廃止(というサン・シモニストの主張)は最大の顰蹙を買い、我々の慣れた思考法や感じ方を傷つける。しかし、これはそれほど悪く考えられるべきではない。サン・シモニストは誰からも財産を取り上げはしない。ただ、財産のないものに関して、そのように言っているのである。そして、これらの者のために、各人の能力、労働する場所、仕事への貢献に応じて調達してやるのである。……それらはやがて、所有者の子供たちにではなく、再び、社会の能力ある者に移されるのである。[32]」

ファルンハーゲンがここに記している、世襲財産の廃止というサン・シモニストの主張とは、主として、サン・シモンの弟子のバザールによる所有論(相続権を改革して、私有財産は個人の労働による一代限りとし、相続には国家が関与し、国が管理する生産手段を、能力ある個人に貸与するという論[33]）のことであり、それを色々な批判から擁護しているのである。ファルンハーゲンがサン・シモニズムに共感を示したのは、何よりもこの所有論であった。ファルンハーゲンは、国家の財産は土地の所有にではなく、労働量（Arbeitsleistung）にあるという考え方に賛意を示している。こうした観点から、ゲーテが『ヴィルヘルム・マイスター』において、土地の所有よりも、人間が行い、為すものに大きな価値を与えなければならないとしていることにファルンハーゲンは注目しているのである。[34]〔なお、ファルンハーゲンは、『ヴィルヘルム・マイスター』の中に、サン・シモニズム的な見方が散りばめられていることを発見し、そのような点を基軸にして、「さすらい人の精神で」（Im Sinne der Wanderer）という『ヴィルヘルム・マイスター』論を書いている。〕

サン・シモニズムの宗教的側面に関しては、「サン・シモニズムは新しい宗教だ」として、ファルンハーゲンは次のように続けている。

「それはキリスト教の精神世界と物質世界を同時に包含しようとするものであり、両者を和解させ、統一させようとするものである。その手段は純粋、高貴で、強制や暴力とは程遠く、愛、洞察、確信なのである。[35]」

そして、サン・シモニズムの教義は、博愛や社会的責務などに関与する真のキリスト教思想・感情の復活なのだとしている。これは、サン・シモンの『新キリスト教』の根本的な思想を紹介したものであり、「その手段は純粋、高貴で」という好意的な書き方からして、これに賛同しているものと思われる。ただ、その婚姻観については問題を感じているようで、次の文章に見られるように、全面的な賛意を表してはいない。

「新たな教説は、婚姻関係を違う風に規定しようとしている。この点において、最もあわれな欠陥、偽り、低劣さを示していることは誰も否定しないだろう。だが、教説のこの部分は、まだ未成熟なものとして、後に手を加えられるべく、留保される。[36]」

このように、サン・シモニズムの婚姻観については、「まだ未成熟」であるとして、態度を保留し、積極的な賛意を示してはいない。

以上のファルンハーゲンのサン・シモニズムについての見解をハイネのそれと比べると、着目した点、共鳴した点がかなり異なっていることがわかる。

## 3　ハイネのサン・シモニズム理解

ハイネは一八三一年にパリに移住する。パリ行きは以前から計画していたことだった。ハイネにパリ行きを最初に勧めたのは、ファルンハーゲンだった。それ以来、ハイネの念頭には、常にパリ行きが意識されていたと言ってよく、一八二六年十月には、ドイツを永久に離れ、パリに行くという計画をインマーマンに打ち明けている。[37]

ハイネはフランスに渡る前から「ル・グローブ」を読んで注目していた。一八二八年には次のように記している。

「このフランスにおける精神的変革に言及する時、だれもがきっと、次にあげるような結構な名前を考えるだろう。クーザン、ジュフロワ、ギゾー、ティエール、ミニェなど。でも、僕には、新しいフランスの若い人々の方がずっと多く目にとまるのだ。『グローブ』はその機関誌だと僕は考えている。これは何年も前からパリで発行されている雑誌で、若い学問の民主主義者たちが共通の意識をもって、うぬぼれることなく、彼らの研究成果を、あるいは、しばしば研究調査そのものをそこに書き下しているのである。[38]」

この時点では、「ル・グローブ」はまだサン・シモニストの機関誌にはなっていなかったが、ハイネをそれを学問の民主主義者たちの研究成果として注目していたのである。その後、この「ル・グローブ」などを通じ、サン・シモニズムに対するハイネの関心は日増しに高まってゆく。それは、一八三一年二月に、ハルトヴィヒ・ヘッセに宛てた手紙の文面から窺われる。その手紙の冒頭に、ハイネは『サン・シモニズム教義』(La Doctrine de Saint-Simon) からの抜粋を引用し、次のように続けている。

「昨日お話しました本をお送りいたします。すでに話題になった私の新しい福音書をこの際、ぜひ添付させていただきたいと存じます。やがてご理解いただけるでしょうが、私の新しい福音書という表現を、私は真面目に使っているのです。それに対する私の関心の強さもやがてご理解いただけるでしょう。」（一八三一年二月十日付）

この文面にもすでに現れている通り、ハイネはサン・シモニズムを「新しい福音書」としてとらえており、宗教面からサン・シモニズムに共鳴していた。このことは、パリに行く前に、ファルンハーゲンに宛てた最後の手紙にある、「僕の新しい宗教の神聖な感情に没頭するため、そして、ひょっとしたら、その Priester（祭司）としての職を授かるためにパリに旅立ちます。」（一八三一年四月一日）という文によっても明らかである。いずれにしても、一八三一年のはじめにハイネはサン・シモニズムの教義を読んでそれに共鳴し、パリ行きの願望をつのらせていたのである。

その年の五月、ハイネは念願のパリに到着すると直ちに、ファルンハーゲンの紹介状を持って「ル・グローブ」の編集部を訪れ、コンタクトをとる。編集長は、サン・シモンの弟子ミシェル・シュヴァリエ（一八〇六―一八七九）であった。ハイネは、彼を通して、サン・シモンの死後、主としてその宗教的側面を発展させていたアンファンタンなどと知り合いになる。ハイネは、サン・シモニストの集会にも参加している。

紹介状を書いてくれたファルンハーゲンに対し、サン・シモニズムの現状についての本格的な報告をしたのは、パリに到着してから約一年後であった。それは、その年の二月十六日付のファルンハーゲンの手紙に対する返信においてだった。

「僕は今、フランス革命とサン・シモニズムに没頭しています。この二つについて、本を書くつもりです。でも、それにはまだ沢山勉強しなければなりません。……サン・シモニズムについて書かれたあなたのご意見は、全く僕の意見でもあります。ミシェル・シュヴァリエは、僕のとても親しい友人で、僕が知っている最も高貴な人間の中の一人です。サン・シモニストたちが撤退したことは、ひょっとしたら教説自体には大変有益なことかもしれません。それは、もっと賢い人々の手に委ねられるのです。特に、政治的な部分、所有に関する部分は、さらによく手を加えられることになるでしょう。僕自身に関して言うと、宗教的理念だけに興味があります。」（一八三二年五月二十二日）

サン・シモニストたちの現状について、「サン・シモニストたちが撤退したこと」は「教説自体には大変有益なことかもしれない」と、自らの意見を述べているが、それは、一八三二年三月ごろの、パリのサン・シモン派内の事件に関わることだと思われる。[39]

この手紙で注目されるのは、前述した通り、ファルンハーゲンがサン・シモニズムの所有論に大きな関心を寄せていたのに対し、ハイネは、政治的な部分、所有論についてはもっと検討しなければならないというように、むしろ批判的な意見を述べていることである。政治的な部分、所有論のどのような点に手を加えるべきなのかについては触れていないので、それについては確定しがたい。ともかくも、政治的な面におけるこの頃のハイネの基本的考えは、「悪は人間の人間による搾取[40]」であり、「民衆の物質的生活の向上[41]」こそが焦眉の問題だというものであった。ここには、「人間はその全ての仕事、その全ての行為において、最も多人数の階級の精神的および物質的生活を、できるだけ速やかに、できるだけ完全に改善することを目的としなければならない[42]」とするサン・シモンの思想の影響が色濃くあらわれている。サン・シモンによれば、人は産業によって地球を開発し、産業によって得た富を正しく分配することによって、最も貧しい者もこの世に生きる喜びを享受することができる。そして、産業と経済が発達した現在、まさにそれは可能になったのである。恐らくは、このようなサン・シモンの思想を踏まえ、ハイネは、「人間の大部分が貧窮の中に生き、天国を説く宗教によって慰めを得なければならない限り、これまでの精神的な宗教は有益であり、また必要だった」が、「産業と経済とが発達したことにより、人間をその物質的な貧窮から救い出して、地上で幸福にすることが可能になって以来」それは不要になった[43]として、次のように述べている。

「僕たちは皆、同じように輝かしい、同じように神聖で、同じように幸福な神々の民主主義を打ち立てよう。君たちフランス人は、質素な身なり、控えめな習わし、香味の入っていない食物を要求している。それに対し、僕たちドイツ人は、神々の食べ物であるネクタール、アムブロージャ、緋色のマント、貴重な香料、快楽、豪奢、ニンフの愉快な踊り、音楽や喜劇等を要求しているのだ[44]。」

このような、禁欲を否定し、現世で生きる歓びを享受するという思想は、サン・シモンの思想の根底にあるものだった。
ところで、先に述べた通り、ハイネはもともとサン・シモニズムを、新しい福音書としてとらえていた。そのことからも推察されるように、彼は特にサン・シモニズムの宗教面に共鳴していた。フランスに渡り、サン・シモニストたちと接する中でも、これは変わらなかった。彼は、サン・シモンの死後、その教説の宗教的側面を発展させたアンファンタンの理論に賛同していた。プロスペル・アンファンタン（一七九六―一八六四）は、魂の優位を説き、肉体を否定する禁欲的なキリスト教を批判し、「肉の復権」を中心にした「歓びの宗教」をそれに対置した。ハイネはこの思想の影響を受け、続く五年の間に書かれた『ロマン派』、『ドイツ宗教哲学史考』、『フランスの画家』、『フランスの状態』などの著作の根底には、サン・シモニズム的な霊肉一元の思想が流れている。それは、とりわけ、『ドイツ宗教哲学史考』中の次の箇所に最もはっきりと表現されている。

「いつの日か、人類が完全にその健康を回復した時、肉体と精神の平和が回復した時、そして、肉体と精神が再び元のように調和、融合する時には、キリスト教が肉体と精神の間に持ち込んだ不自然な争いはほとんど理解されなくなるだろう。自由に選んだ相手との抱擁によって生み出され、歓びの宗教を信じて栄える、今よりも幸せな、立派な次の世代の者たちは、この美しい地上の悦楽を暗い気持ちではばかり、あたたかい、彩り豊かな官能の歓びを押し殺してしまうことにより、色褪せて、ほとんど冷たい幽霊と化してしまった哀れな先祖を思いやって、悲しげに微笑むことだろう。」[45]

「自由に選んだ相手との抱擁」(freie Wahlumarmung)とは何を意味しているのだろうか。アンファンタンは、ブルジョア的な所有思想により、感情が失せても継続しなければならない婚姻の貞節の掟は、感性や官能を含めた全面的な人間解放をする上での桎梏となると考え、新しい人類には新しい倫理的掟が必要なのだとして、自由恋愛を唱えていた。[46] ハイネはこうした考えの影響を受け、「自由に選んだ相手との抱擁」ということばで、彼なりの考えを呈示しているのだろう。

前述した通り、ファルンハーゲンは、サン・シモニズムの婚姻観については、「未成熟」であり、今後手を加える必要があるとして、態度を保留していたのに対し、ハイネは、この点ではほとんど留保なく賛同しているのである。両者のサン・シモニズム受容の相違が、ここにはっきりとあらわれていると言えるだろう。

以上述べてきたように、このサロンでは、現在の閉塞状況を打開するにはどうしたらよいのか、また、どのような社会を作っていくべきかなどをめぐって、熱い議論がたたかわされていた。その際、サン・シモニズムの理念に多くの人々が希望を見い出し、それに未来を託していたのである。

一八二九年から一八三四年にかけての期間は、サン・シモニズムがドイツに大きな影響を及ぼした時期であり、ラーエルのサロンは、この理念を広める起点となっていたのである。

この中でハイネもサン・シモニズムに目を開かれ、フランス行きを決意する有力な要因の一つとなった。フランスに渡った後も、サン・シモニストたちとの交流を続けた。一八三〇年代の半ば頃までは、サン・シモニズムは彼の思想のバックボーンとなっていたのである。

# 第V章　ハイネにおける食

この章では、食という観点からハイネの作品を見てゆくことにしたい。

ハイネは美味いもの好きだった。今風に言えば、相当なグルメだったと思われる。彼の作品中には、食、料理について述べている場面が頻繁に現れる。これは何も、一八三一年に、美食の国フランスに移住してからのことではない。若い頃からの傾向だったのである。たとえば、次にあげるように、自分の気分を食べ物でたとえることがたびたびあった。

「『ライン・ヴェストファーレン年刊詩集』を読んで、新刊批評家（ハイネ）はまるで好物のヴェストファーレン地方の生ハムを、ラインワインのグラスを傾けながら食べているかのように、とても心地よく、くつろいで、快適な気分になった。[1]」

これは、一八二一年の新刊批評の文であるが、その翌年に書かれた『ベルリン便り』の中には、ベルリンのカフェや美味しいボンボンやチョコレートの店を紹介するなど、あたかも今日のグルメガイドのような趣きの箇所もあるのだ。[2]

ハイネは食を文学に持ち込んだ。フランス文学には、ラブレーからモンテーニュを経てヴォルテールへと続く食の文学の系譜があるのに対し、ドイツ文学では十六世紀のハンス・ザックス、フィッシャルト以後、食は、メルヒェン、民話を除いて文学の世界からはほぼ姿を消してしまっていた。ハイネの文学への食の取り入れは、小さい頃に乳母のツィッペルを通してメルヒェンに親しんだこともあるのだろう。グリムのメルヒェンの三分の一以上は飲食の題材が使われているのである[3]。ハイネにとって、食を文学の世界に導入することは一体どのような意味をもっていたのだろうか。以下、まず食べ物が登場するハイネの作品を具体的に見てゆくことにしよう。そして、なぜ彼がそれほどまでに食にこだわり、作品の中に描きこんだのか考えてみたい。

## (一) 作品に登場する食べ物、飲み物

### (1) 美食、富の象徴としての食べ物

「ゲッティンゲンのソーセージ、ハンブルクの燻製肉、ポンメルンの鵞鳥の胸肉、牛タン、仔牛の脳髄の蒸し煮、牛の口、棒鱈、ありとあらゆる種類のゼリー、ベルリンのパンケーキ、ヴィーナー・トルテ、ジャムなど[4]」

これは、『イデーエン　ル・グランの書』(一八二七年)の中で、「私」が「奥さま」に向って

「奥さま、いつの日か大きなパーティーを開いて喜んでいただきましょう」と、パーティーで出される料理の数々を挙げていく場面である。

ドイツ各地の名物が次々に並べたてられている。第II章でも述べたように、ゲッティンゲンのソーセージは、ハイネが『ハルツ紀行』の中で、ゲッティンゲン市を有名にしているものの筆頭に挙げているものである。では、ハイネが述べているゲッティンゲンのソーセージとはどのようなものなのだろうか。ゲッティンゲンとその周辺の地域は、ソーセージ製造の長い歴史があり、十八世紀の文献にはすでに、ゲッティンゲンにおいてMettwurst（メットヴルスト＝ひき肉でできた生ソーセージ）が愛好されていることが記されている。Mettwurstの一種であるゲッティンゲン・シュトラッケ（Göttinger Stracke）とゲッティンゲン・フェルトキーカー（Göttinger Feldkieker）は現在も生き続けており、これらのゲッティンゲン・ソーセージは、地域の伝統ある特産品として認定され、ＥＵの「地域的に保護されるべき食品」のリストにも入っている名品である。[5] 従って、ハイネが挙げたゲッティンゲン・ソーセージは、メットヴルストだったことは疑いないだろう。

名品を並べていくことで、豪華な料理が数えきれぬほど揃ったパーティーであるというイメージを「奥さま」だけでなく、読者もまたかき立てられる。

こうしたご馳走を次々に列挙するという手法は、フランソア・ラブレー（一四八三?—一五五三）の『ガルガンチュア物語』を思い起こさせる。たとえば、『ガルガンチュア物語』中の、父王が息子のガルガンチュア一行を歓迎する酒宴の場面では、食卓に出された焼き肉類が、次々に数えきれぬほど列挙されている。

「晩飯が用意されたが、その上にまた、次のような焼肉類も出された。牡牛が十六頭、牝牛が三頭、犢《こうし》が三十二頭、乳離れ前の仔山羊が六十三頭、羊が九十五頭、葡萄汁をかけた仔豚が三百頭、鷓鴣《しゃこ》が二百二十羽、山鷸《やましぎ》が七百羽、ルゥダン及びコルヌゥワイ地方産の閹鶏《かんぬきどり》が四百羽、雛鳥と鳩とが各々六千羽、蝦夷山鳥が六百羽、小兎が一千四百四、鴇《のがん》が三百三羽、それから雛閹鶏《ひなきんぬきどり》が一千七百羽である。野獣の肉となると、そう急に集められなかったが、それでもチュルプネーの修道院長からの贈物の野猪が十一頭、グラモンの殿様が下さった野獣が十八頭もあったし、その外にレ・ゼッサールの殿様が送ってよこされた雉子《きじ》が百四十羽、更に数打《ダース》を以って数えるほどの山鳩……」[6]
（第一之書、三十七章）

まだまだ延々と続く。ここに並べたてられた肉類は、質量ともにまさに想像を絶するものになっていて、これらを平らげてしまうであろう大食漢のガルガンチュアとその一行の健啖ぶりを髣髴とさせる。

このような食べ物を列挙するという手法を使ったのは、実はラブレーだけではない。ラブレーとほぼ同時代を生きたニュルンベルクの靴職人かつ詩人ハンス・ザックス（一四九四―一五七六）の作品にも見られるのである。

市民　今夜はパーティーだ。

カワマスに鱒を用意させ
鳥、去勢鶏、山鶉《やまうずら》に野兎もな、
それにリヴォリ産やナポリ産の甘いワインを飲むぞ。
農民　こっちだってずっと豪勢にやるぞ。
食い物は上等の臓物の詰め物
薬味の利いた百姓の糞、
脂っこいレバーソーセージに、でかい血のソーセージ、
黄色い粥に、上等のパンと菓子、
パンと牛乳、うまい豚の焼肉だ。
それに一杯飲《や》ればご機嫌だんべえ。[7]（「ケーキ買い」）

これらの先達を意識したかどうか定かではないが、ハイネは、いろいろなもの、特に食べ物を次々に列挙するという手法をたびたび使っている。晩年の『一八五三・五四年の詩集』の中の「慈善家」（Der Philanthrop）という詩を見てみよう。

ふたりは兄妹だった、
妹は貧しく、兄は裕福だった。
貧しき者が富める者に言った――

「パンを一切れください！」

富める者が貧しき者に言った――
「今日はだめだ！
今日は年に一度の饗宴に
議員さんたちを招いてるんだ。

すっぽんスープが好きな方、
パイナップルが好きな方、
ペリゴール・トリュフ入りの
雉の肉が好きな方、
海魚しか食べない方、
鮭なら食べる方、
何でも食べて、
その上に大酒をあおる方などを。」

あわれな、あわれな妹は
空腹のまま家に戻り

藁の寝床に倒れこみ
深いため息をつき、息絶えた。[8]

ハイネもラブレーやハンス・ザックスのように、次々にご馳走を並べたてる。すっぽんスープ、パイナップル、ペリゴール・トリュフ、雉の肉……並べたてたご馳走はいずれも高価なものばかりで、貧しい妹はもとより、普通の庶民の口には到底入らぬものだった。

## （2）サヴァラン著『味覚の生理学』（邦訳『美味礼讃』）

ちなみに、ペリゴール・トリュフとはどのようなもので、当時どのように受けとめられていたのだろうか、サヴァランの『味覚の生理学』（邦訳『美味礼讃』）を繙いてみよう。一八二五年に出版されたこの本は、食について実に詳細に考察されていて、それまでの料理法を主とした料理書とは異なり、栄養学的な知識などを含む哲学的エッセイともいうべきものだった。

サヴァランはトリュフについて次のように述べている。


「一七八〇年ころ、トリュッフはパリではまだまれであった。ただアメリカ人のホテルと南フランスのホテルとにだけ、しかもごく少量見いだされたばかりである。

トリュッフの流行は、近ごろにわかに増加した食料品屋のおかげである。この種の商人はこの品物が珍重されだしたのを見ると、さっそく王国じゅうを尋ね歩かせ、高い金を払ったり荷物飛脚や乗合馬車などに運ばせたりして、トリュッフ狩りを全国的にはやらせたのである。……

わたしがこうして書いている今こそ、トリュッフの光栄はまさに絶頂にあるということができよう。どこかの食事に招かれてトリュッフのついた皿が一つも出なかったとすると、その人は、うっかりそれを人に言わないよう気をつかう。アントレはそれ自体いかにけっこうであろうと、トリュッフが付いていなければ人前には出せない。[9]」

さらには、「最上のトリュッフはペリゴールおよびプロヴァンスの山から出る[10]」としている。まさにトリュフはご馳走にはなくてはならないもので、特にペリゴール・トリュフはいわば美食の象徴となっていたようだ。

そして、雉の肉も美食には欠かせないものだったらしい。再び、サヴァランの『味覚の生理学』を繙くと、「雉は一つの謎であって、その秘密は特別の人たちにしか明かされていない。ただかれらだけが雉のほんとうのうまさを味わうことができるのである」として、「雉はちょうどよいころに食べると、実にやわらかですばらしくおいしい。まったく飼鳥肉のようでもあり猟獣肉のようでもある[11]」と書かれている。そして、雉の内部にトリュフやベーコン、香味野菜などの詰め物をして焼くなどの調理法を述べた上で、「このようにして調理された雉料理こそは、天使のお召料としてささげても恥ずかしくない。……これは決して誇張でもなんでもない[12]」とされている。

このように、ペリゴール・トリュフ、雉肉はいずれも美食と富の象徴となっていた。その他、すっぽんスープは今日でも滋養に富む貴重で高価な一品であるし、パイナップルは南国からの輸入果実で、今日とは違い、当時はまだ高価な貴重品だったのである。ハイネは豪奢な食べ物の名を列挙することで、富裕層の豪奢な生活を想像させ、パン一切れすら食べられずに死んでしまった妹の生活と対比させ、その格差をくっきりと浮かび上がらせているのである。

### （3）グリムのメルヒェン集に登場する食べ物との比較

なお、食べ物や料理によって貧富の差を表現するという手法は、ハイネが愛好していたグリムのメルヒェンにもよく見られるものである（「貧しい者と富める者」、「黄金の子どもたち」、「二人兄弟」、「千びき皮」など）。貧しい者の食べ物としては、ジャガイモやパン一切れのみとして示され、それに対して、ごちそうとして出てくるのは、もっぱら焼肉とワインで、あまりくわしくは書かれていない。

ちなみに、グリムのメルヒェン集には、「ヘンゼルとグレーテル」の中の、パンでできていて、屋根がケーキで、窓が白砂糖のお菓子の家をはじめとして、たくさんの食べ物が登場している。シュトーベンフォルは、たいていは単に「貧富の差」を目立たせるためではあるがとして、実に三分の一以上の話に飲食の題材が使われていると指摘している。[13] だが、調べてみると、意外にも、グリムのメルヒェン集に出てくる食べ物の種類はそれほど多くはない。どんな料理が食卓に並んでいるのか、あまりくわしくは書かれておらず、たとえば、schönste Gerichte（この上ないごちそう）、gutes Essen（おいしい食事）などと書かれている場合が多い。具体的に書かれている場合は、Braten

（焼肉）、Wein（ワイン）、Gesottenes und Gebratenes（ゆでたものと焼いたもの）などであり、食べ物や料理の種類は決して多くはなく、むしろシンプルだと言っていいだろう。

それに対してハイネの場合には、富裕層の奢侈ぶりを示す品が、時代を反映して、より新しくなり、種類もより多くなっている。それにより、一層貧富の差が浮き彫りにされていて、社会批判的な視線がより鋭く、強く感じられる。この「慈善家」という詩は、施しても、自らの利益にならない身近にいる貧者に対しては、せがまれてもパンの一切れすらやらず、議員などの「名士」には豪華な食事を提供し、施しが自らの名声を高めることにつながるところにはすすんで金を投じる「慈善家」の姿と、自らの利益につながらぬ者に対する冷酷さ、自らの利益につながる者に媚びへつらうさまを浮き彫りにしている。

料理を列挙しているもう一つの例として、『シュナーベレボプスキイ氏の回想録より』（一八三一年）で、各国の料理をその国の女性と関わらせて書いた箇所を見てみよう。

「どの国にも特有な料理があるように、どの国にも特有な女性の魅力というものがあるものだ。この点では、すべてが趣味の問題になってくる。ある者はロースト・チキンを好み、またある者は鴨の丸焼きを好む。ぼくはと言えば、ロースト・チキン、鴨の丸焼き、さらにはガチョウの丸焼きも好きだ。高邁な哲学的観点から見ると、女性はあらゆる点で、その国の料理とある種の類似点を持っている。イギリスの美女たちは、古代イギリスの簡単で美味い料理、つまり、ロースト・ビーフ、羊のロースト、フランベしたプディング、二種類のソースつきの――そのうちの一つは溶かしバターのソース――ゆで野菜などと同じように健康的で滋養に富み、しっかりして信頼がおけ、濃厚で、無技巧で、しかもすばらしくはないだろうか。そこにはフリカッセなどが微笑んではいないし、ひらひらしたヴォロヴァンもなく、人をまどわすようなこともない。そこにはまた、機知に富んだラグーがため息をついてなどいない。[14]」

「高邁な哲学的観点から見ると、女性はあらゆる点で、その国の料理とある種の類似点を持っている」として、各国の料理の特徴を、その国の女性の特徴、魅力に重ね合わせて延々と述べたてている箇所である。哲学とは最も遠いところにあるような、最も日常的な食を哲学と結びつけているところがまず読む者の意表をつく。その上、引用した文の中に出てくる料理の数だけでも、実に九つもある。美食の象徴のような異国の料理を並べたてているところは、いささかグルメであることを披瀝しすぎの感もありはするが、一般的にはあまり知られていない美味しそうな料理を次々に並べることで、読者はその想像力をかき立てたてられ、さらにはそれが女性の気質と重ねられていくことで、わけがわからぬうちに何やら「高邁な哲学的観点」からの意見に巻き込まれてしまう。「高邁な哲学的観点」から女性と料理を関連づけるという着眼の独自性、独特な評価、独断的でもある表現に読者は納得せずとも、幻惑されてしまうのではないだろうか。

## （二）まず何よりも食

十八世紀後半から十九世紀半ばにかけての時期、いろいろな文学者が旅をし、旅行記が書かれるようになった。旅行文学がジャンルとして確立し、流行になっていた。ゲーテの『イタリア紀行』は有名であるが、それ以前にも、ゲオルク・フォルスター、エルンスト・モーリッツ・アルントをはじめ、フリードリヒ・シュレーゲルもフランス旅行記を著している。この頃はまだ、男性に比べ女性が旅行するのは珍しかったが、ゾフィー・フォン・ラロッシュはスイス、フランスなどに旅をし、『旅日記』を公にしている。ハイネも旅をして、『ハルツ紀行』、『イギリス断章』、『ミュンヘンからジェノヴァへの旅』などの Reisebilder（旅の絵）の連作を書いている。ハイネの旅行記は、旅行した土地の名所旧跡についてはほとんど触れていない。この点では、ローレンス・スターンの『センチメンタル・ジャーニー』（一七六八年）の影響があるように思うが、スターンは出会った人とのことが心情に映ったさまをもっぱら描いているのに対し、ハイネは旅で出会った人と食べ物について書いているのである。

そして、ハイネの旅行記の中で特に目をひくのは、食を、政治や大学など、社会における「権威あるもの」と同等か、あるいは上位に置いていることである。

たとえば、第Ⅱ章でも言及したように、『ハルツ紀行』（一八二四年）では、旅の冒頭に、ゲッティンゲン市について、「ゲッティンゲン市はソーセージと大学によって世に知られている」と書いている。

ゲッティンゲン大学は一七三七年に創立された、ドイツでも有数の歴史を誇る大学である。アレクサンダー・フンボルト、グリム兄弟、フリードリヒ・フレーベル、アルトゥール・ショーペンハウアーなどを輩出し、法学、哲学、数学、物理学の分野において、特に学問的実績がある大学町と言っても過言ではない。それにも拘らず、ハイネは世に知られた大学よりも先に、世に市の名を知らしめているものの筆頭にソーセージを挙げているのである。そして、こうした食の観点からも、ゲッティンゲン大学に対する批判が展開されているのである。ゲッティンゲンを起点として歩き続け、ノルトハイムに着いたハイネは、その地のゾンネ食堂で昼食をとる。ゾンネ食堂の昼食について、次のように述べている。

「ここで食べた昼食の料理すべてがおいしかった。味気ない大学の食事=ゲッティンゲンで出された塩気のない棒鱈に、古キャベツを付け合せたものよりも気に入ったと言っていい。[15]」

ゲッティンゲン大学の味気ない料理にノルトハイムのゾンネ食堂の料理が対置され、すべてがおいしかったと称えているのである。村の食堂の料理の方が、大学で出される料理よりもおいしいと語っているのだ。

さらには、『ミュンヘンからジェノアへの旅』(一八二九年)では、

「フランス人を称えようではないか！　彼らは人間社会に最も必要な二つの要求を満たしてくれた。つまり、うまい食事と市民的平等である。料理法と自由の領域で、彼らは最大の進歩をとげたのである。[16]」

政治、社会などの「大きな世界」に属する事柄と、食などの「小さな世界」に属するものを等価のものとして並べ、しかも食を政治よりも先に置いているのである。聖なるものと俗なるものの地位が逆転する、一種のカーニヴァル的世界だと言えるだろう。

『イデーエン　ル・グランの書』（一八二七年）でも、子供の頃、作者ハイネの情熱の対象はアップルトルテだったと述べた後、現在は「愛、真理、自由、そして蟹スープだが[17]」という文が続いている。ここでも、愛、真理、自由という、ハイネの人生を貫くモティーフをあげ、その後には「平等」という語がくるのではないかという読者の予想を裏切って、蟹スープと続く。これについて、テレンス・ジェイムス・リードは、「喜劇的効果をねらったハイネの文学的個性だ[18]」と述べている。たしかにそのような一面もあるだろうが、別の理由もあるのではないかと筆者には思われる。ハイネにとって、食の問題は、愛、真理、自由と同じ位の、否それ以上の重みをもっていたのだ。

筆者がそのように考えるのは、全編に食べ物があふれている『シュナーベレボプスキイ氏の回想録より』の中の次のような文章によってである。

「ハンブルク人は善良で、美味いものをたっぷりと食べる。宗教、政治、学問については、それぞれの意見は相当に異なっているのだが、食べることに関しては、実に見事に意見が一致してしまう。[19]」

「法律の焼肉用回転グリルといった感じの弁護士たち──焼肉が自分のところに落ちてくるまで法律をひねくり回しては適用している弁護士たちが、裁判（Gericht）を公開にすべきかどうかをめぐってどれほど論争しようとも、すべての料理（Gericht）は美味しくなければならないということについては意見の一致をみるのだ。[20]」

ハイネは、Gericht という同音異義のことばを駆使しながら、おもしろおかしく独自の論を展開している。宗教、政治、法律などの問題で意見が異なっていても、食の点では一致する。つまり、聖なるもの、権威あるものに対して、食が肝腎要の役割を担っているのだとしているのである。ここで示されている、食こそが物事の根底をなす重要な役割を担っているのだという考えは、ハイネの思想を支えるバックボーンだったと言えるのではないかと思う。この考えは、後にさらに発展をとげていく。これについては、後の（六）で詳細に検討していくことにしたい。

### （三）食による土地の印象、思い入れの表現──『アッタ・トロル』における食

国境を越えて他の国に足を踏み入れる時、その土地を象徴する人物と食べ物を描き出すのがハイ

ネの手法である。ハイネは、一八四一年六月末から七月末まで、マティルドとの新婚旅行と療養を兼ねて、ピレーネー地方の町コトレに滞在した。そこはフランスとスペインの国境にあった。その地の環境から強い印象を受け、ハイネは創作意欲を刺激され、長編叙事詩『アッタ・トロル』(Atta Troll) を生み出した。

『アッタ・トロル』第十一章では、スペイン橋を通って、フランスからスペインへと足を踏み入れる。

スペイン橋という名の橋は、
フランスから、千年も遅れた
西方の未開の国スペインへ
通ずる橋だ。

たしかに、スペインは近代の文明世界において
千年も遅れている――
東方の未開の国わがドイツは
一世紀遅れているだけなのだが。

ためらいつつ、ひるみながら、ぼくは

聖なるフランスの地を後にした、
自由と、わが愛する女性たちの祖国
フランスの地を。

スペイン橋のまん中に
貧しいスペイン人が座っていた。
穴だらけのマントから貧しさが窺えた。
そのまなざしからも貧しさが窺えた。

古いマンドリンを
やせ細った指でつまびいていた。
かん高い不快な音、それが嘲るように
岩間から反響してきた。[21]

「千年も遅れた西方の未開の国」、「スペインは近代の文明世界において千年も遅れている」という、スペインに対する見方は気になるところだが、こうした見方は、当時、スペインを旅したイギリスやフランスの作家たちの書物によって形成されたものと思われる。
十九世紀には、スペインは、北方のヨーロッパの人々の目に、異国情緒にあふれた地と映っていたため、フランスの作家たち、テオフィル・ゴーチェ、アレクサンドル・デュマ、プロスペル・メリメなどがスペインを訪れ、旅行記を書いている。[22]
ここに見られる「遅れた」、「貧しい」ということばに凝縮されたスペインについての印象が、これに続く食の領域でも吐露されている。

夕方ごろにやっと
ぼくたちはみすぼらしい宿に着いた。
そこにはオリャ・ポドリーダが
きたならしい深皿の中で湯気を立てていた。

そこではひよこ豆も食べた。
それは銃弾のように大きくて胃にこたえるもので、
団子で育ったドイツ人には
消化できないものだった。[23]

オリャ・ポドリーダとは、深鍋で作った煮込み料理で、中世以来のスペインの伝統的な料理である。この料理は、十七世紀初頭に書かれたセルバンテスの『ドン・キホーテ』にも登場している。中に入れる材料により、富者の料理にも、貧者の料理にもなったという。王侯貴族の料理のメニューにも含まれ、村の地主の贅沢料理にもなれば、村の貧乏人の食卓にのぼるものでもあった。王侯貴族のためのオリャ・ポドリーダには、塩漬けの豚の喉肉、塩抜きした腿肉、若い猪肉、腸詰、羊肉、仔牛の腎臓、太った牛の肉、若い鶏、養殖小鳩、野ウサギ、ヤマウズラ、ウズラ、ヒヨコ豆、キャベツ、大根などが食材として使われたという。[24]

ハイネが泊まった宿で出されたオリャ・ポドリーダには、何が入っていたのか明らかではないが、「みすぼらしい宿」、「きたならしい深皿」などのことばから考えると、おそらくそれほど豊富な食材が入ってはいなかっただろうと思われる。

十九世紀、スペインを訪れた作家たちが宿泊し、食事をする場所は、王侯貴族とは違い、贅沢なところではなかった。当時のスペインには、フランスのようなホテル、レストランが発達していなかったこともあり、宿やその食事が貧弱なものに映ったのではないかと思われる。[25]

続く第十二章では、この宿を出て、山をよじ登り、岩を跳び越えたりした後、突然豪雨に見舞われ、ゴーブ湖畔の小さな漁師小屋に避難する。ここでも、食べ物のことがまず語られる。

　ぼくたちは、ゴーブ湖畔で
　小さな漁師小屋を見つけて避難し、
　そこで鱒を料理してもらった。
　これはすばらしく美味かった。[26]

ゴーブ湖畔では、現在も鱒料理が生き続けているという。

## (四) ドイツ食紀行――『ドイツ・冬物語』における食

ハイネは、一八四三年の晩秋から冬にかけて、パリからハンブルクへ旅をした。前年の五月にハンブルクで大火があった。市の中心部の三分の一が焼失し、五十一人が死亡、二万人が焼け出された。ハンブルクには母ベティが住んでおり、また、ハンブルクはハイネが青春時代を過ごしたところでもあった。大火の見舞いの意味もあり、ハイネは十二年ぶりにドイツの地に足を踏み入れたのである。

ところで、一八四三年十月にはベルギー―プロイセン間の鉄道が開通した。[27] それ以来、ベルギーのアントワープやブリュッセルからドイツのケルンまで直通で行けるようになったのである。時期から考えて、ハイネのドイツへの旅は、この鉄道を利用してのものだったと考えられる。ちなみにパリ―ベルギー間にはまだ鉄道が通っていなかったので、その区間は馬車を利用したと思われる。

長編叙事詩『ドイツ・冬物語』(Deutschland. Ein Wintermärchen) は、詩によるReisebilder（旅の絵）である。久しぶりに訪れた故郷で、ドイツの政治的な惨めさを痛感し、それへの思いを詩に綴る、かなり重い政治的なテーマを扱っており、ハイネの政治詩の頂点をなすと言っても過言ではない作品である。その一方で、この詩は食紀行と言ってもいいような内容になっている。ハイネは、アーヘンを皮切りに、ケルン、ハーゲン、ヴェストファーレン、ハンブルクへと旅していくが、目的地に着くとすぐ、まず音や風など五感でその土地を感じ取り、食欲がかき立てられる。彼の脳裡には、何よりもまず、その土地の美味い食べ物が思い浮かぶのだ。その土地のことばや風景などよりも、まずは食べ物なのである。

ケルンに夜遅く着いた。
その時、ライン川がサラサラ流れる音を聞いた。
その時、ドイツの風にあおられた。
その時、ぼくはその影響を感じた――

ぼくの食欲に。そこでぼくはハム入りのオムレツを食べた。
だが、それがあまりに塩辛かったので、
ラインワインも飲まずにはいられなかった。[28]（第四章）

午前七時四十五分にケルンを発ち、
ハーゲンに着いたのは
もう三時近くになっていた。
ここで昼食をとることになっていた。

食事の用意ができていた。そこには
古くからのゲルマン風料理があった。
こんにちは、ザウアークラウト君、
とても魅惑的だぞ、君のにおいは。

蒸し焼き栗のキャベツ巻、
昔、母のところでこういうのを食べたものだ！
故郷の棒鱈君、こんにちは！
君たちは何と巧みにバターの中を泳ぐことか！

感じる心をもつ者はだれにも
祖国は永遠にかけがえのないもの——
ぼくはにしんの燻製と
こんがりと茶色に蒸した卵も好きだ。

とびはねる油の中でソーセージがなんと歓声をあげていたことか！
あぶり焼きにされた敬虔な天使たち、

つぐみのアップルムース添え
それらはぼくにさえずりかけた、ようこそ！と。

ようこそ、同郷の人――ぼくにさえずりかける、
長いこと帰ってきませんでしたね。
よその鳥とずい分長いこと
放浪していたのですね。[29]（第九章）

十二年ぶりに足を踏み入れた故国の懐かしい町、ケルンもハーゲンも、まずその土地の食べ物のことが延々と語られている。そこで食する食べ物は、ハイネの Heimatliebe（故郷愛）とも言いうる懐かしさに溢れた感情が込められたものになっているのである。美食にかけては他国の追随を許さぬほどの誇りをもっているフランスで暮らしているハイネだが、やはり故郷の味は懐かしく好ましい。Heimatliebe は何よりもまず食べ物からなのである。先の（二）ですでに書いたことがここでもあてはまる。つまり、先ず何よりも食なのだ。

第二十章で、ハイネは夕方ハンブルクに着くとすぐに、母ベティーの住む家に行く。母が用意してくれた魚と鵞鳥の肉とオレンジを早速食べる。この地でも、まず食べることから始まっているのだ。

その美味しい魚をたいらげると、
鵞鳥の肉が食卓に出された。
母はまたあれこれと尋ねてきた、
時には、油断できない質問をまじえて。

「ねえ、どちらの国が
本当に住みやすいの。
ドイツ、それともフランスなの。
どちらの国民がすぐれていると思うの。」

「お母さん、ドイツの鵞鳥はうまいです。
でも、鵞鳥の中に詰めるのは
フランス人の方がうまいです。
それに、フランスにはもっとうまいソースがありますよ。」

そして、鵞鳥が食卓から立ち去ると、
オレンジが出てきた。
これはとても甘かった。

予想をはるかに超えていた。

母はまたとても楽しげに
聞きはじめた、
さまざまなことを、
中にはきわどいことも。

「ねえ、いまはどう思っているの。
祖変らず好きで政治と
関っているの。どの党に
信念をもって入っているの。」

「お母さん、このオレンジ
おいしいですね。果汁が甘くて
本当においしいですね。
皮はここに置いておきますね。[30]」（第二十章）

当時、ドイツでは、オレンジ、パイナップル、バナナなどは高価な輸入果物で、かなりの贅沢品だった。「このオレンジおいしいですね」ということばからは、十二年ぶりに帰ってくる息子に、精一杯ご馳走を食べさせようとする母親の心づかいがたっぷりこめられたオレンジの甘い味をじっと味わい、かみしめているハイネの気持ちが感じ取れる。

このオレンジをめぐる母親との会話の場面について、ハイネは政治や党派の問題に言及するのを意識的に避けているのだという指摘もあるが[31]、果してそれだけなのだろうか。もちろん、そのような面もあるのだろうが、これには二つのことが絡み合っているのではないかと思われる。一つは、ハイネと母親との関係性である。政治的問題を話すような関係ではないとハイネが思っていたこと、もう一つは、前にも述べたように、ハイネにあっては、食は政治と同じ重み、価値をもっているということである。まず何よりも食、食こそが肝腎要なことなのだというハイネの考え方がここにも表現されているのではないかと筆者には思われる。

母の家を出て、町の半分が火事で焼けてしまったハンブルクの町を目にして先ず探したのも、自分の著書『旅の絵』(Reisebilder) を刷ってくれた印刷屋とともに、はじめて牡蠣を食べた地下のレストランであり、たくさんケーキを食べたところだった。

『旅の絵』を刷ってくれた
印刷屋はどこにあるのだろう。
ぼくがはじめて牡蠣を呑みこんだ
地下レストランはどこにあるのだろう。

たくさんケーキを食べた
あのパヴィリオンはどこにあるのだろう。[32]（第二十一章）

そしてさらに第二十三章ではハンブルクについて、次のように語っている。

共和国としてハンブルクは
ヴェニスやフィレンツェほど大きくはなかった。
しかし、ハンブルクには他よりうまい牡蠣がある。
一番うまいのはローレンツの地下レストランのだ。

美しい夜だった、ぼくは
カンペと共にそこへ出かけた。
ラインワインと牡蠣を
そこで一緒に味わいたかったのだ。
……
ぼくは天にましますに神感謝する、
その偉大なる創造の力で

海には牡蠣を、
地にはラインワインを造り給うたからだ。

それから牡蠣にたらす
レモンを実らせ給うたから――[33]

海に牡蠣をもたらしてくれたことを神に感謝するくらい、ハイネは牡蠣が好きだった。牡蠣はこの『ドイツ・冬物語』だけではなく、ハイネの作品に何度も登場する。ハンブルクの地下食堂で、ラインワインとともにはじめて食べた牡蠣がよほど美味しかったからなのだろうか。牡蠣が大好物だったのだろう。また、ハイネにとって、牡蠣は美食の象徴だったにちがいない。

## (五) ハイネの天国のイメージ――美味いものがあふれた所

ハイネの食への願望は、彼が思い描く天国像に不可欠の要素となって結実している。初期の恋愛詩集として知られる『歌の本』の中に次のような詩がある。

夢を見た、ぼくは神様で
天国にいる。

天使がぼくをとりまいて
ぼくの詩をほめている。

ぼくは食う、何グルデンもする
ケーキにチョコレート菓子。
その上にカーディナルも飲み、
全部ただだ。[34]（「帰郷」六十六）

このように、ハイネが描く天国には、美味い食べ物がいろいろと出てくる。十八世紀のパリには砂糖菓子の店がたくさん出来、貴族やブルジョアたちが列をなしたというが、[35]庶民には高嶺の花だった。ハイネがこの詩を書いた十九世紀の二〇年代には、砂糖の使用が増えていたとはいえ、砂糖はまだ高価で、ケーキは贅沢品だった。また、引用した詩で「チョコレート菓子」と訳したKonfektは、プラリーネのようなものにあたる。チョコレートは十八世紀までは飲み物で、特権階級、富裕層のものだった。チョコレートが今日のように固形になり、徐々に特権階級のものでなくなるのは十九世紀半ば以降である。[36]ハイネがこの詩を書いた一八二〇年代は、ケーキもチョコレートも砂糖もまだかなりの贅沢品だったことはまちがいない。まさに「何グルデン」もしたのである。カーディナルとは、赤ワインをベースにして、カシス・リキュールを加えたカクテルで、これも豪奢なものだった。

そして、神様である「ぼく」は奇蹟を起こし、ベルリンに恵みをたれる。その恵みというのがまたしても食べ物なのである。

街の通りの敷石よ、
割れよ、
すべての石よ、
新鮮なきれいな牡蠣を含め。

レモン汁の雨よ、牡蠣の上に
降りかかれ。
そして最上のラインワインよ、
通りの溝に流れ込め。[37]（「帰郷」六十六）

ここにも、牡蠣とラインワインが登場している。『冬物語』のところで述べたように、牡蠣とラインワインはハイネの作品に何度も出てくるのだが、はじめて登場したのは、一八二三年、二十六歳の時に書かれたこの詩なのである。ベルリンへの恵みとして、牡蠣とラインワインは最上のものだと考えていたのだろう。

ハイネの天国のイメージは、『ル・グランの書』ではさらに、溢れるほどの食べ物にみちた所となっていく。

「天国の生活は実にすばらしいものです。すべての娯楽がそろっていて、フランスの神々と同じで、歓びと楽しみに溢れた暮しなのです。朝から晩まで食卓に座り、料理はベルリンの有名なヤーゴルレストランと同じくらい美味なのです。焼き上がったばかりの鵞鳥がソースの入った小皿をくちばしにくわえて飛び回り、自分を食べてくれれば気をよくしているのです。バターで照り輝くケーキがひまわりの花のように生い茂り、ブイヨンとシャンペンの小川が至るところに流れ、ナプキンがひらひらとはためいている木が至るところに生えています。人々は食べては口を拭い、そしてまた食べるのですが、胃が全然おかしくならないのです。[38]」

ハイネが思い描いているこの天国のイメージは、至るところにおいしい食べ物がたっぷりあり、飲み物も小川となって流れているところで、Schlaraffenland（逸楽の国）そのものなのである。Schlaraffenlandは、古くから民間で語り伝えられてきた民衆の理想郷のようなものである。ハイネのイメージによれば、そこは「焼き上がったばかりの鵞鳥がソースの入った小皿をくちばしにくわえて飛び回り、自分を食べてくれれば気をよくしている」、いわば「さかさまの世界」なのだ。

ハンス・ザックスは長編詩Schlaraffenland（一五三〇年）の中で、Schlaraffenlandを次のように描いている。

家の屋根はパンケーキ
戸口とよろい戸はレープクーヘン
床と壁はベーコンケーキ
梁はこんがり焼きあがったローストポーク
まわりの垣根は焼きソーセージ
泉にはワインが湧き出ていて
ひとりでに口の中まで流れ込む
もみの木にはドーナツが
もみの実のようになっている
唐檜には焼きあがったパンがなっている
白樺を揺すればクッキーが落ちてくる
…………
焼きたての鶏、鵞鳥や鳩も飛び回り
それを捕まえられぬ者、怠け者の口の中に
自分から飛び込んでゆく[39]

屋根がパンケーキで、家の入口と窓の扉はレープクーヘンといえば、ヘンゼルとグレーテルが森の中で見つけた魔女の家を連想させる。ハンス・ザックスが描いたイメージが民話の中で受け継がれていったのかもしれない。ここは実にたくさんのごちそうが木になっていたり、泳いでいたりする極楽、しかもそれらが口の中までやって来てくれる夢の国なのである。「焼きたての鶏、鵞鳥や鳩も飛び回り、それを捕まえられぬ者、怠け者の口の中に自分から飛び込んでゆく」というところは、ハイネの「焼き上がったばかりの鵞鳥がソースの入った小皿をくちばしにくわえて飛び回り、自分を食べてくれれば気をよくしている」という場面とイメージが重なっている。おそらくハイネはハンス・ザックスの詩を読み、それを少し変えて自分の世界に取り入れたのだろう。

また、グリムのメルヒェン集一五八番に、„Das Märchen von Schlaraffenland"（「のらくら者の国のお話」）があるが、そこでは、「のらくら者の国」の話は、荒唐無稽なほら話として語られていて、放縦で荒れた国という印象が強い。ハイネが描き出しているこの場面の方がはるかに楽しげで、まさに天国のような所として描かれているのである。

食べ物、飲み物があふれるほどあるハイネの天国像は、ハンス・ザックスの描いた逸楽の国のイメージに連なるものだと言えるだろう。ただし、ハンス・ザックスの詩の最後は、「この国は、ふだんのらくらで大食らいで、なげやりな若者をこらしめるため、古代人が考え出したものである」として、怠惰を戒める教訓で結ばれている。[40] それに対し、ハイネの場合はそんな反面教師的な教訓はまったくなく、歓びと楽しみにあふれた理想の天国として描かれているのである。ハイネは教訓を抜きにして、ハンス・ザックスの Schlaraffenland のイメージをふくらませていったのではないかと考えられる。

## （六）ハイネが食にこめた意味

　これまで、ハイネの作品における食の描かれ方などを具体的に見てきたが、何故にハイネはそれほどまでに食にこだわったのだろうか。

　バフチンは、ラブレーがカーニヴァル的な形式や象徴というこのうえなく豊饒で独自な言語を用いたとし、このカーニヴァル言語を利用した作家として、シェイクスピア、セルバンテス、ハンス・ザックス、フィッシャルトの名をあげている。そして、カーニヴァルの笑いの文化の構成要素として、肉体そのもの、性生活とともに、飲み食いが圧倒的な割合を占めていると述べている。[41]バフチンのこの指摘を参考にするなら、ハンス・ザックス、フィッシャルトに連なるカーニヴァル言語をハイネは復活させ、自分の文学世界に取り入れようと考えていたのではないか。ハイネは、彼が生きていた当時のドイツ文学を、現実世界から隔絶した夢の国を浮遊しているものととらえていた。そうした現状を打破し、新しい時代に見合った新しい文学を創出しようとしていた。それは現実世界と切り結んだ文学であり、地上的な要求との接点をもった文学であった。民衆文化のエネルギーの根源である食こそが、自らの目指す新しい文学に不可欠の要素だとハイネは考えていたのではないだろうか。

　さらには、こうしたハイネの食へのこだわりは、彼の思想の根幹をなすものだったと言っても過言ではない。

ハイネは『ドイツ宗教哲学史考』（一八三四年）の中で、次のように述べている。

「僕たちは皆、同じように輝かしい、同じように神聖で、同じように幸福な神々の民主主義を打ち立てよう。……僕たちは要求する、神々の食べ物であるネクタル、アムブロージャ、……笑いさざめくニンフたちの踊り、音楽や喜劇を。[42]」

人はみな神と同じく神聖な存在で、神と同じ食べ物を食べられるような社会になるべきであるとハイネは主張しているのである。美食は、彼の世界観において、中心的な位置を占めるものの一つなのだ。キリスト教では、傲慢、色欲、貪欲、嫉妬、怠惰、憤怒などとともに大食を七つの大罪とし、人を罪に導く欲望の根源ととらえて戒めた。ハイネの主張は、こうしたキリスト教の禁欲主義的倫理観に対する明確なアンチテーゼとなっているのである。

しかし、現実は厳しい。このように要求するハイネも、パトロンの支援を受けず、自立した作家として生きていくことは容易ではなかったのである。食べるということの意味をハイネは次のように語っている。

「ホラティウスが、作品を九年間机の中にしまっておくようにという有名な鉄則を作家に課した時、同時に、どのようにしたら九年間食べないで過ごすことができるのか、その処方も示すべきだったのです。ホラティウスがこの鉄則を考え出した時、ひょっとしたら、彼はパトロンのマエケナスの食卓につき、七面鳥のトリュフ添え、雉のプディングの肉ソース添え、雲雀の骨付きあばら肉のテルトー産小かぶ添え、孔雀のタン、インド産鳥の巣等々、豪勢なものすべてをただで食べていたのかもしれません。しかし、後の世に生まれた我ら不幸な者たちは、当時とは違った時代に生きており、我らのパトロンたちもまったく違った原理をもっているのです。……ああ、この世には何とすばらしい、何と華麗な料理があることでしょう。哲学者パングロスが最高の世界だと言うのはもっともです。しかし、この最高の世界では金を持っていなければならないのです。ポケットに金を持っていることが重要なのであって、机の中に原稿をもっていることではないのです。[43]」

ホラティウスの時代とは違い、豪華な料理を食べるには、自分で金を稼がなくてはならない時代に生きていることをハイネは痛感していたのである。

だが、現実を見れば、働いて稼いでも、人々は神と同じ食べ物を食べられるどころか、「啓蒙」（Erleuchtung）という詩にあるように、一番上等のスープが口に入る前に掠め取られてしまって、食べることもできないのだ。ハイネはミッヒェル（ドイツ民衆を指す）に次のように呼びかける。

ミッヒェル、目が覚めたかい。
気がついたかい、
極上のスープが　おまえの口に
入らぬうちに　掠め取られていることに。[44]

この厳しい現実の前で、キリスト教は、天国に行けばこの世の苦しみから解放され、この上ない幸福が得られるのだと教える。

その代り　おまえに約束されていたのが、
輝やかしく美化された天国の喜びなのだ。
そこでは　天使たちが肉ぬきで、
無上の幸福を料理してくれるというのだ。[45]

現世で食べる物がろくになく、苦しんでいる者に向って、天国に行けば、現世での苦しみから解放され、幸福になれると説くキリスト教の教えを、「天使たちが肉ぬきで、無上の幸福を料理してくれるというのだ」とハイネは皮肉っているのである。

こうしたよろこびにあふれた天国のことを、小さな琴ひきの娘が歌っていた。それは、「啓蒙」の二年後に書かれた『ドイツ・冬物語』の冒頭、「ぼく」が十二年ぶりにドイツとの国境に着いた時、耳にしたものだった。

娘はうたった、この世の涙の谷を、
じきに消えてしまう歓びを、

魂が永遠の歓びに酔いしれ、
栄光に輝く彼岸を。

娘はうたった、古いあきらめの歌を、
あの天国の子守唄を、
民衆という大きな不作法者が泣き言を言うと
寝かしつける歌を。[46]

天国では永遠のよろこびがあると説く教えを、古いあきらめの歌であり、民衆を寝かしつける子守唄だとするハイネはさらに続ける。

その節をぼくは知っている、その文句をぼくは
知っている。
作者もぼくは知っている、
そうだ、彼らはこっそり酒を飲み
おおっぴらには水を説教したのだ。[47]

天国でのよろこびを約束されても、現世で食えなかったら何にもならない。一番肝要なのは、現

世で腹いっぱい食べられることなのだとして、前述した詩「啓蒙」の結末で、ドイツ民衆を象徴するミッヒェルに次のように語りかける。

ミッヒェル　こわがることなんかあるものか
この世でせいぜい胃の腑をたのしませろよ。[48]

そして、『ドイツ・冬物語』では、琴ひき娘がうたっていた古いあきらめの歌、天国の子守唄ではなく、新しい歌を作ろうとよびかけている。

新しい歌、もっとよい歌を、
おお友よ、きみたちに作ってあげよう。
この地上で、必ず
天国を打ち立てよう。[49]

彼岸にではなく、この地上に天国を打ち立てようというのだ。その地上の天国では、人々のために、パンをはじめ、いろいろな食べ物が十分にあることが重要なのである。食を人間解放のための不可欠の要素と考え、ハイネは次のように書いている。

ぼくらは地上で幸福になろう
もう飢えて悩みたくはない。
働き者の手が獲たものを、
怠け者の腹に詰め込ませてはならない。

この地上で、すべての人間の子のために
十分なパンができる。
ばらやミルテも美も楽しみも
甘豌豆も。

そうだ、さやがはじければ
甘豌豆はみんなのものだ！
天国は
天使と雀に任せておこう……[50]

この地上でのすべての人間の日々の生活のために、パンや甘豌豆をという要求である。約十年前の『ドイツ宗教哲学史考』の中の「我々人間にも神々の酒や食べ物を」という要求よりもずっと現世的になっていて、食べ物も、神々や美食家が食べるものではなく、人々が日常的に食べる具体的なものになっているのがわかる。すべての人々がこの世でパンや甘豌豆を十分食べられるような国に、というハイネの理想像がここに表現されているのである。

この詩を書いた四年後の一八四八年五月、ハイネはルーブル美術館に出かけ、ミロのヴィーナス像のまえにひれ伏して泣いたのを最後に、外出もできないまま「褥の墓穴」に臥し続け、死を迎えるまでの約八年間を過した。ベッドで病魔の襲来に呻吟しながらも、作品を作り続けた。死と対峙する日々の中、あまりの痛みに絶望的になり、早く死に身をゆだねたいとする詩も少なくないが、その一方で諷刺や批判精神は衰えることはなかったようだ。そして、晩年も、食べ物を含む詩を書いている。本章（一）の（1）に引用した「慈善家」という詩も、一八五三年に書かれ、『一八五三・五四年の詩集』に収められている。

貧しい妹は空腹を抱えたまま死んでしまうが、兄も、「慈善家」として世の名声を手にした後、とうとう死んでしまう。あのご馳走を食べたお歴々も葬式の列に並んでいる。だが、あの中にいた一人だけいない。詩の結末は次のとおりである。

ペリゴール・トリュフ入りの
雉の肉が好きだったあの人がいない。
あの人は、少し前に
消化不良で死んでしまったのだ。[51]

「すべての人々がこの世でパンや甘豌豆を十分食べられる」ようにというハイネの理想はなかなか叶えられない。この詩でも、パンの一切れも口にできないまま、妹は亡くなってしまった。それに対し、富める者たちは豪奢な食べ物を口にしていた。その中でも、ペリゴール・トリュフや雉の肉は美食と富の象徴だった。そのペリゴール・トリュフ入りの雉肉を食べた人が消化不良で死んでしまったという結末には、富者に対する貧者の怨念が込められているように映る。

食はハイネの生命の根源的な欲求であった。生涯を通じて文学作品の中で食を描き続けたことは、彼の生への強烈な欲求を示すものであり、また、それは彼の文学の根底をなしていると言ってもいいものだった。

# 第Ⅵ章　ハイネと女性たち

## （一）作品に描かれた女性たち

### （1）詩作品の中の女性像

ハイネは実に多くの女性を詩にうたっている。否、彼が抱く女性への想い、あるいは彼が思う女性の本性などについて、うたい、綴ったという方が正確かもしれない。晩年に至ってもなお、

「スフィンクスのほんとうの姿は
女の姿とちがいはしない……」[1]

と、女性という不可解な、謎のごとき存在をスフィンクスになぞらえていたハイネが描いた女性像は、作品の書かれた時期によってさまざまな変化を見せており、それは、ハイネの思想的変遷とも密接に関わっていると思われる。詩集『歌の本』にまとめられた初期の詩作品は、夢、愛の憧憬・苦悩などの詩人の内面感情を、葛藤を繰り返した末の屈折した心の状況そのものを、高雅な「詩語」や詩形によらず、民謡調や日常的散文的詩句まで導入して表現したものが多く、それがこの詩

集の大きな特徴となっている。その中でもとりわけ多くを占めるのは、女性への愛をうたった詩で、憧れの女性への想い、あるいはそれが受け入れられないことへの恨み、つらみが、さまざまなヴァリエーションをもって綴られている。『歌の本』にうたわれている女性たちを大きく分けると、四つに分類できるであろう。

## 1　憧れの対象としての女性

咲く花のごときあなたは
愛らしく美しく清らかな。
あなたの姿を見つむれば
わが胸に愁い深くしのびいる。

あなたの頭にわが手のせ、
神に祈らん、
とこしえにあなたが
清く美しく愛らしくあれと。[2]（「帰郷」四十七）

この詩は、一九〇五（明治三十八）年に出版された上田敏の訳詩集『海潮音』に収められている。

ボードレール、ヴェルレーヌなどの詩とともに、ハイネのこの詩も訳出されているのである。上田敏の訳詩を見てみよう。

妙に清らの、ああ、わが児よ
つくづくみれば、そぞろ、あはれ
かしらや撫でて、花の身の
いつまでも、かくは清らなれと、
いつまでも、かくは妙にあれと、
いのらまし、花のわがめぐしご[3]

この訳詩は当時の青年たちに愛唱され、ロマンティックな詩人としてのハイネの名が広く知られるようになった。ただし、上田敏の訳は、原作に必ずしも忠実ではない。ここでは、「わが児よ」、「わがめぐしご」と訳されていて、想いを寄せる相手が子どもであるかのような印象を受けるが、ハイネの詩ではただ Du となっていて、子どもではないのである。

ともあれ、こうした愛する女性への想いを綴った詩は数多い。

赤い小さな唇に、
甘く澄んだ瞳の娘。

ぼくのいとしいかわいい娘、
想うはいつもおまえのこと。

冬の夜長の今宵には、
おまえとともに過したい。
二人してむつまじく語らいたい、
慣れ親しんだ小さな部屋で。

おまえのかわいい白い手を、
ぼくの唇に押しあてて、
涙でぬらしたい、
おまえのかわいい白い手を。[4]（「帰郷」五十）

おまえの白い百合の指、
もう一度口づけし、
ぼくの胸に押しあてて、
静かに泣くことができたなら。

おまえの澄んだすみれの目、
夜も昼も目の前に浮かんできては
悩ませる。何を意味する、
この甘い、青い謎。（「帰郷」三十一）

愛する女性について書かれたこれらの詩は、口ずさみやすい調子で、古くから愛唱されてきた詩である。これらの詩で目につくのは、愛する女性を表現するのに、hold（愛らしく）、schön（美しく）、rein（清らかな）というような、非常に簡明で、因襲的な形容詞が連ねられていることである。また、Mädchen mit dem roten Mündchen（赤い小さな唇の娘）、mit den Äuglein süß und klar（甘く澄んだ瞳の）、deine kleine, weiße Hand（おまえのかわいい白い手）、deine weiße Lilienfinger（おまえの白い百合の指）、deine klaren Veilchenaugen（おまえの澄んだすみれの目）などの語句は、なじみ深い表現であるが、これらは民謡でよく使われている表現でもある。また、もっぱら愛する女性の外面のみをうたい、その内面には触れていないのも民謡の特徴に通ずるものである。これらの詩において、ハイネは女性の描き方に関し、さまざまな面を民謡から吸収し、受け継いでいるのである。見方を変えれば、この点では、ハイネの個性はあまり打ち出されていないとも言えるだろう。

### 2　恨みの対象としての女性——外見は美しいが、内に蛇が巣くっている女

憧れを抱く女性になかなか思いが通じず、すげなくふられてしまうという経験を「ぼく」は重ね

てゆく。その過程で、女性に対する不信感、恨みがつのってゆく。従って、若いハイネの詩には、女性に対する不信や恨みをぶつけた詩が多く、この恨み節がなかなか辛辣である。それは、次の詩に見られるように、外見とは対照的な極悪な内面をあばくという形をとっている。

ぼくの脳裡にすてきなメルヒェンが浮かぶ、
メルヒェンの中には美しいうたが響いている。
うたの中には世にも美しい華奢な乙女が
生きて動いて潑剌としている。

乙女の中にはかわいい心が宿っている、
だが、心の中には愛のかけらも燃えていない。
愛のない、この冷ややかな心の中に、
高慢と思い上がりだけが潜んでいるのだ。[6]（「クリスティアン・Sにおくるフレスコ壁画風ソネット」Ⅳ）

また、「抒情挿曲」十八には、次のような詩節がある。

ぼくは決して恨みはしない、たとえ胸が裂けても。

永久に還らぬ恋人よ！　ぼくは恨みはしない。
どんなにおまえがダイアモンドの輝きを放っていても、
闇のようなおまえの心は輝きはしない。

そんなこと前からわかっていたのだ。ぼくはおまえを夢に見た、
おまえの心の闇を見た。
おまえの心をむさぼり食っている蛇を見た。――
ぼくは知ったのだ、どんなにおまえが惨めかを。[7]

この詩で「おまえ」と呼んでいるのは、銀行家で富豪の叔父ザロモン・ハイネの娘アマーリエのことである。ハイネが、ハンブルクの叔父のもとで商人の見習いをしている時に、彼女に恋をしたのだが、相手にされなかった。そもそも、身分も金もない男は、富豪の娘の相手にはなりえなかったのである。

外見はダイアモンドのように美しいのに、それとは対照的に、内部は蛇に食い荒らされていると、相手にされないことへの恨みが噴出している。このように、美しい外見と邪悪な内面を持った女性を、ハイネは手を変え、品を変え、さまざまな表現で詩にうたっている。その頂点を形づくっているのが、「ある女」と題する詩である。

二人はぞっこん惚れていた。
女は悪女、男は盗人。
男が稼ぎに出た間、
女はごろりと横になり、笑ってた。

嬉し楽しで日を過ごし、
夜は男の胸で寝た。
牢獄に男が引かれていった時、
女は窓辺で笑ってた。

男は女にことづけた、会いに来てくれ、会いに来てくれ、
恋しくてならぬ、
会いに来てくれ、待ちきれぬ――
女は頭《かぶり》を振って笑ってた。

朝六時、男は首をくくられて、
七時に墓に入れられた。
八時にはもう、女は

赤ワインをあおって笑ってた。[8]（「ある女」、『新詩集』より）

男が牢獄に引っ張っていかれても、「会いに来てくれ、」「恋しくてならぬ」と男にせがまれても、いつでも笑ってやり過ごしている女。男が純情一途に想いを募らせていくのに対し、女はあくまでも醒めていて、いつも「笑ってた」のだ。特に、最後の行の「赤ワインをあおって笑ってた」が、この女の凄味を印象づけている。「ぞっこん惚れていた」男が首をくくられ、墓に入れられてしまったら、悲しくて涙にくれるというのがふつうなのだろうが、赤ワインをあおって笑っているのだ。赤という色は、悲しさとは対極にあるので、この女の悪女度は最高度に達している。女性に対し、憧れを一方的に吐露した詩が幾分単調であるのに比べ、女のこうした「悪」の面をあばき出した詩は、悪の照射の仕方、個性的な表現などの点で、今日から見ても新しい。

## 3　留保なしに共感する対象としての女性

①社会の下層の女性たち

『歌の本』では、女性への一途な憧れと、それを実らすことができなかった男の心情が繰り返し吐露され、その嘆き、恨みによる女性への不信感が全編を色濃くおおっている。その中で、見落とされがちだが、ハイネが心からの共感を寄せて描き出している女性たちも存在している。それは、漁師の娘、クラウスタールの坑夫の娘など、富裕層とは程遠い生活をしている素朴な女性たちである。

漁師の家のそばに座り、
ぼくたちは海を眺めていた。
夕霧がたちこめ、
空高く昇っていった。

灯台の明かりが
次々にともされ、
はるか遠くに
まだ船が一艘見えていた。

ぼくたちは話した、嵐や船の難破について、
船乗りとその生活について、
空と海の間を、不安と喜びの間を
漂っているその生活のことを。[9]（「帰郷」七）

この次の、「美しい漁師の娘さん、／小舟を岸に漕ぎ寄せて、／ぼくのところに来て座り」[10]で始まる「帰郷八」の詩は、森鷗外が、詩集『於母影』（一八八九（明治二十二）年）の中で、「あまを

とめ」というタイトルで訳している。

浦つたひゆくあまをとめ
舟こぎよせてわがたてる
ほとりにきたれわれと汝
手に手とりあひむつびてむ
こころゆるしてわが胸に
なが頭をばおしあてよ
浪風あらきわたつみに
まかせたりてふ身ならずや
そのわたつみにわがこころ
さもにたりけり風はあれど
塩のみちひはありといへど
ここらの玉もしづみつつ[11]

訳語として選んだことばと七五調のリズムが相俟って、非常にロマンティックな雰囲気の訳詩になっている。ロマンティックな詩人ハイネというイメージの形成に大いなる寄与をしたと思われる。
ところで、鷗外の訳詩集にはない、その前の「帰郷七」の詩では、詩人は漁師の娘と、船乗りの生活について、「空と海の間を、不安と喜びの間を漂っている」生活について、はるか遠くの国々について語り合っている。『歌の本』の中の女性をうたった詩のほとんどが、詩人の主観的感情を表出したものであるが、その中で、このように、女性と対話している詩はごく稀である。「山の牧歌」の中の、炭坑夫の娘との会話をうたった詩もまた、そのような稀な例の一つである。

山の上には小屋があり、
老いた坑夫が住んでいる。
緑の樅の木がざわめいて、
金色の月が輝いている。

…………

樅の木は緑の指で、
低い小窓をとんとん叩く。
耳をすまして聞いていた月は、
金色の光を中に注ぎ込む。

父母は近くの寝室で、
かすかにいびきをかいている。
けれど、ぼくらふたりは幸せな気分で

おしゃべりを続け、眠らずにいる。[12]

昔からの言い伝えによると、お城も人も、呪文を唱えた人のものになるという娘の話を聞き、「ぼく」は定めの時に定めの呪文を唱える。

でも、ぼくら自身が
もっとずっと変ったんだ。
松明や黄金や絹が
ぼくたちのまわりで陽気にきらめいている。

きみは王女になったんだ。
この小屋はお城になって、
騎士や官女や小姓たちが
歓声あげて踊ってる。[13]

実直な民衆が王座につく未来を、素朴にとも言えるほどハイネが夢見ていることがここには表現されている。外面は美しいが、内部には蛇が巣くっているなどと、あれほど女性を否定的な、皮肉な眼で見ていたハイネが、このような民衆の娘たちとだけは、距離感のない、素直な気持で語り合っていることが注目される。対話する内容を、彼女たちとは共有できると感じていたからなのだろうか。ともかく、生まれの貧しい人々への共感が、その解放への願いが、ごく自然な形でほとばしり出ていることが見てとれる。

社会の底辺に属する、生まれの貧しい人々への共感は、ハイネには一貫していた。初恋の女性である死刑執行人の娘ヨーゼファ、ハイネに昔話や童話をたくさん話してくれた乳母の想い出を、彼は実に温かい目で、親しみをこめたことばで記している。[14] 彼女たちに共通しているのは、身分の低さとともに、自然の精霊たちの声を聞き分ける能力をもち、古くから伝わる民謡や民話をたくさん知っていることである。ハイネが、こうしたいわば民衆の「語り部」たちの世界に大いなる親近感を抱いていたことは、彼の詩が民謡から多大な影響を受けていることや、自然界の精霊たちのファンタジーにみちた『精霊物語』などの作品を生み出したことによく示されている。

②母親像について

ハイネは作品の中でたびたび母親を描いている。母親に対する見方、その描き方は、時期によって異なっているが、生涯を通じて母親とは強い絆で結ばれていると感じていたように思われる。たとえば、異郷の地フランスにあって、「母と会えなくなってから十二年もたってしまった。切ない憧れは増すばかり。……心は母のことばかり……」とうたった「夜の想い」[15] という詩などからは、そうした絆が特に強く感じられ、母親のことを無条件に慕っていたように読みとれる。しかし、母親への想いの内実は、実際にはもっと複雑だったのである。

ハイネの自伝的回想録によれば、ハイネの母ベティーは「ルソーの弟子」をもって任じた厳格な理神論者で、相当な読書家だったようだ。[16] ハイネの教育方針はすべて彼女が決め、すべての勉学のプログラムを組み、自分の望む職業に就かせるべく、「立派な教育を施した」のである。「彼女の理性と感情は健康そのもの」で、実際的、現実的に思考する母親にとって、文学は非生産的なものに映ったのだろう。彼女は「詩を恐れていて」、ハイネが「手にしている小説を取り上げ、芝居を見に行くことは絶対許さず、民衆劇に加わることも許さず」、「交友関係を監視し」、「幽霊の話をする子守女を叱りとばした」のである。つまり、迷信や詩からハイネを遠ざけようと、ありとあらゆる手を尽したのだという。[17]（『回想録』より）

医者の家に生まれたハイネの母親は、富裕なユダヤ人の娘として育った。当時のユダヤ富裕層は、啓蒙主義的思想によるユダヤ人の解放を望んでいた。古い迷信を否定し、理性的合理的な思想を身につけるのが常だったのである。

ともあれ、母ベティーは、ハイネの資質を理解していなかった。否、自分とは全くちがった傾向をもった息子を理解し難かったという方が適切かもしれない。彼女はともかく息子を自分の望む職業につかせようとして、「自分の装身具、高価なネックレス、イヤリングを売って」、その学資にあてた。[18] 息子の方も、母親が望む職業につこうと努力した。それにも拘らず、その努力がほとんど実を結ばなかった。[19] ユダヤ人であることが不利に作用したこともあるが、彼の資質に合わなかったのである。

以上のような事情を考慮すると、ハイネの内面形成過程に及ぼした母親の影響力はあまりなかったのではないかと考えられる。ハイネの資質や人間性をほとんど理解していなかったからである。従って、ハイネと母親との関係は、最も深いところで響き合える関係ではなかったように思われる。ハイネの内面形成に大きな影響を及ぼした人物としては、古典や時事問題などの豊富な蔵書を自由に見せてくれ、貴重な書物を贈ってくれた母方の叔父ジーモン・ド・ゲルデルン、[20]古い民謡をたくさん知っていて、そのようなものに対するハイネの感受性をよびさましてくれた初恋の女性ヨーゼファ、ハイネが「世界中で最も機知にとんだ女性」として尊敬し、内面の深いところまでお互いに理解し合えた、ベルリンのサロンの主宰者ラーエル・ファルンハーゲン[21]などがあげられるであろう。

さて、ハイネの内面形成にはほとんど関わっていないように思われる母親は、ハイネにとってどんな存在だったのだろうか。ハイネは、「女を恋するという恐ろしい病気」にかかり、「女やまいは、女こそがなおすという同種療法の原理」により、恋の遍歴を重ねた[22]わけであるが、なかなか思いどおりの愛は得られなかった。彼の初期の詩に、母に捧げた次のような詩がある。

ばかげた妄想にとらわれて、ある時、あなたのもとを去りました。
世界の果てまで行きたかったのです。
愛をこめて恋人を抱きしめられるような
そんな愛が見つかるかどうか確かめたかったのです。

ぼくは町中、あらゆるところで愛を探しました。

ドアというドアの前で手を差しのべて、
わずかな愛の施しを乞いました
でも、人は、笑いながら、冷たい憎悪しか返してくれませんでした。

ぼくはいつも愛を求めてさまよい歩きました、
いつも愛を求めて。でもついに愛は見つかりませんでした。
それでぼくは家に引き返したのです、病気になって暗い気分で。

でも、家であなたはぼくを出迎えてくれました。
そして、ああ、あなたの眼の中に浮かんでいたもの、
それこそ、ぼくが長い間探し求めていた甘い愛だったのです。[23]（「わが母B・ハイネに」）

愛を探し求めてさまよい歩いたが、想いは遂げられず、うちひしがれて、結局は母親のもとに戻ってゆく。母親の中に、他の女性との関係では持つことができなかった、最もたしかで揺るぎない愛があることをあらためて認識させられたと言えるのだろう。つまり、母親は、ハイネにとって最後の拠り所、安全な避難所であり、常に揺るがぬ、変らざる愛をもって自分のことを思い続けてくれている存在であることを思い知らされたのだ。ハイネの言によれば、母親は、自分の思い通りにならない息子に対し、その考え方について支配権をふるうようなことはせず、常にいたわりと愛を

ふり注いでくれていたという。[24] ハイネと母親との関係は、内面の深いところでの交流はないが、揺るがぬ愛（それは本能的な愛とも言える）で結びついた関係だったと言えるだろう。このような母親との関係が、ハイネと女性との関係の一つの原型をなしているように思われる。即ち、女性と、内面的な交流を含めた、対等な形での愛をとり結ぶことができず、常に一方的に崇めるか、母親的な絶対的な愛をもって接してくれる女性か、可愛いい子どものような女性（たとえ、それに翻弄されながらであろうとも）を愛するというケースがハイネには実に多い。つまり、パートナー的な愛ではなく、一方通行的な愛の関係が大半を占めているのである。

## 4　本能的な愛の対象

### ①魔性の女

ローレライは、恐らくハイネがうたい上げた中で最も有名な女性であろう。中部ライン地方に伝わる伝説などをもとにして書かれたハイネの詩にジルヒャーが曲をつけ、その曲が人口に膾炙しているからである。この曲があまりにもポピュラーで、人々に親しまれていたため、ナチ時代には、作詞者がユダヤ人ハイネであることが隠され、「詠み人知らず」とされてしまったことは忘れてはならない事実である。

ローレライはもともとは山びこで、ギリシア神話のセイレーンの系譜に連なる妖精だと言われているが、ハイネがうたったローレライは、美しき、妖しき魔性を秘めた女性の象徴的存在であると言えるだろう。舟人の心を妖しい魅力で瞬時に奪い去り、舟もろともに水底に引き入れてしまったローレライの魔力を、ハイネは次のようにうたっている。

美しき乙女の
かなたの岩に座せるも妖し。
装いし金の飾りのきららかに、
黄金なす髪くしけずる。

黄金の櫛もて髪をとき、
うた口ずさむ。
うたの調べは不可思議に、
抗い難き力をもてり[25]。（「帰郷」二）

きららかに光輝く金の飾りを身につけ、黄金の櫛で黄金色の髪をくしけずる、まばゆいばかりの輝きを放つ乙女。説明的な語は省略し、強烈な視覚的イメージを提示している。こうした描写はハイネ独自のものであると言っていい。すでに見てきたように、ハイネはもっぱら女性の外面の美しさだけを描く傾向があるが、このローレライも、実は外見の美しさだけが描かれているのである。それだけに余計想像力をかきたてられる。そして、その姿だけでも魔力があるのに加え、乙女が口ずさむ不可思議なうたに吸い寄せられ、船人は波にのまれてしまうのである。

こうした類の魔性の女をうたう傾向は、時とともにますます強まってゆく。『新詩集』に収められた「色さまざま」以降は特に、官能的な魔性をもった女たちを頻繁に描くようになっていく。とり澄ました上流階級の女性たちとは異なる、本能的な愛に生きる女性たちの群像である。

タンホイザーはヴィーナスに魅せられて、彼女との享楽的な愛の生活に耽溺する。そのヴィーナスの美しさをタンホイザーは次のように語っている。

ヴィーナスは美しい女性です。
魅力的で、あふれんばかりに優美、
輝ける太陽のようです。その声は
花の香りのようにとても柔和なのです。

蕚の蜜を吸おうとして
花のまわりをひらひらと舞う蝶のように、
わたしの魂はいつもひらひらと
彼女の薔薇のような唇のまわりを舞っているのです。[26]（「タンホイザー」）

ヴィーナスの声や魅力は、彼女の「薔薇のような唇」のまわりを、蝶のように魂がひらひらと舞ってしまうほどのものだと表現されている。このヴィーナスの素晴らしき魅力は官能的な美しさなのである。

ところで、初期の詩に見られる「憧れのとこしえの恋人」といったロマンティックな女性像が次第に影をひそめ、官能的な美しさを誇る女性が数多く登場するようになったのは一体なぜなのだろうか。このような変化は、ハイネの世界観の変化と密接な関連があるように思われる。ハイネは、ドイツ時代の最後の頃、すでにサン・シモニズムに触れていたが、一八三一年、パリに移住して以来、ますます強力にその影響を受けるようになる。それによって彼は、キリスト教的、禁欲的な心霊主義（Spiritualismus）に対し、現世を楽しむ感覚主義（Sensualismus）を称揚し、いわゆる「肉の解放」（Emanzipation des Fleisches）を主張するに至る。これは即ち、当時のドイツを支配していたキリスト教が、禁欲的な精神主義の立場から、「魂」の優位性を説き、人間の感性や官能、肉体を不当に貶めていた状況の中で、人間の全面的解放を目指す立場から、不当に貶められているもの「それをFleisch肉（体）ということばで代表させた」を復権させるといった内容をもつものである。[27]

このキリスト教的、禁欲的心霊主義対感覚主義という対立概念は、ハイネの場合、一八三〇年代末頃から、ナザレ主義対ギリシア主義という対立概念に移行する。これらのことばは、人間の性情や傾向をあらわし、ナザレ的というのは、禁欲的、抽象的で、精神化を好む本能をもつ傾向を指し、ギリシア的というのは、現世の生活を楽しみ、現実的にものを考える傾向を意味している。[28] ハイネは、ナザレ的な禁欲的生活態度を批判し、ギリシア的な生の讃美を称揚してやまない。一八三〇年代から一八四七年頃にかけてのハイネの女性像は、禁欲的な精神主義によって貶められた感性、官能の解放を目指す象徴として描かれているのではないかと思われる。

② 踊る女

ハイネの作品には、さまざまな箇所で踊りの場面が登場する。この頃の作品で特に目を惹くのは、踊る女たちが多数作品に登場するようになったことである。

『ルッカの温泉』（一八二九年）に登場する美しい踊り子フランチェスカは、「話している間も踊っていて、踊りこそが彼女固有のことばであるかのように、いつも軽やかに動いている。[29]『フィレンツェの夜』（一八三六年）に出てくる踊り子ローランスは、次のように描かれている。

「その踊りと踊り子は、私のすべての注意力をほとんど力ずくで奪ってしまいました。……ローランス嬢は偉大な踊り手ではありません。爪先はそんなにしなやかではありませんし、脚はひどく不自然に身をねじるような動作をするために十分に訓練されているというわけではありません。ヴェストリスが教えるような舞踊技術については何も知りませんが、自然に命じられたままに踊っていました。彼女の全存在が、ステップと一体となっていました。足だけではなく、全身が踊っていました、顔も踊っていました。[30]」

ハイネが創出した踊る女たちの形象の中で、強烈な印象を読む者の心に刻みつけるのは、このローランスであろう。彼女は、「自然に命じられたままに」踊り、「足だけではなく、全身が」、顔までが踊っているようであり、彼女の身体の動きは、「何か特別なことを言おうとする特殊な言語の表現であるように思える」存在である。また、彼女の踊りは、冒瀆的、陶酔的なバッカスの巫女を連想させる踊りであり、何か暗い宿命的なものを感じさせられるものだった[31]

『精霊物語』（一八三六年）の中で語られているヴィリも、印象深い、踊る女性像の一つである。ヴィリは、古くからの民間伝説にある、生きているうちに充足できなかった踊る楽しみを充たそうとする亡霊たちであるが、彼女たちの踊りは神秘的な放縦さにみち、狂乱するバッカスの巫女たちといった類のものだと書かれている。[32] 自然の根源から湧き出てくる力につき動かされた彼女たちの踊りには、神秘的な暗い影、狂乱的な破壊力がある。死とのつながりをもはらむ彼女たちの存在には、当時のハイネの女性観が投影されているようにも思われる。理性に通ずる言語とはちがう、特殊な表現をもち、神秘的な影や、理性では制し難い破壊力をもった存在として女性を見ていたのではないか。これには、マティルドという女性とのぬきさしならぬ関係の中で、理性の力では抗いえぬ破壊的なものを女性に感じ取っていたことも与っていたのかもしれない。

それに対し、一八四六年に書かれたとされるバレー台本『女神ディアーナ』における女神ディアーナの踊りには、もはやローランスやヴィリのような神秘的な暗さはない。この作品のテーマは、ギリシアの異教の神々の官能的快楽とゲルマンの心霊主義的貞節の一騎打ちという、一八三〇年代末から四〇年代半ば過ぎにかけて、ハイネがしばしば取り扱っているものである。ギリシア世界に属する女神ディアーナの踊りには、陶酔的要素はあるものの、それは暗く、狂気じみたものではなく、生の歓びに酔いしれた踊りなのである。[33]

『フィレンツェの夜』のローランスと並んで、詩集『ロマンツェーロー』の中のポマールも、最も印象深い踊る女性の一人であるが、彼女の踊りにも、ローランス的な暗さはない。踊り子ポマールは、パリのジャルダン・マビーユきっての人気者である。

ぼくの胸の中で、すべての愛の神々が
歓声をあげ、トランペットを
吹いて叫ぶ、万歳！
女王ポマール万歳！

オタハイチのあのポマールではなく、――
あの女王はキリスト教に帰依したが――
ぼくの言うポマールは、野生のままの、
奔放な美女。

週二回、ジャルダン・マビーユの
観衆の前に現れ、
カンカンを踊り、
ポルカも踊る。

ステップには威厳があり、
お辞儀するたび、ひいきの喝采。
腰からふくらはぎまで
どこから見ても女王様だ。

彼女は踊る——ぼくの胸の中で、
愛の神々がトランペットを
吹いて叫ぶ、万歳！
女王ポマール万歳！

彼女は踊る。小さな身体が何とよく揺れ動くことか！
何と優雅にたわむことか！
ひらひらと舞い、はばたく、
あたかも殻から飛び立つように。[34]

ここには、熱烈なファンとしての、ポマールに対する飾らぬハイネの讃辞が表現されている。ポマールの魅力は、あくまで肉体的な優雅さにあり、しなやかな四肢で、舞うように踊るポマールには、女王さながら、堂々とした風格がある。この美しき自然児ポマールの踊りには華やかさはあるが、ローランスの踊りに見られるような神秘的な暗い影は感じられない。ハイネの一八四〇年代（ただし、一八四八年以前まで）の作品では特に、それまでの彼の作品に描かれた女たちの踊りに付着していた神秘的な暗い色彩が徐々に薄れてきていることが注目される。女たちの踊りから、神秘的な暗さ、死の影が薄れ、それに代って、生の歓び、官能的快楽といった要素が前面に出てきた背景には、前述したような、ギリシア的生の讃美を基調としたハイネの世界観の確立という事情があったと考えられる。また、官能的な魔性の女マティルドとの現実的な関係の深まりも、これに関与していると思われる。

この時期に書かれた踊る女の典型として、もう一人あげられるのは、舞踊詩『ファウスト博士』（一八四七年）に登場するメフィストーフェラである。ハイネは若い時から、自分なりのファウストを書きたいという願望を抱いていた。一八二四年、ワイマルに老ゲーテを訪れ、面会を許された時、今何をしているのかというゲーテの質問に対し、即座に「ファウストを執筆中です」と不遜にも言ってのけ、ゲーテの機嫌を損ねたという有名なエピソードもあるほどである。[35] しかも、ハイネはその時分から、悪魔を根源的にポジティブなものと見ていて、自分の『ファウスト』はメフィストを主役にしたいと考えていた。[36] 彼はすでに早くから、メフィストを中心にした『ファウスト』を構想していたのである。従って、悪魔メフィストは、彼の作品の中で大変重要な位置を占めているのであり、悪魔を主役に据え、しかも、それを女性にしたという発想には、ゲーテを意識しながら、それとは全くちがった現代的な『ファウスト』を目指していたことが窺われる。

ハイネのファウストでは、ゲーテのファウストのように、神、宇宙、世界に対する自我の主張、格闘といった、世界観的、宗教的問題は取り上げられず、ただひたすら愛のモティーフだけに焦点が当てられている。ゲーテの場合のように、世界の深奥を究めたいとする衝動にかられて悪魔と契約し、死後の魂を売り渡すのではなく、享楽的な生と引換えに悪魔と契約を結ぶのである。ファウストを誘惑する女悪魔メフィストーフェラは、ファウストを官能的魔力で誘惑し、享楽的な生へと導く。[37] 魂の大切さのみを説く、禁欲的な精神主義に対し、「肉の権利」を主張するハイネの特徴がここにもよく示されている。

このように、官能的な魔力でファウストを誘惑する悪魔を女性にし、しかも、バレリーナにしたという着想には、ハイネの女性観の根底にある、本質的なものの一つが浮き彫りにされていると思われる。ゲーテの『ファウスト』は、かつてグレートヒェンといった女性がファウストを救済し、「永遠に女性的なるもの、われらをひきてのぼらしむ」[38] ということばで全編の幕を閉じる。女性的なものに、男性を救済するものを見ていたゲーテには、女性を理想化して、聖女としてあがめる傾向があったのに対し、ハイネはその対極に位置していると言ってよいだろう。つまり、ハイネの場合、踊るメフィストーフェラに象徴されているように、女性は男性を官能美で誘惑し、破滅させてしまう魔性的存在であることが圧倒的に多いのである。メフィストーフェラはしかも、官能的魔力とともに、踊りそれ自体にすでに内在している誘惑的魔力をも合わせもっているのである。悪魔を女性にし、バレリーナにするという着想には、女性を魔性的存在として見るハイネの女性観の一端が如実に示されているように思われる。

ハイネが踊る女性を数多く描いたのは、恐らく、感性が解放された生命力、活力を最も象徴的な形で体現しているのが、踊る女たちだととらえたからなのではないだろうか。

## 5　ハイネの目指したユートピアとその中での女性の役割

①芸術、美、生の歓びの領域の担い手、および象徴としての女性

ハイネは、感性や官能の解放を含んだ人間の全的な解放を志向していたわけであるが、それに関して、彼は次のように書いている。

「僕たちは皆、同じように輝かしい、同じように神聖で、同じように幸福な神々の民主主義を打ち立てよう。君たちフランス人は、質素な身なり、控え目な習わし、香味の入っていない食物等を要求している。それに対し、僕たちドイツ人は、神々の食べ物であるネクタール、アムブロージャ、深紅のマント、貴重な香料、快楽、豪奢、笑いさざめくニンフの踊り、音楽や喜劇を要求しているのだ。[39]」（『ドイツ宗教哲学史考』）

七月革命後、一八三〇年代のフランスにあって、革命派は、「質素な身なり」、「香味の入っていない食物」などに象徴される、禁欲的な精神主義を唱えていた。それに対して、ハイネは、社会の変革は禁欲的な精神主義によるものではなく、芸術や美の領域、生の歓びの領域をも含みこんだ豊かなものにすべきだと考えていた。ハイネが頭に描いていた理想の社会は、人間を物質的にも精神

的にも肉体的にも全面的に解放するものであったと言えよう。このような見解は、「すべての社会制度は、最も多数の、最も貧しい階級の道徳的、精神的、肉体的状態を改善することを目標にしなければならない」[40]というサン・シモニズムの教義の影響を多大に受けたものだった。

こうした見解は、三〇年代末のベルネとの論争の中でさらに強固なものになっていった。そのようなハイネにとって、女性は、芸術や美、生の歓びの領域を担う一つの象徴だったのではないだろうか。そうした意味では、ハイネの社会変革構想の中で、女性は重要な位置を占めていると言えるだろう。

②ハイネの女性像の問題点

だが、このことに関して、少し視点を変えて考えてみるなら、特に一八三〇年代以降のハイネが描く女性は、もっぱら美や官能の象徴としてとらえられ、それ以外の領域、たとえば社会的政治的領域、知的精神的領域などとは関わりのない存在としてとらえられていると言ってもいいだろう。

このことは、次に引用する詩に示されている。

甘美な接吻により、おまえの腕の中で
この上なく幸せに感じている時、
ドイツについてぼくに語らないでほしい。
ぼくはそれに耐えられないのだ。――それには理由がある。

お願いだ、ドイツの話はやめてくれ！
ぼくを苦しめないでほしい、
故郷のこと、親類のこと、生活状態を延々と問い続けることで。
それには理由がある――ぼくはそれに耐えられないのだ。

樫の木は緑、ドイツの女性の目は青い。
彼女たちは愛や希望や信仰に控えめに憧れつつ
ため息をつく――
ぼくはそれに耐えられないのだ。――それには理由がある。[41]（「色さまざま」アンジェリーク5）

「ぼく」は、愛の領域に身を置いている時、現実社会の話はしたくないという。ここでは、女性との愛の領域と現実社会の領域は分断されてしまっているのである。そして女性は、現実社会と関わりをもたない、生の歓びの領域を担う存在としてとらえられているのである。ハイネが考えていた人間の全的な解放、つまり、人間の物質的、精神的、肉体的解放のうち、女性は肉体的解放の対象、および担い手ではあっても、少なくとも精神的解放の対象、あるいは担い手として見られてはいなかったと言えよう。

このことを如実に示しているのが次の詩である。

ぼくはもっと肉体がほしい、
柔らかで若い肉体が。
きみらの精神は葬ってしまってもいい、
ぼく自身の精神で十分だ。

ぼくの精神を切り分けて、
その半分をおまえに吹き込んでやろう。[42]

作者には精神（Seele）が有り余るほどあるのに比し、肉体（Leib）が欠けている。それを女性に求めているのである。自分に欠けている肉体をくれればそれで十分で、精神は自分のものを分けてやるから、いらないとしている。女性に精神的なものを求めず、もっぱら肉体的なもののみを求めるハイネの傾向は、比較的若い頃書かれたこの詩にすでに示されているのである。

これに関連して、ハンス・カウフマンは、その著書『ハイネの詩と精神の展開』の中で、興味深い見解を述べている。ハイネの女性像について、自然的、本能的な存在としての女性が強調されており、ゲーテの女性像に比して、著しく非精神的な存在であると指摘しているのである。さらに、ゲーテの恋愛詩の最もすばらしいいくつかの作品においては、女性は文字通り、人生のパートナーとなる、つまり、男性のあらゆる精神的努力への理解ある参加者となるが、ハイネの場合にはそのようなことは考えられないと述べている。[43] また、同時代の詩人ゲオルク・ヴェールトの詩「メアリ」やケラーの「ネッカルの女船頭」に見られるように、愛らしい官能的美女が政治的理想の担い手や自由の英雄になるというようなことはハイネにはなく、女性はもっぱら「デーモン的な」資質のみ強調されているとしている。[44] つまり、ハイネの描く女性は、男性の精神的な関心の外にある非精神的な存在であり、社会的政治的領域と関わるものとは考えられていないことをカウフマンは強調しているわけである。

この点に関し、ヘルムート・ブラントはさらに掘り下げた考察をしている。ブラントによれば、女性に対するハイネの関係は、彼の個人的、社会的経験に深く規定されており、ゲーテと違い、ハイネはもはや愛する女性との深い人間的結びつきを歌うことはできない。

これは、ハイネと同時代の多くの作家たち（レーナウやメーリケなど）との共通体験であり、同時代的現実でもある。[45] しかしながら、ハイネの場合、現実の恋愛関係において、人間的な交流を実現することができなかったことで、対等のパートナーとしての愛する女性が抜け落ちてしまっていることにより、愛における豊かな思想的、精神的結びつきが必然的に発育不良になるか、あるいは全く消え去っていて、女性との関係はしばしば、ただ本能的な性質にならざるをえなくなったと指摘している。[46] これは、事柄の本質の一面をついた鋭い指摘であると言えよう。

しかしながら、ハイネは、女性と本能的な結びつきをするだけに終始していたわけではないことも事実なのである。たとえば、ベルリン大学の学生だった一八二〇年代初頭、サロンで知り合いになり、内面の深いところまで理解し合っていたラーエル・ファルンハーゲン、パリに移住した後、一八三四年に知り合い、相互に手紙をやりとりし、互いに「親愛なるいとこ」「愛するいとこ」などと呼び合う親しい仲だったジョルジュ・サンドをはじめ、当時の最高度に知的な女性たち、女性の解放を志向していた女性たちとも親密な人間関係を築いていたのである。それにも拘わらず、ハイネの作品には、知性や内面性をもった女性がほとんど登場していないのである。もちろん、交流していた女性のことがそのまま作品に結実するわけではないが、それにしても、そうした女性との人間的交流の体験が、彼の作品の女性像にほとんど何の痕跡もとどめていないのは一体どうしてなのかという疑問が私の脳裡を去らない。

知的な女性とも交流しながら、作品にはほとんど肉体的な女性ばかりを描いたこと——これは、ハイネの文学の本質と関わる問題なのかもしれない。

なお、これに関連して、イタリア解放運動に身を投じてパリに亡命し、パリのサロンにおいて輝ける知的存在だったクリスティーナ・ベルジョヨーソ、およびジョルジュ・サンドとのハイネの交流については、後に述べることにしたい。（本書二七四—二九二ページ、三一六—三四七ページ参照）

（2）『女神ディアーナ』をめぐって

上山安敏氏の著書『魔女とキリスト教は』は、ヨーロッパ学再考という副題のついた、大まかに言えば、ヨーロッパ近代社会成立の根拠を問うという根源的なテーマを扱った、極めて奥行きの深い、刺激的な書である。その一つのテーマとして、父権的なキリスト教が支配するヨーロッパ社会の深層には、古代オリエント、地中海世界の母権的な太母神信仰があるとし、キリスト教と太母神信仰との葛藤の中から異端審問と魔女狩りが発生していく過程を扱っている。そして第一章で、地中海世界に広がっていた太母神ディアーナ信仰とキリスト教との相克、葛藤を描き、土着的な母性信仰が、キリスト教によって悪魔に仕える魔女に変容させられる様を明快に浮かび上がらせている。

実は、これと同じような問題意識を持っていたのがハインリヒ・ハイネだった。上山氏は、前掲の著書の中で、「キリスト教はヨーロッパの民衆の心の隅々まで浸透したという楽観主義に対して、最近の民族学の動向は、異教として退けられた信仰が、キリスト教という外皮の内側で生命を保っていたという事実を発掘している」[1]と述べているが、これも、今から百八十年以上も前に、ハイネが指摘していたことである。ハイネはその著『ドイツ宗教哲学史考』（一八三四年）を、キリスト教はその布教以前から人々に信じられていた民間信仰を、異教として、悪魔に支配されたものとして退けてしまったが、それはずっと人々の心の中に生き続けたという観点から書いている。キリスト教がその布教の過程において、伝来の土着的信仰の神々を悪魔として追放していった状況に光を当てることをテーマにしたものは、ハイネの中で特異な一つの作品群を形成している。『ドイツ宗教哲学史考』の他、古代ゲルマン民族の自然崇拝的な民間信仰について述べた『精霊物語』（一八三五―三六年）、キリスト教が世界を支配した時に、ギリシア、ローマの神々が魔神に変身することを強いられた実態に光を当てる目的で著した『流謫の神々』（一八五三年）、さらには、その補遺として公表された『女神ディアーナ』（一八四六年）が一つのグループを成しているのである。ここでは『女神ディアーナ』を中心にして、ハイネとディアーナ神との関わりについて、さまざまな角度から検討してみたい。

ハイネと女神ディアーナとの関わりについて考える時、とりわけ二つのことが筆者の興味をひく。その一つは、地中海、小アジアを中心とした地域の母権的なディアーナ信仰は、キリスト教の布教の過程で、父権的なキリスト教に制圧されていったわけであるが、その母権的なディアーナ信仰、およびディアーナ神をハイネはどのようにとらえていたのかという点である。もう一つは、ハイネはその作品中にたびたびディアーナを登場させているが、ディアーナをどのように形象化しているのか、また、その描き方に変化がありはしないだろうか、変化があるとすれば、それはなぜだったのかという点である。ハイネと女神ディアーナとの関わりについて述べる前に、まずディアーナ信仰について少し触れておきたい。

## 1　ディアーナ信仰について

地中海世界には、古代から、エジプトのイシス、ギリシアのデーメテル、アフロディテ、ディアーナ、セム族のアスタルテ、フリュギアのキュベレなどのような信仰があった。これらの神は太母神と呼ばれ、母性宗教だった。これらの母性宗教は、文献的に確認できるだけでも、紀元前二千年から、地中海世界、黒海とエーゲ海の間のアジア地域一帯を支配していた。父性宗教であるキリスト教をこれらの地域で布教する際、これらの太母神信仰を邪教として排除したのである。[2] 以下、テーマとの関係で、ディアーナに的を絞り、キリスト教の布教過程とその後のディアーナ信仰を少し追ってみることにしたい。

ディアーナは、ギリシアのアルテミスと同一視されているローマの女神である。本来は樹木の女神で、農民の間で崇拝され、多産の女神ともなった。また、月と狩猟の女神でもある。ディアーナ巡礼の中心地は、エフェソスとネミであった。ディアーナ崇拝が異教の世界にあまりにも広範にひろまっていたため、初期のキリスト教徒たちはディアーナを最大の敵だと考えた。そのため、ディアーナは悪魔にされ、太母神ディアーナが祀られている神殿はすべて、徹底的に破壊された。ディアーナ崇拝は、見つかれば直ちに、崇拝者がたとえ聖職者であっても告発された。しかし、ディアーナ崇拝は消滅しなかった。キリスト教会は四世紀に、エフェソスのディアーナの礼拝堂を自分たちのものとして、聖母マリアを祀ったが、ほとんどのエフェソスの人々は、聖母とはディアーナのことであって、マリアのことではないと信じていた。[3]

ノーマン・コーンは、さまざまな文献にあたった後、その著『魔女狩りの社会史』の中に、次のように記している。

「女神ディアーナは、中世初期においても崇拝され続けた。六世紀のはじめにアルルの司教であった聖カエサリウスの伝記は、『平民たちがディアーナと呼ぶ悪霊』に言及している。トゥールのグレゴリウスは、同じ六世紀に、トリエールの近郊に住むあるキリスト教の隠者が、明らかにローマに起源をもつにも拘らず、土地の農民たちによって崇拝されていたディアーナの像を壊した様子を語っている。もっと東の、現在はフランコニアと呼ばれている地域では、ディアーナ崇拝は七世紀末においても依然として熱心に行われていた。イギリス人の教皇特派司教・聖キリアンは、東フランク族をディアーナ崇拝から改宗させようとして殉教死した。[4]」

このように、民衆の中に深く根を下ろしたディアーナ信仰は、そんなにたやすく根絶できるものでなかったことは、次の文章からも想像される。これは九〇六年頃、プリュムの元修道院長であったレギノが、司教向けに集めた訓戒集の中に収められた教会法規からの引用である。

「魔王に立ち戻り、悪霊たちの妄想や幻惑によって欺かれて、次のようなことを信じて、公然と認めている悪い女たちがいる。彼女らは、自分たちが夜中に、異教徒たちの女神ディアーナと一緒に、また数えきれないほど多くの女たちと共に、ある種の動物に乗り、真夜中のしじまの中で、多くの偉大な国々を駆けぬける、と信じて、そう公言している。また、彼女たちは、自分たちがディアーナを自分たちの女主人のように崇拝して（ディアーナの）命令に従い、特定の夜に彼女に奉仕するよう呼び出されるのだ、と信じて、そう公言している。他の多くの人々を自分たちと一緒に不信仰の破滅の淵に引きずり込まないで、彼女たちだけが背教の罪の中で滅んでしまえばいいのに。というのも、数えきれないほど多くの人々が、この偽物の見解に欺されて、これらのことを真実であると信じ、また、本当の信仰から脱線して、異教徒たちの謬見に立ち戻って、唯一の神以外にも何らかの神的な力が存在するのだ、と考えているからである。[5]」

こうした熱狂的なディアーナ信仰に身をゆだねる者たちは、時代を下り、十五世紀に入ってもなお絶えることはなかったようだ。カルロ・ギンズブルグによれば、一四一八年か、その少し前に編纂され、十五世紀後半に何度も版を重ねた、ドミニコ会の説教師ヨハネス・ヘロルトの『説教集』には、迷信の長大なリストがあり、一四七四年にケルンで刊行された版の第十九番目には、「俗語でウンホルデ、あるいは『祝福された女』と呼ばれるディアーナが、その軍勢を連れて、夜に遠い距離を越えてめぐり歩く」と信ずる者たちがいると書かれているという。[6]

## 2　ハイネとディアーナ神

### ハイネのディアーナ信仰観

では一体、ディアーナ信仰をハイネはどのようにとらえていたのだろうか。また、なぜ彼は、ディアーナ神、ディアーナ信仰にあれほどの関心を寄せ、作品中にしばしば描いたのだろうか。ディアーナ信仰について、特に母権主義的なディアーナ信仰をどのように見ていたのかについて、ハイネは発言していない。しかし、彼がディアーナ信仰の中に何を見ていたかは、次の文章からうかがえるだろう。

「初期キリスト教徒は、異教の古い寺院や聖像を保護することはできなかったし、保護してはならなかったのだ。なぜなら、それらの中には、キリスト教徒の目には魔性と映った、あの古代ギリシアの明るさ、生を楽しむ態度がなお生きていたからである。キリスト教徒は、これらの聖像や寺院を、ただ単に異教の崇拝の対象、現実味の欠けた、とるに足りない迷信の対象と見なしただけではなく、この寺院を、本当のデーモンの城だと見なし、この聖像が表現している神々に異論の余地のない実在性を与えた。すなわち、その聖像は、悪魔そのものなのだということだった。……彼らは、悪魔のジュピター、あるいは女悪魔のディアーナ、あるいは、女悪魔の頭目ヴィーナスの前で、何らかの崇拝行為をするよりは、むしろ殉教の道を選んだのである。[7]」(『精霊物語』)

即ち、ハイネは、ディアーナ崇拝を含む異教崇拝の中に、禁欲的なキリスト教とは対照的な、古代ギリシアの明るさ、生を楽しむ態度を見出していたと言えるだろう。しかし、これは、異教崇拝一般に対する発言であり、残念ながら、ディアーナ崇拝に的を絞った発言はない。
ディアーナ神へのハイネの関心がどこにあるかは、次の文からうかがい知ることができる。

「六、七世紀にすでにディアーナは、悪魔として司教令の中に登場している。以前は、優雅に靴をはいて、彼女が追いかける雌鹿のごとく軽やかに森の中をさまよい歩いていたのに対し、それ以来、ディアーナはふつう、馬に乗った姿で描かれるようになった。千五百年の間ずっと、この女神は、きわめて様々な形象で受け入れられてきて、彼女の性格も完膚なきまでの改変をこうむった。――その展開は、きわめて興味ある研究に対し、十分なる素材を提供してくれる。[8]」(『精霊物語』異文)

ハイネの関心は、キリスト教が世界を支配した時に、ギリシア、ローマの神々が悪魔に変身させられていった中で、とりわけ大きな性格の変化を強いられたディアーナ神の変身の実情を把握することにあったと言えるだろう。

次に、ハイネの関心のありようについて、具体的な作品の中に描かれたディアーナ像を追いながら、考えていくことにしよう。

## 3　ハイネにおけるディアーナ像

### 『女神ディアーナ』成立以前のディアーナ像の変遷

ハイネの作品の中で、ディアーナはどのような描かれ方をしているのだろうか。先に、ディアーナの性格は大きな変化をとげているとハイネが指摘したことを述べたが、彼自身の作品を見ても、ディアーナ像の性格は変化を見せており、それは、彼の思想的変化と関わっていると考えられ、その意味で、ハイネのディアーナ像の変化を追うことはきわめて興味深いものと思われる。

ハイネの作品中にはじめてディアーナがその姿を見せるのは、『シュナーベレボプスキイ氏の回想録より』（一八二七―三三年）である。主人公がハンブルクのアルスター湖前のカフェーハウスに座って、通り過ぎてゆく少女たちをながめている場面である。

「つばさのついた小さな帽子をかぶり、ふたの付いた、中に何も入っていない小さなバスケットを手にした、あの愛らしい少女たちは、ひらひらと飛ぶように通り過ぎて行った……泡から生まれ出た女神の巫女たち、ハンザのウェスタの巫女たち、狩猟に出ていくディアーナ、ナーイヤス、ドリュアス、ハマドリュアス、その他の説教師の娘たちがゆったりと歩いてゆく。[9]」

ローマ神話では、ディアーナ（ギリシア神話ではアルテミス）は、狩猟を司る若い処女神として、清らかに美しく、しかも凛然たる気品を失わない乙女として描かれている。[10]軽やかに通り過ぎてゆく乙女の颯爽とした姿を目にして、こうしたディアーナのイメージがわき上がってきたのであろう。この時点では、ローマ神話のディアーナ像そのままであると言えるだろう。

キリスト教の布教の過程で、古代の神々が邪教の神として、悪魔の烙印を押され、堕落したイメージが形造られていったという視点から書かれるようになるのは、『ドイツ宗教哲学史考』（一八三四年）以降である。

「ある中世の詩人は、ギリシアの神々の話を大変美しくうたい上げたのだが、敬虔なキリスト教徒はそれをただの幽霊や悪魔だと見なした。――特にヴィーナスは、悪魔の王ベルツェブーブの娘だと見なされた。……哀れなディアーナさえ、純潔であるにもかかわらず、似たような運命を免れられなかった。ディアーナは、夜ごとニンフを引き連れて森を通り過ぎると言われていて、それで、荒ぶる軍勢、死霊の群についての伝説が出来上がった。ここには、以前神だったものが堕落したとするグノーシス派の考え方がまだそのままの形で示されている。このような、昔の民間信仰の改変の中に、キリスト教のイデーが最も意味深く表明されている。[11]」

古代ギリシア・ローマでは、ディアーナは、ホメロスが「獣たちの女王」と呼んでいる如く、野山の生物と狩猟の司として、鹿や熊を引き連れて山野を渡り歩く女神とされているが[12]、ここにハイネが記したような、夜ごとニンフを引き連れて森を通り過ぎる荒ぶる軍勢という書かれ方はしていない。グリムの『ドイツ神話学』（一八三五年）には、キリスト教的神話が、土着の異教的伝説を作り変えたものの一例として、荒れ狂った大群、女魔法使いを従えたディアーナの夜行があげられている[13]。ここに記されたハイネのディアーナ像は、グリムの『ドイツ神話学』の中で触れられている、キリスト教的に改変されたディアーナ像とおおむね重なるものであり、当時一般に伝えられていたディアーナ伝説の解説的紹介と言ってもいいものであろう。

以上のような、キリスト教的に改変された後の伝説を含む、古代からの狩猟を司る若い処女神、荒ぶる狩猟者の群を率いる女神という、一般的に知られたディアーナ像に沿っていたハイネのディアーナ像が大きく変化し、ハイネ独自の要素が目立つようになるのは、叙事詩『アッタ・トロル』（一八四二年）からである。その第十九章には、聖ヨハネ祭前夜に狩猟に行く幽霊の一群（アーサー王、ゲーテ、シェイクスピアなど、異教徒のため呪われ、罪を負わされた人々の群）の行列の真中に、ケルトの妖精アブンデ（北欧ロマン主義をあらわす）、洗礼者ヨハネの首をはねさせたヘロディア（ユダヤ主義をあらわす）と共に、女神ディアーナ（古代ギリシア・ローマをあらわす）が登場している。

美女三人組として、
行列の真中に、三人の姿が
そびえ立っていた――ぼくは決して忘れない、
この優美な女性たちを。

その一人は誰なのか
すぐにわかった、頭につけた半月で。
清らかな立像のように、誇り高く、
馬に乗って登場した偉大なる女神。[14]

「頭につけた半月」により、ディアーナということがわかる。また、「馬に乗って登場した偉大なる女神」という一行で、キリスト教に悪魔としての烙印を押された、キリスト教的に改変されたディアーナであることがわかる。前述した通り、ハイネによれば、古代ギリシア・ローマでは、ディアーナは、彼女が追いかける鹿のごとく軽やかに森の中を走り回っていたのに対し、六、七世紀の司教令の中に悪魔として記されて以来、ディアーナはふつう、馬に乗った姿で描かれるようになったという。しかし、ここに登場したディアーナは、禁欲的なキリストの教えと対立する要素をもったものであることが徐々に明らかにされてゆく。

白い手足のまわりに揺らめいていた。
松明と月の光が欲情にかられて
トゥニカは高くたくし上げられ、
胸も腰も半ばあらわにし、

かたくなさと青白さはおそろしいほどだった。
この厳しい、高貴な顔の
大理石のように冷ややかだった。
顔も大理石のように白く、

身も心も焼き尽くすように。
不気味なほど甘美な炎が燃えていた、
ぞっとするような
だが、その黒い瞳には、

かつてアクタイオンを鹿に変え、
処女の誇りから、
ディアーナは何と変わったことだろう。

犬たちに委ねたのに。[15]

「胸も腰も半ばあらわにし」、その瞳には、「身も心も焼き尽くすように」、「不気味なほど甘美な」炎が燃えているという行からは、かつての「純潔」なディアーナ像とは程遠い、官能的なディアーナ像が浮かび上がる。

欲望が彼女の中で目覚めたのは
遅かったが、それだけに強かった。
彼女の眼の中に燃えているのは、
まさしく地獄の業火そのものだった。[16]

このような、「欲望」に目覚め、その眼には「地獄の業火」が燃えているディアーナ像は、ハイネの創作である。「処女神」ディアーナが一転して erotisch なディアーナとして描き出されているのである。このような特徴をさらに押し進め、ハイネのディアーナ像のいわば頂点を形造るのが、バレー用台本『女神ディアーナ』であろう。

## 4 『女神ディアーナ』をめぐって

ディアーナが作品のタイトルになっている『女神ディアーナ』(Die Göttin Diana) は、ロンドンの王立劇場の支配人であるベンジャミン・ラムレイの依頼で、バレー用台本として執筆したものである。一八四二年三月、ラムレイは、ハイネの『精霊物語』からインスピレーションを得たゴーチェ作の「ジゼル、あるいはヴィリ」を上演し、成功を収めていた。一八四六年一月、パリに滞在した折、ラムレイはハイネと知り合い、バレー台本を依頼した。ハイネは二月には台本を書き上げ、ロンドンに送ったが、上演されることはなかった。それ故、一八五四年、『雑文録』(Vermischte Schriften) の中に前文付きの概要を公にしたものが、『女神ディアーナ』である。

①ハイネとバレー

ハイネとバレーとの関係は、浅からぬものがある。まず、バレー用台本として、この『女神ディアーナ』の他に、『ファウスト博士』を書いていることがあげられる。また、若い頃から、踊り子と頻繁に交流していたこともあげられる。

ハイネがパリに移住した一八三一年は、ちょうどロマンティック・バレーが始まった時だった。一八三〇年代～五〇年代は、いわゆるロマンティック・バレーの全盛期で、ファニー・エルスラー、マリー・タリオーニなど、スターがたくさんいた。ハイネはバレーが好きだったので、オペラ座などによく足を運んでいた。[17] そして、時折、辛辣な批評をしている。オペラ座を、「伝統的な振り付けに忠実であり、舞踊の貴族と見なされるバレー団を抱えている」[18] と皮肉り、「あの古典的舞踊の伝統を最も純粋に保っている、パリのオペラ座のバレーほど不快なものはありません」と、あからさまな感想を述べ、「舞踊芸術分野での革命」の必要なことを示唆している。[19] このようなフランスのバレーに対する痛烈な批判は、次の文にも見られる。

「フランスのバレーはほとんどガリア教会（フランス革命以前のフランスカトリック教会）の匂いがする。偉大なルイ十四世の時代のジャンセニズムの匂いでは全くない。この点で、フランスのバレーは、ラシーヌの悲劇やノートルダム寺院の庭と親和性のある一対をなしている。そこでは、同じような規則正しい様式、同じような礼儀作法、同じような宮廷風の冷たさ、同じようなとりすました打ち解けなさ、同じような貞淑さが支配している。事実、フランスのバレーの形式と本質は貞淑さなのである。[20]」（『ルテーツィア』一八四二年二月七日）

ハイネの目には、フランスの古典的なバレーは「とりすました打ち解けなさ」、「貞淑さ」に支配されていると映った。さらに、それに続く箇所で、高貴な社会の古典的なバレーを「みせかけの踊り」と断じ、「下層階級の踊りにはもっとリアリティがあるのだ」と述べている。[21]

ハイネがバレー台本を書いた背景には、バレー愛好者として、パリのバレーを見て感じていた問題点（振り付けなどで、伝統的な古典的規則を旧態依然として守り続けている状態など）を、自らの作品をもって打破しようという目論みがあったにちがいない。

また、それにとどまらず、彼のバレー台本には、さらにもう一つ別の意味がこめられていたように思われる。それは、舞踊がキリスト教から危険視され、敵視されていたことに関連したものである。ハイネは先に引用した『ルテーツィア』の中で、さらに次のように述べている。

「キリスト教会は、あらゆる芸術をそのふところに取り込み、利用してきたが、踊りについてはどうしたらよいかわからず、それを拒み、呪った。ひょっとしたら、踊りは異教徒たち――ローマの異教徒も、ゲルマンやケルトの異教徒も――の昔の神々への奉納の儀式をまざまざと思い出させてしまうからなのかもしれない。……ともかく、キリスト教の悪しき敵は踊りの守護聖人と見なされ、その放埓な共同体で、魔女と魔法使いは、夜ごと輪になって踊るのだとされる。[22]」

このように、ハイネは踊りをキリスト教に忌み嫌われた異教的芸術だととらえていた。そして、「パリのオペラ座のバレーは、この異教的芸術を、キリスト教化しようとしている[23]」と、辛辣な批判を加えているのである。こうした状況に真っ向から対決するバレー台本が、キリスト教布教後、魔女にされてしまった異教の女神ディアーナを主人公にした『女神ディアーナ』、女悪魔メフィストーフェラが登場する『ファウスト博士』だったのではないだろうか。何しろ、キリスト教から悪魔のレッテルを貼られている者を主人公や中心的役割を果たす役に据え、しかも、「悪魔は偉大なる芸術家である。……バレリーナの形を借りて、尊敬に値する観客の前に姿を現す[24]」のだと大みえを切っているのである。

さて、以上のような意味がこめられていると考えられる作品『女神ディアーナ』を具体的に見ていくことにしよう。

②『女神ディアーナ』におけるディアーナ像

『女神ディアーナ』は、ギリシア・ローマ神話（ディアーナ、アポロとミューズたち、バッカスとお供の者たち）とドイツの伝説（忠実なエッカルト、ヴィーナス山のタンホイザー伝説）とを結びつけた世界になっている。バレーという媒体による、愛と死のせめぎ合いがテーマになっており、これは、ハイネの『精霊物語』のヴィリ伝説をもとにしたゴーチェのバレー台本『ジゼル』の特徴に連なるものである。

では、ディアーナ像を中心に、この作品を見ていくことにしよう。『アッタ・トロル』におけるのと同様、『女神ディアーナ』においても、ディアーナはすでに流刑になり、はるか前に衰亡してしまって廃墟と化した太古の寺院に住んでいる。だが、ディアーナはさほど不気味な雰囲気はもっておらず、ニンフたちと共に、昔と変わりなく暮らしている。これまでのハイネのディアーナ像にない、この作品における新しい要素は、ディアーナが若い騎士との愛に身をゆだねる情熱的な女になっている点であろう。そして、騎士との愛を成就するために、積極的な姿勢を示していることも目につく。第二景で、騎士のゴシック風の居城で催された舞踏会に、仮面をつけた者たちが行列をなして入場してくる場面がある。

「三列目の先頭に立っている仮面の人物が騎士の前に歩み出で、有無を言わさぬ態度で、自分の後からついてくるように命じる」と、騎士夫人が憤怒にかられてこの人物に詰め寄る。すると、仮面の主は、「仮面を投げ捨て、すっぽりとくるまっているマントを脱ぎ捨てる。と、中から、世に知られた狩猟着をまとったディアーナが現れる」のである。この場面でのディアーナは、「ゲルマン的、心霊的な」キリスト教的精神態度を代表している騎士夫人に対し、生の歓びを味わいつくそうとする、「ギリシア的、異教的な」精神態度を代表している。騎士と再会した場面などで、「生の歓びに酔いしれてパ・ド・ドゥーを踊る」ディアーナは、豊かな生の歓びを自らのものにするためには、極めて積極果敢にふるまうのである。たとえば、第三章では、アポロとミューズたち、バッカスとそのお供の者たちを従えて、荒々しい狩猟軍団を指揮し、颯爽として、「あらゆる豊穣と情欲の本山」であるヴィーナス山に入ってゆくのである。ディアーナと共にヴィーナス山に入ってゆこうとする騎士の前に、ゲルマン的キリスト教的徳性を体現する忠実なエッカルトが立ちはだかり、一騎打ちとなり、騎士は突き殺されてしまう。すると、騎士との愛に情熱を傾けていたディアーナは、「気が狂ったように死者の上に身を投げかけ、騎士の硬直した手足を、涙と接吻でぬらす」のである。そして、彼女が踊る「絶望の極みの踊り」には、「悲劇的な情熱がこもっており、心を揺さぶらずにはおかない」。そして、第四景で、バッカスたちの狂騒を極める踊りで騎士が目を覚まし、生き返って、大胆きわまる踊りを踊りはじめると、ディアーナも、「再び陽気で幸せな気分になり、バッカス祭の巫女の手から、きづたとぶどうの葉を巻きつけた杖をもぎ取り、騎士の歓喜と陶酔に加わる」のである。[25]

かくして、ハイネの女神ディアーナは、「獣たちの女王」として、鹿や熊を引き連れて山野を渡り歩く純潔の女神という、ギリシア・ローマ神話のディアーナのイメージからは大分隔たり、激しい恋に積極的に身をゆだねる女神、生の悦楽にひたる女神に変わった。このディアーナのハイネ的変身は何故になされたのだろうか。それは、いみじくもハイネ自身が第二景に書いているように、ゲルマン的、キリスト教的な、家庭的貞潔の象徴である騎士夫人の対極にある生き方として、ギリシア的異教の神々の生の歓びの象徴として、ディアーナが描かれているのだと思われる。このようなディアーナ像には、当時のハイネの理想的世界観が託されている。ここまで見てくると、『女神ディアーナ』がなぜ上演されなかったのかが見えてくるように思われる。

ラムレイがハイネ宛に書いた一八四六年二月九日付書簡によれば、原稿は受け取ったが、三月の上演には間に合わないので、次のシーズンまで延ばし、その間に、主題について色々と相談したい。そして、ヴィーナス山の話をはじめ、異教の神々がまだ生きているという信仰を確証する伝説を送ってほしい、また、観客に理解されるには紹介的な所見が必要だという内容だった。その後の展開を見ると、こうした要求にハイネは応えてはいなかったように思われる。また、プリマドンナを中心に、ロマンティックな愛の物語が舞台上に繰り広げられるロマンティック・バレー全盛の時代にあって、登場する女性バレリーナが他の作品よりも少なく、内容も、ロマンティック・ラブとは対極にあるような感覚主義的な作品は、娯楽的で優美なものを好むロンドンの観客には合わないと思ったからではないのだろうか。そして、キリスト教に批判的な、異教的な生の歓びを謳歌するような内容は、ヴィクトリア朝イギリスのピューリタン的モラルに対し挑発的すぎるものだったからではないだろうか。[26]

いずれにしても、ハイネが書き上げた『女神ディアーナ』は上演されなかった。だがそこには、ハイネがバレーにこめた思いと、当時の彼のユートピアが表現されていることはたしかなのである。

当時のハイネのユートピアは、一八三一年にパリに移住して以来、とりわけ深い関わりをもったサン・シモン主義の、「肉の復権」を唱える「歓びの宗教」の影響を受けて、彼なりのことばで書いた『ドイツ宗教哲学史考』の中に最も明らかな形で表現されている。

「いつか、人類が完全にその健康を回復した時、肉体と精神の平和が回復した時、そして、肉体と精神が再び元のように調和して浸透し合う時には、キリスト教が肉体と精神の間に持ちこんだ不自然な争いはほとんど理解されなくなるだろう。自由に選んだ相手との抱擁（Wahlumarmung）によって生み出され、歓びの宗教を信じて栄える、今よりも幸せな、立派な次の世代の者たちは、この美しい地上の愉楽を暗い気持ちで差し控え、あたたかい、彩り豊かな官能の歓びを押し殺してしまうことにより、色あせて、ほとんど冷たい幽霊と化してしまった哀れな先祖を思いやって、悲しげに微笑むことだろう。[27]」

これは、第Ⅳ章でも引用した文であるが、「自由に選んだ相手との抱擁」ということばに、ハイネの婚姻観が端的に表現されているように思われる。これは、フーリエやアンファンタンのユートピア思想と通ずるものであり、当時の市民道徳と真っ向から対立する考えだった。サン・シモンの弟子であるアンファンタンは、人は精神的欲求を抑制しないのだから、同様に、肉の欲求を抑制するいかなる理由もない、あるいはそれを結婚という狭い域内に閉じ込める理由はないのであると主張していた。[28] ハイネは、「肉の復権」などのアンファンタンの主張に賛同していた。ハイネはここで、貞節とは対極にある、自由恋愛を思わせる「自由に選んだ相手との抱擁」という表現で、彼なりの婚姻観を提示しているものと思われる。ハイネは、自由恋愛的な考えなどについて、それ以上のことは他の所でも述べていないので、残念ながら、さらに詳しく論じることはできない。

ここで、なぜハイネがディアーナにこれほどなみなみならぬ関心を寄せていたのかということについて考えてみたい。ハイネにとって、ディアーナが、山野を颯爽と闊歩する清らかな乙女だったことは、それだけでも十分興味のあるものだったにちがいない。はじめてディアーナが登場する『シュナーベレボプスキイ氏の回想録より』での関心のありかは多分そうであったにちがいない。しかし、年を経るにしたがって、彼の関心のありかは、それだけに留まるものではなくなっただろうと察せられる。

藤縄謙三氏は、その著『ギリシア神話の世界観』の中で、処女神としてのギリシアのアルテミス(ローマのディアーナ)が、結婚に反対し、純潔を要求していたことについて、次のようなことを指摘している。適齢期に達しても結婚しない女性は邪魔者扱いされていた、古典期ギリシアの社会一般の普通の慣習の枠の外にアルテミスは身を置いていたとし、現実の社会とは対照的に、神話の世界では、結婚という束縛を離れて、自由に生活する女性の存在が考えられていたことに注目している。そして、この女神の行動の自由奔放さは、社会から脱出して、山野で自活することによってのみ果されるものであるとし、アルテミスの性格には、岩山や森に漂う野性的な自由の空気が満ちていると述べている。[29]

これらの藤縄氏の指摘には、ハイネがディアーナになぜあれほどの関心を寄せ、たびたび作品に登場させていたのかという疑問を解く上で、重要な事柄が含まれているように思われる。ハイネは、ディアーナを、社会一般の枠（家庭という枠も含めて）から離れた自由な存在と見なしていたからこそ、『女神ディアーナ』で、家庭という枠に縛られない恋愛をする女性として描いたのではないだろうか。

③踊る女の群像と、その意味するところ

女神ディアーナを主人公にしたバレー用台本を作るという着想そのものが、ハイネ独自のディアーナ像の根幹に位置していると考えられる。ハイネは『女神ディアーナ』の他に、バレー台本としてもう一つ、『ファウスト博士』を書いているが、前述したように、そこに登場する悪魔は、ゲーテの『ファウスト』の場合のような男の悪魔メフィストーフェレスではなく、女悪魔メフィストーフェラなのである。ハイネは若い頃から悪魔メフィストを中心に据えたファウストを構想していたことから考えても、主人公はむしろメフィストーフェラだと言ってもよい位なのである。ハイネのこの両作品は、ともに、彼の意志で、バレー用台本として書かれた。女神ディアーナも、メフィストーフェラも、踊る女としてハイネにイメージされ、形象化されたわけである。[30]

前にも述べた通り、ハイネは、その作品中に踊る女をたびたび登場させている。『ルッカの温泉』中に出てくるイタリアの美しい踊り子で、「話している間も踊っていて、踊りこそが彼女固有のことば」であるかのように、いつも軽やかに動いているフランチェスカ[31]、その踊りは自然の根源的な力につき動かされているかのような踊りであり、また冒瀆的、陶酔的な、バッカスの巫女を連想させる踊りでもある『フィレンツェの夜』に登場する踊り子ローランス[32]など、印象的な女性として、読む者の心に深く刻みつけられる人物が多い。

舞踊をこよなく愛し、それに関する数々の著作を残している蘆原英了は、ドガを舞踊の動きをとらえた注目すべき画家であるとし、次のように述べている。

「ドガは競馬が好きだったと同じように舞踊が好きだったと思われる。ということは、運動、動きが彼にとって興味の対象であったのだ。舞踊、踊り子は、したがって走る馬と同じく、動くものであったにすぎない。踊り子や舞姫は、運動するものとして彼の興味をそそったけれど、女性として彼の心を動かしたのではなかった。[33]」

蘆原の解釈が当を得ているのかどうかをここで論じる余裕はないが、少なくとも、ハイネの場合、蘆原が解釈したドガとは異なり、踊り子は女性でなくてはならず、女性だからこそ彼の心を惹きつけたのではなかったか。特に、『女神ディアーナ』を書いた頃のハイネの場合、蘆原の言うドガのように、踊りに、単に運動するもの、動作をしているものであるから興味を抱いたのではなかった。それが彼の無意識の中で、Sinnlichkeit と切り離しがたく結びついているからこそ惹きつけられたのである。『女神ディアーナ』の一、二年前に書かれた詩「ポマール」に、それが最もはっきりとあらわれている。

ポマールは踊る。小さな身体が何とよく揺れ動くことか！

何と優雅にたわむことか！
ひらひらと舞い、はばたく、
あたかも殻から飛び立つように。

ポマールは踊る。片足で
くるくる回り、最後に
腕をのばして静かに止まる。
神よ、わが理性をあわれみ給え！

ポマールは踊る。この踊り、
昔、ユダヤ王ヘロデの前で
ヘロディアの娘が踊ったのと同じもの。
目が死の稲妻のような光を放っている。

ポマールは踊り狂う――ぼくは気が狂いそうだ――
女よ、申せ、望みのものを。[34]

「ぼく」は、ただひらひらと優雅に舞い、くるくる回る動作に惹きつけられたのではなく、目が誘惑的な光を放っているポマールが優雅にひらひらと舞い、踊り狂うからこそ、「ぼく」も「気が狂いそう」なほど惹きつけられたのだ。ポマールという女の全身から放たれる、官能的、誘惑的な力が「ぼく」をとらえて離さないのだ。それは決して、走る馬やひらひらと舞う蝶に代わりができるものではない。この時期のハイネの作品において、踊る女は、当時の彼の感覚主義的な世界観のシンボル的存在と言ってもいいものである。

『女神ディアーナ』の翌年に書かれた『ファウスト博士』の中のメフィストーフェラもその典型の一人である。作品の冒頭、ファウストが書斎でまじないをかけて「悪魔呼び」をすると、「まるで花籠から咲きでたようなバレリーナが現れる。」この「女性に転換した悪魔」と呼ぶべきメフィストーフェラは、ファウストがお辞儀をしたのに対し、「それをもじった返礼をし、周知の媚態で彼のまわりを小さく踊りまわ」り、その官能的な魔力でファウストを誘惑し、享楽的な生へと導くのである。そして、第四幕では、エーゲ海の中の、スパルタの王妃ヘレナを女王とする島に、ファウストとメフィストーフェラは黒馬にまたがり、空中を飛んでやって来る。ファウストがヘレナと共に玉座に腰を下ろしたとき、メフィストーフェラはぶどうの葉を巻きつけた杖と小太鼓を手に取り、バッカス祭の巫女のように、ひどくはめを外したポーズで跳びまわる。ヘレナの乙女たちも、この歓喜の手本にならい、頭からバラやミルテを引きちぎり、ぶどうの葉を、ほどけた巻き毛にからませて髪をなびかせ、ぶどうの葉を巻きつけた杖を振りかざしながら、バッカスの巫女のようにひらひらと跳びまわる。ここに描かれたメフィストーフェラの「バッカスの巫女（Bacchantin）のような」踊りは、「ひどくはめを外したポーズ（die ausgelassensten Posituren）でという表現でわかるように、五官から湧き出たような歓喜の念を表現したものであり、それは周囲の者たちをも歓喜に至らしめる根源的な力をもっているのである。[35]

同じ時期の踊る女であっても、ディアーナはポマールやメフィストーフェラとは幾分趣を異にしている。彼女の場合、文字通り全身全霊をもって騎士との愛に没入しており、それを示す動作や踊り――絶望の極みの踊り、陶酔して踊る歓喜にみちた踊り――が見る者の感覚を揺り動かすのである。そのような点で sinnlich（感覚的）だと言えるであろう。だが、それはメフィストーフェラの場合ほど誘惑的ではない。それは、もともとディアーナが「処女神」であるという本来の性格に規制されたことによるのかもしれない。その点、メフィストーフェラの場合は、「肉欲を好む」悪魔本来の性格により、大っぴらに官能的、誘惑的に描かれているのであろう。

一八三一年のパリ移住以降、四七年頃までのハイネは、キリスト教によって、肉体と精神が分断されてしまった状態を克服し、人間を物質的にも、精神的にも、肉体的にもすべての面で解放する社会を理想として描いていた。つまり、人間の理性的な面だけではなく、感性や官能などの非合理的な面をも含めた人間解放を願っていたわけである。この時期の『女神ディアーナ』や『ファウスト博士』などの作品は、キリスト教から忌み嫌われた踊りの形式をもって、これまたキリスト教が忌み嫌う肉体、官能の讃美を、最も効果的に表現しようとしたものではなかったろうか。ここにはまた、官能の解放を唱え、女性をその象徴として、もっぱら官能的、魔性的存在として描き上げる、この時期のハイネの女性像の特徴がきわめて色濃く出ているのである。[36]

## (二) ばあやと赤毛のゼフヒェン――「下層」、および「賤民」の女性たち

ここでは、ハイネの幼年時代から青春時代に至る成長過程において大きな影響力を与えた二人の女性、ばあや(ハイネの乳母ツィッペル)と赤毛のゼフヒェン(ヨーゼファ)について述べていくことにしたい。

ハイネの文学の特質を考える上で、この二人は重要な位置を占めると思われるのだが、残念ながら、彼女たちに関する資料はほとんどない。特に、ばあやについての資料は皆無と言ってよい。従って、ばあやについては、作品に現れたばあや像を中心に検討してゆくことにする。

### (1) ばあや(乳母ツィッペル)

ビロードを扱う布地店を経営する父親と、医者の家系に生まれた教養ある母親にハイネは育てられた。ハイネの成長過程において、教育方針を定め、実行したのは、もっぱら母親ベティーだった。彼女はラテン語ができ、政治問題に関心を寄せ、教育にも強い関心を示していた。彼女はルソーの『エミール』を愛読し、その自然流の教育を実践し、自ら子どもたちに乳を飲ませて育てた。[1] 高度な教養を身につけた彼女は、いわば啓蒙の徒だったのである。

ハイネの乳母を務め、その後も引き続き料理番として仕えたばあや(Amme)は、こうした母親

とは対照的な存在だったと言えよう。ばあやは、母親がありとあらゆる手段を講じて子どもたちから遠ざけようとしていた世界――幽霊話など[2]――に深く根を下ろした存在だった。ばあやはツィッペルという名で、彼女についてハイネは『回想』の中に記しているが[3]、長編叙事詩『ドイツ・冬物語』にも、土着的エネルギーにみち、一際精彩を放つ人物として登場させている[4]。彼女は恐ろしい怪談やおとぎ話、民謡をたくさん知っていた。話し上手なばあやの語りに、幼いハイネは「心をときめかせ」、「思わず息をのんで聞き入っていた[5]」のである。

## 1　Amme（乳母、ばあや）という存在について

こうした乳母（ばあや、Amme）と呼ばれる存在は、当時、中流以上の家庭に雇われ、子守を担当していた。十八世紀末には、子どもを乳母に委ねて育てることが、中流以上の社会層では支配的だったのである[6]。彼女たちは、日常生活において、子どもの両親よりも長い時間、子どもたちに接していた。乳母の出身階層は、多くの場合、下層階級だった。子どもたちは、乳母と接する中で、彼女たちが生まれ育った階層の生活様式、文化に親しむようになってゆくのであった。それは、子どもたちが属する中・上流社会の生活様式、文化とは全く異質のものだったのである。ロルフ・エンゲルジンクによると、十九世紀半ば頃までは、一般的に上流階層と下層階層とは、生活尺度を全く異にする、二つの異なる世界の住人だった[7]。この二つの生活圏の間にあって、下層に生まれながら中・上流家庭で働く乳母などの奉公人は、この二つの世界をつなぐ、いわば文化的な架橋のような役割を果していたのである。乳母たちが知り、身につけていた下層民衆の文化が子どもたちに

伝えられていった。それは、たとえば、古くから伝わる民謡であったり、メルヒェンや伝説であり、幽霊話などであった。乳母はいわば、民衆文化の語り部だった。このような乳母の存在は、ハイネに限らず、当時の子どもたちの精神形成に大きな影響力をもっていたのである。

フェーリクス・ダーンは、シュヴァーベン出身の使用人トニーについて、次のように記している。

「彼女は、物語、笑い話、滑稽譚、そして恐ろしい伝説や奇怪な迷信の数々についてつきることなく語った。そんな夜、私は何時間も台所の彼女のそばに座って、その話にじっと聞き入っていた。[8]」

民話や伝説に精通した、民衆文化の伝承者としての乳母や使用人の特性は、すべての親に評価されていたとは限らない。むしろ、迷信などをふりまくものとして、歓迎されない風潮があった。ドイツでは十八世紀後半以降特に、財産や教養などの社会的価値を重視する市民階級は、教養のない奉公人から直接語られる、迷信に支配された非科学的な粗野な話の影響から子どもたちを守らなければならないとして、子ども向けの雑誌「子どもの友」(Die Kinderfreund)(一七七五―一七八二)を創刊したり、市民的な少年少女文学を創り出そうとした。[9]

合理主義者だったハイネの母親も、子どもに幽霊の話などをするばあやや下女を叱りつけ、「迷信に支配された」、「粗野な」世界から子どもたちを遠ざけておこうとしたのである。[10] しかし、母親の意に反して、その影響は生涯消えることなく、ハイネの心の奥底で生き続けることになる。つまり、幽霊話やメルヒェン、民謡などを沢山知っていて、とても話がうまかったばあやによって、ハイネは民衆の文学の世界に目を開かれ、終生それに対して親密な関係を持ち続けることになったのである。

## 2　『ドイツ・冬物語』とばあや

このばあやを、ハイネは『ドイツ・冬物語』に登場させている。その第十四章では、幼い頃ばあやが語って聞かせてくれた伝説やメルヒェン、民謡のテーマが次々に繰り広げられる。

①「太陽よ、訴える炎よ！」

ばあやがいつもうたっていた古い歌のリフレイン「太陽よ、訴える炎よ！」(Sonne, du klagende Flamme!) が、ばあやの話とその思い出を導入する役割を果たしている。

　太陽よ、訴える炎よ！

…………

そのうたには人殺しが出てくる。
その男、快楽の日々を送っていたが、
最後には、森で絞首刑にされた、
灰色の柳の枝に吊されて。

…………

それは太陽が訴えたのだ、太陽が
その人殺しに永劫の罰を下すようにしかけたのだ。
オッティーリエは死に際に叫んだ。
太陽よ、訴える炎よ！[11]

ばあやがうたっていたこの古い歌の出典は定かではなく、一つには確定しがたい。しかし、ばあやが語っている話の内容からすると、民謡やメルヒェンのモティーフを、ハイネが独自に組み合わせたものと思われる。その一つは、彼の蔵書の中から発見された民謡集に収められた „Jungfer Linnich" と „Odelia" という歌であり、これがオッティーリエ像の原型になっていると考えられる（オッティーリエの歌については、後にまた述べる）。もう一つは、グリムのメルヒェン「くもりのないお日さまは、隠れているものを明るみに出す」のモティーフを取り入れたものと思われる。[12]このメルヒェンの内容は、おおよそ次のようなものである。昔、一文無しだった頃、金を奪おうとしてユダヤ人を殺してしまった仕立屋が、ある朝コーヒーを飲もうとした時、太陽の照り返しが壁にきらきら映ったので、昔を思い出した。ユダヤ人が死に際に言った「くもりのないお日さまは、隠れているものを明るみに出してくださる」ということばが思い浮かんだのである。「やつは明るみに出したいだろうが、そうはいかん」と仕立屋は独りつぶやいた。それを妻に聞かれてしまい、問い詰められる。そして、昔犯したユダヤ人殺しを白状するはめになる。だれにもしゃべってはいけないと妻に口止めしたものの、またたく間にそれは町中に知れ渡り、仕立屋は裁判にかけられ、処刑されたというものである。[13]

このメルヒェンは、天網恢恢疎而不漏――悪事はお日さまの下で、必ずいつかは明るみに出され、罰せられるというおちである。悪は必ずいつかは罰せられるという信念は、メルヒェンによく見られるものであるが、これはメルヒェンに限らず、民衆の文化に共通して見られるものでもある。

②「がちょう番の下女」

ばあやの思い出にまつわるメルヒェンとして、次に「がちょう番の下女」の話を取りあげている。

ばあやがあの王女の話をする時、
一人ぼっちで荒野に座り、
金髪を梳っていた王女の話をする時、
ぼくの心はどんなにときめいたことだろう。

王女さまはそこでがちょう番の下女となり、
がちょうの番をしなければなりませんでした。
夕方、またがちょうを門の中に追い込んだ後、
そのままそこに大層悲しげに立っておられました。

王女さまは門の上に
馬の首が釘付けにされているのをご覧になったからです。
それは、王女さまをこの見知らぬ国に運んでくれた
かわいそうな馬の首でした。

王女さまは深いため息をおつきになりました。

「まあ、ファラダ、おまえがさらし首にされるなんて！」

馬の首はうつむいて叫びました。

「おお、おいたわしい。こんなことをしていられるなんて！」


王女さまは深いため息をおつきになりました。

「お母さまがこんなことをお知りになったなら！」

馬の首はうつむいて叫びました。

「大層お悲しみになるにちがいありません！」[14]

ハイネのこの詩は、グリムのメルヒェン集に収められた「がちょう番の下女」(Die Gänsemagd) によっている。細かい事の顚末は省略し、王女と愛馬ファラダの対話だけに焦点を絞っており、そ

れだけにかえって劇的な効果をあげている。グリムのメルヒェンのあらすじは次のようなものである。遠くの国の王子のもとへ嫁ぐ旅の途中、お供の下女に脅迫されて衣装を交換させられ、自分が乗っていた口のきける馬ファラダも取りあげられ、役割を交替させられた王女は、がちょう番をさせられることになる。

王女になりすました下女は、事の成り行きを見ていたファラダに真実をしゃべられることを恐れ、ファラダを殺してしまう。王女は、市門の壁にファラダの首を釘付けにしてほしいと皮はぎ屋に頼む。朝晩、がちょうの群れを連れて門を通るたびに、王女は首だけになったファラダと話をするという日が続く。やがて、これが王様の知るところとなり、事の次第が明るみに出て、下女は「とがった釘を打ち付けた樽の中に裸で入れられ、その樽に白馬が二頭つけられ、ひきずり回される」刑に処せられた[15]。

このメルヒェンも、不正は必ずあばき出され、真実、正義が報復するという展開になっている。

③「赤ひげ王の話」

ばあやの話は、このがちょう番になった王女の話から、赤ひげ王の話にとんでいる。つまり、オッティーリエの歌と、がちょう番になった王女の二つのテーマが断片的に語られた後、直ちに赤ひげ王の話に移ってしまっているのである。この三つの話はいずれも断片的で、しかも飛躍しているので、相互の関連がいまひとつはっきりしないのだが、恐らくは、悪者に殺された少女オッティーリエと、下女に陥れられてがちょう番をさせられた王女のために、正義の復讐をしてくれる人として、赤ひげ王は、ばあやの期待を一身に担って登場するのである。
ばあやは語り続ける、当時のドイツに広範に流布し、信じられていた赤ひげ王（Barbarossa：フリードリヒ一世（一一二二（？）—一一九〇）の伝説を。

赤ひげ王は亡くなられたのではありません。
あの方は、味方の軍勢とともに
山の中に隠れていらっしゃるのです。

その山はキュフホイザーといい、
その山中に洞窟が一つあるのです。
…………
皇帝は第四の広間にお住まいです。
もう何世紀もの間、
石の椅子に腰をかけ、石の机に向かい、
両手で頭を支えたかっこうでいらっしゃいます。

地面にまで垂れたひげは
炎のように真赤です。

時々まばたきをして、
時々眉をひそめておられます。
眠っておられるのか、考え込んでおられるのか、
はっきりしたことは申し上げられません。
でも、いざという時には、
力強く奮い立たれることでしょう。[16]

ばあやの語る赤ひげ王（バルバロッサ）像は、グリムの伝説集に記されているものをほとんどそのまま踏襲している。[17]「赤ひげ王」（バルバロッサ）という愛称で呼ばれているフリードリヒ一世は、第三回十字軍を率いて出征し、一一九〇年、小アジアのゼーフ河の奔流を馬で渡ろうとして溺死した。彼は帝国の改革者と称えられた。十三世紀の半ば、彼の孫フリードリヒ二世は、教皇制度と闘ったが、望まれていた正義の国、よりよい時代を打ち立てることなく、この世を去った。その後、彼はよりよい時代を到来させるという事業を完成させるまでは死ぬことができない、彼は死んではいないという伝説が生まれた。後に、この伝説はフリードリヒ一世に移され、彼は英雄的な皇帝として、統一ドイツを願う国民の偶像となっていった。こうしたバルバロッサ伝説は、とりわけ十九世紀、一八一三年の解放戦争以後、急速に広まっていった。詩人たちも、しばしばバルバロッサ伝説をテーマに取り上げている。その中で最も有名なのは、後期ロマン派の詩人リュッケルト

(Friedrich Rückrt) の「バルバロッサ」(Barbarossa)(一八一七年)である。彼の詩によって、バルバロッサ伝説はドイツ中に知られることになった。

彼は死んではいない。
彼はその中で今もなお生きている。
彼は城の中に身を隠したのだ、
腰をおろして眠るために。

彼は帝国の栄光をもって
身を隠したのだ。
いつの日か、昔の栄光を携えて
再び彼は帰ってくるのだ。[18]

リュッケルトは、バルバロッサが昔の栄光をもって帰ってくることをひたすら待望している。フランスに対して勝利した解放戦争の後、統一ドイツへの希望が高まったが、ウィーン会議によってそれは打ち砕かれた。そのような時代的雰囲気の中で、この詩は生まれたのである。その後、二〇年代、三〇年代には、フライリヒラートの「バルバロッサの最初の覚醒」(一八二九年)、プラーテンの「バルバロッサ」(一八二九年)、ガイベルの「フリードリヒ赤ひげ王」(一八三七年)などが作られていった。

プラーテンの詩は、バルバロッサと、当時のプロイセン王フリードリヒ・ヴィルヘルム三世とを結びつけ、ホーエンツォルレン家の栄光の神話を一層高めたものになっている。[19]ガイベルの詩では、皇帝バルバロッサが神秘的な雰囲気で描き出されている。鷲（プロイセンの象徴）がキュフホイザーのまわりを飛び回っている鴉を追い払い、皇帝は再び帰ってくる。

老皇帝に諸国民は
一斉にお辞儀する。
そして彼はアーヘンに新たに
この神聖なドイツ帝国を打ち立てる。[20]

プロイセンの象徴である鷲が鴉を追い払うという表現に、プロイセンに国家統一の全権を委任する意向がこめられている。バルバロッサは帰還し、長い間待ち望まれた「神聖ドイツ帝国」皇帝の座に就くのである。バルバロッサは、十九世紀の歩みとともに、ジークフリート、ヘルマン、ゲルマーニアと同様、否それ以上の政治的神話のヒーローに押し上げられていった。詩人たちも、こうした風潮をつくる上で、大きな役割を果たしたのである。

『ドイツ・冬物語』におけるハイネのバルバロッサ像は、このような風潮を明確に意識して作られている。同時代の詩人たちのバルバロッサの詩と比べて決定的に違うのは、バルバロッサ伝説を信ずる民衆の心、願望の核心を見据えていることである。それは、ばあやがオッティーリエやがちょう番をさせられた王女の復讐をしてくれることへの期待をこめて、熱く語るバルバロッサ讃歌に表現されている。

それから皇帝は立派な旗をつかみ、
叫ばれます、「馬に！　馬に！」
すると武装した兵士たちは目を覚まし、
音を立てながら跳ね起きるのです。

めいめいが、ひらりと馬に飛び乗って、
馬はいななき、蹄を鳴らす！
打ち響く戦場へと馬を走らせ、
そしてラッパが鳴り渡ります。

彼らは巧みに馬を乗りこなし、剣術も巧みで、
睡眠もたっぷりとっています。
皇帝は厳しい裁きを下されます、
人殺しどもを処罰すると――

大切な、世にも妙なる
金髪巻き毛の処女ゲルマニアを
かつて暗殺したあの人殺しどもを！
「太陽よ、訴える炎よ！」

うまく身を隠せたと思い、
城で笑い興じていた者たちは、
この復讐の縄から逃れられません、
バルバロッサの怒りからは。[21]

不正を罰し、正義を実現する担い手としてのバルバロッサへの期待――このような民衆の意識への関心や視角は、リュッケルトにも、プラーテンにも、ガイベルにもない。彼らは、民衆が何を望み、何を期待しているのかということには関わりなく、ひたすらバルバロッサが昔の栄光とともに帰ってきて、強大な統一国家をもたらしてくれることを願ってうたっているにすぎないのだ。

また、ハイネは、民衆の素朴な赤ひげ王待望論のもつ問題点も見逃してはいない。「ぼく」は夢の中で赤ひげ王と対話する。王はさまざまな人の消息を尋ね、「ぼく」はそれに答える。

「ルイ十五世は
ベッドでいと安らかにお亡くなりになりましたが、
十六世は、お妃アントワネットと一緒に
ギロチンにかけられました。」
…………
「王と王妃が！
金具で締め付けられる！　板に！
それは、無礼極まりない、
失礼極まりない！[22]」
赤ひげ王は、フランス革命のことも、ギロチンについても、当然のことながらご存じなかったのである。
「赤ひげ王」——ぼくは大声で叫んだ——「あんたは
昔の伝説の人物なんだ。
帰って寝るがいい。あんたがいなくても、
ぼくらは自分たちを解放するから。[23]」

現代の状況に全く疎い赤ひげ王が、夢の中での「ぼく」との対話で浮き彫りにされている。フランス革命を経た時代に、フランス革命があったことも知らない中世の皇帝の帰還を今更望むというのは、いかにも時代錯誤ではないか。現実のドイツに充たされない思いを抱く民衆が、過去の名君に理想を追い求めてしまうのは問題ではないか。現代のことは自分たちでやっていくほかないのに、民衆の赤ひげ王帰還への願いはアナクロニズムであると同時に、一種の英雄待望論でもあり、さまざまな危険な要素が混在してもいるのである。

だが、こうした問題性をもっていることを認めつつもなお、ハイネはメルヒェンや伝説に託された、民衆の解放への憧れから目を離さない。「太陽よ、訴える炎よ！」というリフレインをはじめとするばあやの話には、不正があばかれ、正義が復讐することを切に求める民衆の素朴な、至極まっとうな願いがこめられているからだ。アンドレ・ヨレスは、メルヒェンというジャンルを成立させる精神の活動として、世の中はこうでなければならないという期待をあげているが、[24] メルヒェンには公正さを求める民衆の素朴な願望が託されていることが多く、そうした願望やモラルに合致した世界をあくまで求める。正義が実現しない現実を否定し、それとは別の世界を想像力の中で作り出す傾向があると言えよう。

ハイネはこのようなメルヒェンなどの民衆の文化の傾向をポジティブに評価している。特に注目されるのは、ハイネがドイツのメルヒェンや民謡の中には、民衆の、解放へのひそかな憧れが息づいていると考え、それらの中に、生き生きした民衆のエネルギーを見出していることである。つまり、十八世紀半ば以来のドイツの教養市民層の多くのように、ばあやの語る伝説やメルヒェンなどの民衆の文化を、迷信に支配された非科学的なものとして貶めるのではなく、その中にひめられた民衆のエネルギー、想像力に着目し、それを高く評価している点である。ここには、民衆的文化に対するハイネの関わり方の特徴が示されていると思われる。メルヒェンなどを現実からの逃避と見るか、もっとポジティブなものと見るかは議論が分かれるところであるが、こうしたハイネの考え方は、メルヒェンは空中楼閣ではあるが、闇をつき抜けて将来幸福に至ろうとする民衆の願望によって打ち立てられたものであるが故に、それは正当なものであるとして、メルヒェンに積極的な意味を見出しているエルンスト・ブロッホに通じる考え方だと言えよう。[25]

ともかくも、『ハルツ紀行』をはじめ、ハイネの作品には、メルヒェンや伝説の人物、テーマがごく自然な形で溶け込んでおり、それはハイネの文学の不可欠な構成要素となっている。これはまさに、ばあやに多くを負っていると言ってよいだろう。

## (2) ヨーゼファ（赤毛のゼフヒェン）

ハイネの『回想』によれば、初恋の女性ヨーゼファと知り合ったのは、十六歳の時であり、一年余り親密な交流を重ねた。ヨーゼファは、前述のばあやツィッペルと親しい首斬り役人の妻であり、魔女ともよばれていたゲッヒンと一緒に住んでいた姪だった。[26] ヨーゼファについて、ハイネは次のように記している。

「いかなる大理石像も、彼女と美を競うことはできなかった。彼女は生命そのものを啓示していた。彼女のあらゆる動きは、彼女の身体のリズムを、彼女の魂の音楽とさえ言えるものを啓示していたからである。ニオベの娘のだれ一人として、彼女ほど高貴な彫りの顔をしているものはいなかった。顔の色は、肌と同じように白く、それが微妙にさまざまに変化した。彼女の黒ずんだ大きな目は、謎をかけて、答を静かに待っているかのように見えた。……彼女の髪は赤かった。まるで血のように赤かった。それは長い巻き毛になって肩まで垂れていた。そのため、首を斬られて血が赤く流れ出しているようにも見えた。[27]」

しかし、ヨーゼファについて、かくの如き具体的なハイネの記述があるにも拘わらず、また、ハイネの弟マクシミリアンがその著『ハイネの思い出』の中で、ヨーゼファにまつわる事柄についての兄の報告を確証している[28]にも拘わらず、極めて詳細なフリッツ・メンデ編纂の『ハイネ年譜』にヨーゼファの名は一度も出てこないのである。果たしてヨーゼファはこの世に存在したことはなく、ハイネの虚構上の人物だったのだろうか。——この点に関してはさまざまに論議されてきており、実際の家系をたどって、ヨーゼファが実在したことを証明する研究も出てきた。たとえば、ビューラーとヘーヴェルマンは、ブリュールの戸籍文書館に保存されているライン教会戸籍簿と戸籍登記簿を資料として使い、ハイネが生きた時代、デュッセルドルフに首斬り役人、皮はぎ屋の一族エーデル家が住んでいたことをつきとめ、エーデルの家系を具体的にたどって、家族構成とその名前、生年月日を書き出している。そして、一八〇一年十月二十三日にデュッセルドルフ＝ビルクで洗礼を受けたエリーザベト・ヴィルヘルミーナ・ヨーゼファ・エーデルが、「赤毛のゼフヒェン」である公算が極めて大きいと報告している。[29]その当否について筆者が判断するには、材料があまりに乏しいため、口をさしはさむことはできない。ただ、赤毛のゼフヒェンが本当に実在したか否かに拘わらず、ハイネが、世間で「賤しい者」という烙印を押され、共同体からのけ者にされてひっそりと息をこらして生きている存在を、詳しく、しかも共感をこめて描き出したということが筆者の興味をひくのである。

ハイネ自身の『回想』によれば、彼は、共同体の中でタブー視され、忌み嫌われていた人々の生活圏に足を踏み入れ、頻繁に通ったのである。ハイネ自身の中には、彼らを忌み嫌う傾向など微塵もなかったにちがいない。もし、そのような傾向が少しでもあったとするならば、あの「手を触れるだけで自分も賤民になる」とされていた人々との交流などできなかったであろう。ハイネが書き綴っている文章の行間からは、むしろ共感と好意が感じ取れるのである。

賤民と接触し、会話を交わしたり、食事を共にすると賤民になるとされていたため、賤民視されていた人々は、社会的に隔離されたところで暮すことを強いられていた。しかも、首斬り役人は、賤民の中でももっともいやしい者と見なされていたのである。[30]ヨーゼファは、首斬り役人の子として、人目を避けてひっそりと暮すよう運命づけられていた。「生まれの賤しさにより、ゼフヒェンは子どもの時から娘ざかりに至るまで、ずっと孤独な生活を送ってきていた。おじいさんの屋敷で、彼女はあらゆる社会関係から隔離されて暮していた。[31]」

## 1　首斬り役人（Scharfrichter）という存在について

首斬り役人は、正当な教区共同体の一員として認められなかったし、ツンフト（同業組合）に入ることを許可されなかった。彼らは、地域共同体からも、同業者の組合からも締め出されていたので、それらを基盤にした市民社会のさまざまな生活の営みからも排除されていた。たとえば、ふつうなら、誰かが産気づけば、近所の女たちが駆けつけて手伝うことになっているのに、首斬り役人の妻が産気づいても、手伝ってくれる者はいなかったのである。誰かが死んだ場合、ツンフトの組合員みんなでその棺を担ぐのが通例だったが、首斬り役人が死んだ場合、ツンフトの組合員は、その棺を担ぐことを拒んだのである。首斬り役人の家族に手を貸せば、賤民に落ちるとされ、ツンフトから除名されてしまうからであった。首斬り役人の子は、首斬り役人以外の職業に就くことはできず、首斬り役人の娘は、首斬り役人以外の男と結婚することはできなかった。首斬り役人の家系に生まれた者は、文字通りこの世に生を受けた時から死に至るまで、市民社会から排除されて生きることを余儀なくされていたのである[32]。

ハイネは、ヨーゼファの特徴として、見知らぬ人と接触することへの過剰なほどの恐れ、ひどく強情な反抗心、頑固さなどをあげているが[33]、それらが、こうした首斬り役人の子という生まれによる孤独な人間関係からきているものであることをハイネはよく理解していた。

こうした「生まれの賤しい」ヨーゼファへの理解、共感は、ユダヤ人の家系に生まれたハイネ自身の境遇と無関係ではなかったと思われる。ユダヤ人は、中世以来、十八世紀に至るまで、首斬り役人や墓掘り人と同じように賤民と見なされていたし[34]、中世後期には、ユダヤ人ゲマインデは、たびたび首斬り役人を出さねばならず、ユダヤ人墓地に首斬り台を立てねばならなかったのである。[35]

ハイネがこの世に生を享け、成長するまでそこで過したデュッセルドルフは、一七九二年以来、ナポレオン率いるフランス軍が統治していた。その前年、一七九一年にパリの国民立法会議において、ユダヤ人にフランス市民と全く同等の権利、義務を与える法案が採択されていた。フランスの支配下に組み込まれたライン左岸地域のユダヤ人も、この法の適用を受けるところとなった。そのため、この地域のユダヤ人は、他のドイツ諸地域に比べ、法的に差別を受ける度合が少なかったと言えよう。

しかしながら、何世紀にもわたって形成され、受継がれてきた人々の意識は、そう簡単に変るものではない。ハイネ自身、同じ『回想』に書いているところによると、小学校で、自分のおじいさんは白いひげをはやしたユダヤ人だったと言ったとたん、さんざん皆からはやしたてられ、いじめられた経験を持っている。[36] 法的に解放されたとはいえ、ユダヤ人ハイネは、さまざまな偏見と抑圧にさらされて生きていた。従って、賤民視され、社会から隔絶されたところにひっそりと暮しているヨーゼファへの思いは、同情というような性質のものではなく、自己の存在そのものから来ている、社会からの疎外感という共通の糸で結ばれた共感であったにちがいない。

## 2　ヨーゼファが歌っていた民謡——オッティーリエの歌について

ヨーゼファは古い民謡を沢山知っていた。ハイネの民謡に対する感受性を呼び覚ましたのは彼女だった。民謡は、ハイネの文学の大きな源泉になっていると言えようが、これは、前述したばあやとともに、とりわけヨーゼファに負うところが大きかったのである。

ハイネがリュツェーウム（高等中学校）後期の頃、すでに民謡に対して興味をもっていたことを示す資料がある。それは、アントン・ヴィルヘルム・フォン・ツッカルマーリオがカール・ジムロックに宛てた手紙で、そこには、一八一三年から一四年にかけて、ハイネが級友のフランツ・フォン・ツッカルマーリオとともに、民謡に夢中になっていたことが記されている。[37] それは時期的にはちょうどハイネがヨーゼファと出会い、交流を重ねていた時期と重なるのである。ハイネはヨーゼファがうたっていた民謡の中で、幼い頃ばあやがうたって聞かせてくれたものと同じであるが故に、とりわけ印象に残っているものとして、次に掲げるオッティーリエの歌を書き残している。

まず悪党のトラーギヒが問いかける。

「愛するオッティーリエ、ぼくのオッティーリエ、
おまえで最後にはならないだろう——
言ってごらん、おまえは高い木にぶら下がりたいか、
それとも青い湖で泳ぎたいか、
それとも神様が下さった
ぴかぴか光る刀にキスしたいか。」
それにオッティーリエが答える。
「高い木にぶら下がりたくはない。

青い湖で泳ぎたくはない。
神様が下さった
ぴかぴか光る刀にキスしたい！」[38]

このオッティーリエの歌は、広く流布した Halewijn 氏の歌の変種に富んだグループに属しているという。[39] Halewijn 氏の歌とは、騎士あるいは盗賊が、少女を城からおびき出して森に連れて行き、少女はそれまでの七人の犠牲者に続く犠牲者として、その生命を絶たれることになるという内容のものである。オッティーリエの歌は地中海地方の国々からスカンディナヴィア半島に至るまで、ヨーロッパ中に知られていたという。[40] 有名な青ひげ伝説も、この圏内に属するものである。

ある日、罪人百人の首を斬り落した刀を振り回しながら、この歌の最後のフレーズの「神様が下さった／ぴかぴか光る刀にキスしたいか」とハイネに問いかけたヨーゼファに、「ぴかぴか光る刀にキスしたくない／赤毛のゼフヒェンにキスしたい！」[41] とハイネは答えた。ここには、あのオッティーリエの歌の結末とは違って、刀で殺されてしまうことを拒み、ゼフヒェンとの結びつきを強めたいという意志が表明されている。つまり、オッティーリエの歌と比べ、結末が、死の甘受から生の意志へと転換しているのである。また、これは同時に、ハイネが首斬り役人の子、赤毛のゼフヒェンにキスすることによって、名誉を失ってしまうことを想定させもするのである。それをハイネは恐れもせず、厭いもしないことをも読む者に悟らせる。まさに、「ぼくが彼女にキスしたのは、やさしい愛情からだけではなかった。古い社会と、そのすべての暗い偏見とを嘲笑してやろうと思ったから」[42]なのである。
なお、このオッティーリエは、後の詩集『ロマンツェーロ』にも登場する。

夢の中でぼくは若返り、元気だった。
そこは高い山の縁にある別荘だった。
かけっこしながらその山の小道を駆け下りた。
オッティーリエと手を取りながら駆け下りた。

この娘の容姿は何と美しいことか！　愛らしい
海のように碧い眼が水の精のようにまばたきする。
彼女は可愛い足でしっかり立っていた。
潑溂とした優雅な姿。

声の響きは真心がこもっていて、けがれなく、
心の底まで見えるようだ。
彼女のどの話も思慮深く意味深い。
唇はまるで薔薇の蕾のようだ。

ぼくの心に忍び入るのは恋の悩みではない。
ぼくは夢中になったりせず、相変わらず冷静だ。
けれども　彼女の存在におどろくほど心がなごみ、
ひそかにふるえながらぼくは彼女の手に接吻する。

最後にぼくは一本の百合を折ったようだ。
それを彼女に差し出し、大きな声で言った。
「結婚してぼくの妻になってくれ　オッティーリエ、
ぼくもきみのように誠実で、幸せになりたいんだ。」

彼女が何と答えたか　ぼくにはわからない。
なぜなら　その途端にぼくは目を覚ましたからだ。
そしてぼくは　何年ものあいだ病室に
やるせなく横たわっている病人に戻っていた。[43]

この詩のオッティーリエには、ヨーゼファのイメージが重なり合っている。手足が萎え、ベッドに横たわったままの生活を送っていたハイネの脳裡に、青春の日々がよみがえる。冷静だと思っている「ぼく」だが、彼女の姿と人柄に心動かされ、夢の中で彼女にプロポーズする。だが、その途端に目がさめてしまう。若いころからのハイネの夢の詩のパターン通り、つらい現実世界に戻ってしまうのである。

ともあれ、ヨーゼファとの交流を通じて、首斬り役人とその一族の実態をまのあたりにしたことが、若いハイネの心にどんなに強烈な印象を刻みこんだかは、その後、首斬り役人をモティーフにした作品をいくつも書いているという事実だけからも見てとれる。[44] ハイネは、ヨーゼファへの愛を、後の成熟期の大きな悲劇に先行した一つの序曲でしかなかったと『回想』の中で述べている。[45] ことを恋愛だけに限れば、そのように言えるのかもしれないが、青春期におけるヨーゼファとの交流は、単に悲劇の序曲であるにとどまらず、さまざまな面で彼の礎になっていると言ってよいだろう。初期の詩群「夢の絵」などに見られるように、ハイネの社会観、政治観の基盤、その発想の基盤になっていると言っても過言ではないのである。

また、そのイメージは無意識のうちに心の奥深くに刻まれ、晩年においても蘇るほどだった。夢の中においてではあったのだが。

## (二) パリで知り合った女性たち――クリスティーナ・ベルジョヨーソ、マティルド、ジョルジュ・サンドとの交流

ハイネがパリに移住した一八三一年には、パリの人口はおよそ八十万人に上っていて、ドイツのベルリンと比べてはるかに大都会だった。[1] ハイネは、この大都会で、政治的な面だけではなく、文

化的な面においても大きな刺激を受け、いきいきとした日々を送っている。パリで、ハイネはさまざまな人々と出会い、交流を重ねた。バルザック、リスト、ショパンをはじめとする作家、音楽家の他、後に彼の妻となるクレサンス・ミラー（マティルド）とも出会った。クリスティーナ・ベルジョヨーソ、ジョルジュ・サンドなどの、知的で行動的な女性たちとも親しく交流した。ハイネの作品の中に知的な女性が描かれることは稀であるのに、かなり知的なレベルで交流していたのである。ここではこの三人の女性たちを取り上げ、ハイネが知り合った順に、ベルジョヨーソ、マティルド、ジョルジュ・サンドとの交流の実態をできる限り明らかにしたい。そして、それを通してハイネの女性観について考えてみたい。

## （1）クリスティーナ・ベルジョヨーソ（Christina Belgiojoso 一八〇八―一八七一）

### 1 パリ移住までの歩み

ベルジョヨーソの名は、日本ではほとんど知られていないであろう。だが、七月革命後のパリでは、その美貌と鋭敏な知性によって色々な意味で影響力をもち、求心力のある華やかな存在だったのである。ハイネは彼女のことを「真理を渇望する美女」であると述べ[1]、崇拝するとともに、一目置いていた。また、女性は思考する存在ではないとハイネは考えていたようだが、その唯一の例外として、ベルジョヨーソの名をあげているほどである。[2] ハイネがそのように特別な思いを抱いていたベルジョヨーソとは一体どのような女性で、ハイネとどのような交流をしていたのだろうか。以下、見てゆくことにしたい。

クリスティーナ・ベルジョヨーソは、一八〇八年、ミラノの最も富裕な家族の一つに数えられる家に生まれた。その当時、イタリアはナポレオンの支配下にあった。一八〇四年、フランス皇帝となったナポレオンは、イタリア共和国をイタリア王国へと改組し、彼自らが国王となった。フランスがイタリアを従属国とし、フランスの政治システムにイタリアが組み込まれたことにより、イタリア人の民族意識が覚醒し、ナポレオンに抵抗する運動が広がっていった。ナポリをはじめとして、各地に秘密組織であるカルボナリ党が結成され、外国支配からの解放と国家の改革を目標に掲げ、反ナポレオンの先頭に立っていた。

やがて、一八一五年のウィーン会議の後、ミラノはオーストリアの支配下に入った。この王政復古の時代、カルボナリ党はイタリア半島全土に広がっていった。

クリスティーナの父が早くに亡くなった後、母はアレッサンドロ・ヴィスコンティ・ダラゴーナ侯爵と結婚した。彼はオーストリアの植民地支配に反対するカルボナリの闘士で、何度も逮捕、拘留されていた。当時は多くの知識人や貴族がカルボナリに属していた。クリスティーナの家は、カルボナリ党の集会所となっていた。そのような中で育ったクリスティーナは、幼い頃から、解放され、統一されたイタリアを理想とし、夢見ていた。それを目指した闘いは、彼女の人生に決定的な影響を及ぼすことになった。

クリスティーナは一八二四年、十六歳で愛国的活動家エミーリオ・バルビアーノ・ベルジョヨーソ・デスケと結婚したが、四年後に夫のもとを去った。一八三〇年、フランスの七月革命に影響されて決行されたミラノでの蜂起が失敗に終り、その後彼女はスイスに渡る。そこからさらにジェノヴァに行き、マルセイユに渡った。その地で、ジュゼッペ・マッツィーニ（一八〇五―一八七二）が秘密結社「青年イタリア党」を結成し、活動していたからである。マッツィーニは、大学時代にカルボナリ党に入り、投獄、国外追放などに処せられながらも、一八三一年、亡命地マルセイユで青年イタリア党を創設し、イタリアの統一と独立を青年たちに呼びかけた。その活動に、彼女は財政的支援をしたのである。そのことにより、彼女はオーストリア政府から反逆罪として告訴され、裁判により、彼女が所有する北イタリアの広大な土地は没収されてしまう。その後ほどなくして、彼女はパリへ亡命する。イタリアの亡命者の多くがパリへ渡り、そこはカルボナリのセンターと言ってもいいほどになっていた。彼女はその抜群の美貌と知的な輝かしさをもって、パリのサロンに出入りするようになった。

## 2　ハイネとベルジョヨーソの出会いと交流

ハイネがドイツの地を離れ、パリに到着したのは、彼女より少し後だった。ベルジョヨーソとハイネがいつ、どこではじめて出会ったのかについては諸説あり、定かではないが、フリッツ・メンデの年譜によれば、一八三一年六月に二人は知り合っている。[3] 恐らくは、サン・シモニストの集まりにおいてだったと思われる。第Ⅳ章でも述べたように、パリに着いた後、ハイネは真っ先に「ル・グローブ」編集部のシュヴァリエに会いに行き、話し合った。「ル・グローブ」は当時、サン・シモニズムの機関誌のようになっていた。ベルジョヨーソも、サン・シモニズムの理念に共感を示していた。当時、多くの貴族、知識人、芸術家たちがサン・シモニズムの理念に共鳴していたのである。

一八三三年、ベルジョヨーソは自らサロンを開き、ハイネはその常連となり、その頃から二人は特に親しくなってゆく。二人の間で交わされた手紙は一八三三年のものから残っており、一八三四年ごろからはかなり親密な交流をしていたことが文面から窺われる。

一八三四年一月三十一日、ベルジョヨーソはハイネに宛てて書いている、「あなたは、新しい小説のリストをという私の懇願を多分お忘れのようですね」と。

その年の四月十八日、ハイネは次のような手紙を書き送っている。「あなたに、先日お話ししたピュックラー侯爵の本をお送りします。六週間したら、私の『旅の絵』のフランス語訳が出ます。イタリアについて報告している第一巻は序言に至るまですでに完全に印刷されました。この巻の校正刷をお読みになりたいですか。もしお読みになりたいなら、それをお送りします。あなたが内密にして下さり、共和派にも、中庸派にも、だれにも見せないという条件付きで。」

さらに一八三五年四月五日には、「ジョルジュ・サンドの小さな小説をお送りすることによって、美しい侯爵夫人におかれましてはよい日でありますように願うことを名誉とするものであります」とハイネは書き送っている。ここに書かれているジョルジュ・サンドの小さな小説とは、『アンドレ』のことである。ハイネが送った『アンドレ』とはどのような作品なのだろうか。

この小説の舞台は、サンドの故郷ノアンに近い小都市ラ・シャートル。主人公ジェヌヴィエーヴは、自宅で装飾品の造花を作って生計を立てている。作品に登場する他の女工たちは、お針子としてグループで働いているのに対し、一人、自宅で作業しているのである。他の女工たちは、町の若者から誘われてピクニックにいったり、遊ぶのを楽しみにしたりしているのだが、ジェヌヴィエーヴは誘いにのることはなかった。一方アンドレは、地方貴族の一人息子で、感受性に富んでいるが、傷つきやすく、行動力や決断力に欠け、「無為の生活」を送っている。彼は、女工たちと遊ぶことには関心がない。ある時、二人は友人たちに強引に誘われて出かけたピクニックで知り合う。アンドレには、ジェヌヴィエーヴが自分の理想のように映り、彼女に接近をはかる。やがて二人は愛し合うようになるが、当時の社会的掟に阻まれ、なかなか前に進めない。社会的軋轢の中で体調を崩してしまったジェヌヴィエーヴを看病するうちに激情に駆られたアンドレにより、彼女が妊娠してしまったため、二人は正式に結婚する。だが、アンドレには自らの所有する財産もなく、自立する経済力もない。そのため、父親の家に同居する他なかった。居候である二人への圧力は強く、ジェヌヴィエーヴの病は進行し、母子ともに死んでしまう。一人残されたアンドレは、妻を失った衝撃で、魂のぬけた亡霊のごとき日々を送り、やがて自らも息絶える。[4]

　地方貴族の息子アンドレと女工のジェヌヴィエーヴの身分違いの恋ゆえに、周囲の圧力は強く、遂にそれに押しつぶされてしまう二人の姿に、ハイネは自分とマティルドを重ねていたのかもしれない。ハイネはちょうどこの頃、靴屋の店員であるマティルドと恋におちていた。この後述べるが、このマティルドとハイネの関係について、ベルジョヨーソは非常に心配していた。身分的にも精神的知的な面でも、釣り合わないと思っていたからである。ハイネは、二人の愛について理解してほしいと思って、サンドのこの小説をベルジョヨーソに送ったのだろうか。

ともかくも、ベルジョヨーソはハイネから、新しい文学の動向についての情報を得たいと願い、ハイネはそれに応えて、興味深い本を推薦するという、かなり知的なレベルでの交流をしていたと言えるだろう。ベルジョヨーソの方では、ハイネをディナーへ招待したり、劇場の桟敷席を提供したり、彼女の農園の館に招いたりした。[5] それらに対し、そのつどハイネは、自分の最新の著書やポートレートを送って返礼していたようだ。

ただし、ハイネの方は、ベルジョヨーソに対して、知的レベルに留まらない、特別な感情を抱いていたようである。それは、彼女に宛てた次のような手紙の文面からも窺える。

「一昨日の夜会以来、あなたのことを何度も何度も想っていたということを信じてください。……私は、あなたの髪形のかなり巧みな分析――あの記憶すべき四月十六日に、あなたをじっと観察していました――であなたを楽しませることができるでしょう。

私は今までにこの黒髪ほどおとぎ話に出てくるような、詩的で、妖精のようなものを見たことがありませんでした。それは自然にウェーブしていて、あなたの顔の透明な青さから際立って見えました。そしてこの顔を、あなたは十五世紀の絵、ロンバルディア派の古いフレスコ壁画から、ひょっとしたらあなたのルイーニから盗んだか、あるいはアリオストの詩から盗んだのです。そんなこと、私の知ったことではありませんが。でも、この顔が、夜も昼も、謎のように、私につきまとうのです。その謎を私は解きたいのです。……

本当に、冗談ではなく、夜も昼も、この顔の、この象徴の、この前代未聞な目の、この秘密にみちた口の、これらの顔立ちのすべての意味を推測するのに頭を悩ましているのです。現実には存在せず、夢の産物であるように思える顔立ちなので、私は常に、これらすべてが、ある晴れた朝、消えてなくなりはせぬかと恐れているのです。

マダム、消えてなくならないでくださるよう、お願いします。そして、あなたに深甚なる敬意と心服を捧げることをお許しください。

あなたに大変心服し、とても従順な

アンリ・ハイネより」（一八三四年四月十八日）

ベルジョヨーソを崇拝する男性は多かったという。ベルジョヨーソはハイネの想いを知りつつも、彼女にとって、ハイネはあくまでも文学や政治について語り合える知的友人なのであり、恋人とは見ていなかったようだ。

## 3　マティルド問題

一八三四年十月、ハイネは靴屋の店員クレサンス・ユージェニー・ミラーと知り合う。ハイネは彼女をマティルドと呼んだ。えくぼが可愛い美女だった。そんな彼女にハイネは惹きつけられ、夢中になってしまう。彼女は字を読むことも書くこともできなかった。従って、文学や知的世界とは無縁な世界にいた。そんなものには全く興味を示さなかった。鸚鵡をこよなく愛し、おしゃれには目がなかった。

周囲の人々、特にベルジョヨーソは、身分的にも知的にも釣り合いのとれない二人の愛について心配していた。というより、かなり批判的な目で見ていたという方が当っているだろう。
ハイネはマティルドとの愛について苦悩していた。なかなか理解し合うことができず、すぐけんかになってしまう。だが、その魅力に引きずりこまれてしまって、離れられない。
当時の彼の精神状況は、ジャーナリストで雑誌『オイローパ』を主宰し、ハイネの心情をよく理解してくれていたアウグスト・レーヴァルトに宛てて書いた手紙の中に吐露されている。次節で詳しく述べるが、自分は「色恋沙汰にどっぷり首まで浸かっていて」、「昨年の十月以来、すべてのことをほったらかしにし、だれのことも目に入らない」状況だとし、「自分のまわりに、薔薇色の波が相変わらずとても激しくごうごうと音を立てて泡立ち、自分の頭脳は、相変わらず猛烈な花の香りによって、ひどく麻酔をかけられているので、あなたと理性的に話をすることができないほど」なのだと書いているのである。（一八三五年四月十一日）
理性をもって考えられる時は、このしがらみから抜け出したい、抜け出さなければと思うのだが、「薔薇色の波」が激しい音を立てて押し寄せてくると、たちまち理性は麻痺してしまって、考えられなくなるハイネの状態が目に浮かぶようだ。
ユーリウス・カンペにも、「情熱の時代は自分には過ぎ去り、荒れ狂う人間の性《さが》の渦の中に引きずり込まれることは二度と再びありえないと信じていました」が、この四ヶ月来「再び人間のように荒れ狂っていました、しかも若人のように」と書き送っている。（一八三五年七月二日）
思いもかけない嵐のごとき情熱に襲われてしまい、冷静に自制することができない心的状況がつぶさに語られている。

ベルジョヨーソは、ハイネがマティルドといさかいをした時、彼がマティルドとの関係を思い直すことを願いつつ、何度かハイネをパリ近郊にある自分の別荘に招いた。その頃、ベルジョヨーソは、次のような手紙をハイネに書き送っている。

「ミニエ氏はあなたの不運なできごとを私に知らせてくださいました。あなたに心から同情いたします。田舎の空気、身を伸ばすことができる牧草地や頭上にある木は、あなたの気分を爽快にしてくれるかもしれません。……都会でのあなたの深い悲しみを断ち切ってください。そして、私はあなたを嘲笑などしないことを信じてください。[6]」

ここに書かれている「ミニエ氏」とは、ティエールとともに『フランス革命史』を書いた人物[7]で、当時ベルジョヨーソとは恋人同士だった。「不運なできごと」とは、ハイネがマティルドと恋に落ちてしまったことを指している。身分的にも、知的面でも違いがありすぎ、ふつうなら、一時的なこととして離れてしまうのに、ハイネはこの恋におぼれてしまっているとして心配していたのである。このような見方をする人は少なくなかった。

ハイネは一八三五年六月から何ヶ月かの間、ベルジョヨーソの別荘に滞在している。その間に、ハイネはベルジョヨーソに宛てて、次のように書いている。

「私は自分の神性を傷つけていきました。私は人間の激情のぬかるみの中に下りていきましたが、再び元気を取り戻そうと努力しています。」（一八三五年六月四日）

こうして、激情を抑え、冷静になろうとした。だが、その後、また激情が高まってきて、なかなか鎮まることはなかったようだ。

その年の九月に、ハイネはハインリヒ・ラウベに次のような手紙を書き送っている。

「僕はサン・ジェルマン近郊の、この上なく美しく、この上なく高貴で、この上なく才気に溢れた女性のお城にいます。……でも僕はこの女性に夢中になっているのではありません。僕は最も身分の低い、最も愚かな女性を愛するよう永遠の罰を下されているのです。これが、非常に誇り高く、才気溢れた人間をいかに苦しめざるをえないか、理解できますか。」（一八三五年九月二十七日）

「この上なく高貴で」、「この上なく才気に溢れた」女性とは、ベルジョヨーソのことであり、「最も身分の低い」、「最も愚かな」女性とはマティルドのことである。「この上なき高貴」なベルジョヨーソと「最も身分の低い」マティルドが対比され、「この上なく才気に溢れた」ベルジョヨーソに、「最も愚かな」マティルドが対置されているのである。

この手紙では、高貴で、才気に溢れたベルジョヨーソではなく、自分は「最も身分の低い、最も愚かな女性を愛するよう永遠の罰を下されている」と述べ、マティルドに夢中になっていることを表明し、そのことでいかに自分が苦悩しているかを吐露している。

だが、実際は、この二人の女性の間でハイネの感情は揺れ動いていたというのが実情なのではないかと思われる。
この頃、ベルジョヨーソに対して、ハイネは次のような手紙を書き送っているのである。

「おわかりのように、私は相変わらず、低級な馬鹿げたことから治っておりません。……あなたは常に変りなく、心優しく、才気に富んでおられます。私が悩んでいることを知ったとき、あなたは笑いませんでした。……私に手紙を書かないで下さい。でも、私は結局はあなたのものだということを忘れないで下さい。……この世のだれも、こんなに根気よくあなたのことを思っている者はいません。あなたのことをこれほど思案している者はいないのです。一週間ずっと、夜も昼もあなたの顔の最も小さな部分についてまで、じっと考えているのです。……本当に、私がもっぱら心を奪われているのは、あなたのことなのです。[8]」

これはハイネの偽らざる本心だったと思われる。なぜなら、この手紙とほぼ同じ頃、一八三五年六月から『フィレンツェの夜』の執筆にとりかかり、翌年の二月には完成させていて、そこには、恐らくベルジョヨーソのことを念頭に書かれた、次のようなシーンがあるからである。

「この顔はわたしの記憶から消えることは決してないでしょう！　それは人生の生々しい現実のというより、夢の世界のもののように思われるような顔でした。ダ・ヴィンチを思い起こさせるような輪郭、ロンバルディア派の絵にあるような素朴なえくぼと繊細にとがったあごをした高貴な卵形の顔。色合いはどちらかというとローマ風に柔らかく、つや消しを施した真珠の輝き、高貴な青白さ、うっすらとした色が使われています。つまり、それはある種の古いイタリアの肖像画にしか見られないような顔でした。そうした肖像画は、たとえば十六世紀のイタリアの画家たちが、彼らの傑作を生み出した時に惚れ込んでいた、あの偉大な貴婦人たちの一人を描き出しているのです。[9]」

これこそが、前掲の手紙にある、「夜も昼もあなたの顔のもっとも小さな部分についてまで、じっと考え」た末にハイネが描き出した顔だった。それは、ベルジョヨーソの顔に重なる。「ダ・ヴィンチを思い起こさせるような輪郭」、「ロンバルディア派の絵にあるような」、「古いイタリアの肖像画」などのことばや表現は、ロンバルディア派の中心地、イタリアはミラノの出身であるベルジョヨーソを意識したとしか思えないからである。

一方、ベルジョヨーソはハイネのことをどう思っていたのだろうか。彼女が一八三八年一月十九日、フランツ・リストに宛てて書いた手紙には次のように記されている。

「ハイネは再び自由を獲得したと言っています。あなたもご存知の通り、悪魔的なハイネはよい悪魔なのだと私はいつも主張してきました。私はこの自説を曲げはしません。そして、彼を私の敵にしようとする陰謀があったにも拘らず、ハイネは私に対して同じ態度を保ち続けてくれていることに私は感謝しています。その陰謀は失敗しました。そして、ハイネは、いくつかの悪意のない冗談を度外視すれば、私に何も悪いことはしていないと確信しています。」

前年の一八三七年十二月中旬にマティルドは病気になり、この年の一月には入院していた。そのような中で、自分は再び自由になったと言っているハイネについて書いているのである。同じ頃デトモルトに宛てた手紙にも、「ぼくはこの冬、完全に自由です」とハイネは書いている（一月十六日）。

「悪魔的なハイネはよい悪魔なのだ」とずっと主張してきたというベルジョヨーソは、ハイネの屈折した表現、そうした表現をする彼の心をよく理解していたと言えるだろう。そして、ハイネの口から飛び出す冗談を悪意のないものと受け止めていたのである。

彼女が、ハイネという人物をよく理解し、信頼していることがこの手紙の文面からも窺われる。ただし、これは、彼女に対するハイネの特別な想いからは距離をおいた、あくまでも客観的な人物理解であったという他ない。

**4　一八三〇年代末以降のベルジョヨーソ——社会事業に尽力**

ベルジョヨーソは一八三〇年代末頃には、サン・シモニズムから離れ、徐々にカトリック（改革派）に傾斜していき、社会事業に尽力するようになる。貧しい子どもたち、病気の子どもたちに対する慈善的寄付などを行った。この頃のハイネに宛てた何通かの手紙の中に、《Société des amis de l'enfance》（子供友の会）や少女たちの教育支援のための寄付を依頼する文が見られる。ハイネは求めに応じて、そのつど二十五フラン、二十フランの募金をしていたようだ[10]。

一八四〇年七月、ベルジョヨーソはミラノに帰還し、自分が所有する農地の農民を解放し、農民の住居、子どもたちの学校などを作り、手袋工場を興して、百人の女性を就業させた。そして、そこに病院も建設した[11]。

その後、一八四二年にパリに戻り、カトリックの教理についての四巻のエッセイを匿名で出版する。

この間もハイネとの交流は続き、一八四五年五月二十三日には、ハイネに『ドイツ・冬物語』を分けてくれるように頼み、ハイネをディナーに招きたいとの手紙を送っている。それに対し、ハイネは病気のため行くことができないと返信している[12]。この頃から、ハイネの病状は悪化の一途をたどっていたのである。一八四六年五月に、ハイネは医者から、イタリアへ旅をすることを勧められたのであるが、このことを聞き知ったベルジョヨーソは、フィレンツェ近郊の彼女の別荘に滞在するように申し入れたのである[13]。

また、一八四七年九月はじめ頃、ベルジョヨーソはハイネ夫妻に新しい住居を見つけたと知らせ、ハイネの健康状態が悪化していることについて、慰め、励ます手紙を送っている。一八四八年には、病気のハイネに医者を斡旋しようとした[14]。

このように、ベルジョヨーソは、病気のハイネを気遣って、色々と支援の手を差し伸べていたのである。

## 5　イタリアにおける一八四八年革命とベルジョヨーソ

一八四八年二月、パリで革命が起きた後、三月にはミラノでも蜂起があり、臨時政府が樹立される。ベルジョヨーソは財政面でそれを支援し、ナポリから自力で兵士を二百人雇ったのである。プリンセス・ベルジョヨーソの軍団は、祖国救済のために最も熱意ある戦いをしたと伝えられている。[15]

十一月にはローマで共和国が宣言された。翌一八四九年三月、「戦友」マッツィーニから、野戦病院で重傷者の世話をしてほしいとの要請を受け、ベルジョヨーソはマルセーユに渡る。この地から、ベルジョヨーソはハイネに手紙を出している（三月二十一日）。

その年の七月、フランス軍によってローマが占領されると、彼女はマルタからアテネ、コンスタンチノープルを経てアナトリアへと逃亡する。この間の旅について、友人のジョベール夫人への手紙という形で書いた旅行記を「両世界評論」などに発表した。

一八五〇年二月一日には、オリエントに向けて出発する前に、ハイネに別れの挨拶を書き送っている。

その後、彼女は四年間オリエントで生き続けた。人里離れたアナトリアの谷にある土地、家屋を買い、そこで米を栽培し、ワインを造った。そして、シリアからエルサレムまで馬で旅をし、ハーレムも訪れた。この旅についての記事を「両世界評論」に掲載した。その中で、女性たちの状況を描き、トルコ大帝国の中の惨めさを描き出したのである。

なお、この間も、ベルジョヨーソに、ハイネの病状などについて知らせていたジョベール夫人を通じて、ハイネとベルジョヨーソはコンタクトをとり続けていたのである。

困難な状況を自らの手で切り開き、誰も経験したことのないような未開の地への旅をあたかも楽しんでいるかの如き日々の中でベルジョヨーソは小説も書き、一八五〇年九月十八日には、自分が書いた小説の原稿に、批評をしてほしい旨の手紙を添えてハイネに送っている。このように、異国にあって、逆境にもめげることなく、したたかにたくましく生き抜いている間に、彼女は何度もハイネに手紙を送っているのである。この結びつきの強さは類稀なものだと言ってよいだろう。

それに応えるかのように、病床にあるハイネもまた、彼女のためにできる限りのことをしようとしたのである。この頃、ベルジョヨーソの所有地はオーストリア政府によって差し押さえられてしまっていた。彼女の窮状を知るにつけ、ハイネは何とかできないかと思案し、一八五三年、ミニエに、仲裁に入ってその処分を何とかしてほしい旨の書状を友人を介して渡すなどした[16]。

ハイネのその願いは実現しなかったとはいえ、彼のこうした行為は、彼女との結びつきの強さを示しているると言えるのではないかと思う。

## 6　最晩年のハイネとベルジョヨーソの再会

一八五五年十一月、ベルジョヨーソがオリエントから帰り、ハイネを訪問した時、彼は心から喜んだ。彼女が聖地エルサレムまで行ってきた話にじっと耳を傾け、興味深く聞き入っていたという。その時の様子をカロリーヌ・ジョベールが『ハイネの思い出』の中で次のように記している。

「ハイネに本当に喜びをもたらした訪問は、オリエントから帰ったベルジョヨーソのそれでした。

彼女は聖地を訪れるためにエルサレムまで行ってきたのです。そこは、病床にある人（ハイネ）が聖書を愛読するようになって以来、しばしば頭の中で旅をして回るところでした。彼の生涯の最後の年月の間、聖書は彼にとって大きな気晴らしで、その中でポエジーに出会っていたのです。その豊かさが彼をうっとりさせ、感激させたのです。ハイネが聖地への旅について興味深く尋ねたことを彼女は誤解し、ハイネが宗教的な興味をもっていると思ったようです。[17]」

右の文中に、ハイネが聖書を愛読するようになったとあるが、それはどういうことなのだろうか。ハイネは、『ドイツ宗教哲学史考』などで、キリスト教の禁欲主義を否定し、キリスト教批判を展開していたのだが、一八四八年五月以来、不治の病に冒され、手足はすべて麻痺してしまい、絶え間なく痙攣に襲われ、不快な筋肉の収縮をきたすなどの症状で、寝たきりの生活を送る中で、彼の宗教観は変化を遂げていた。

一八五〇年一月二十五日付のラウベ宛の手紙には、「僕はヘーゲルが説く神、つまり無信仰を放棄し、その代り、自然と人間の心情の外にある現実的で人格的な神の教説を再び引き出したのです」と書いている。そして、一八五三年から五四年にかけて書かれた『告白』の中には、次のような文章がある。

「わたしの宗教的感情が復活したのは、あの神聖な書物のお蔭である。……わたしが一生を通じて、哲学のあらゆる舞踏会場を渡り歩き、精神のあらゆる狂宴にふけり、あらゆる体系とむつみ合い、……遂に心が満たされることがなかった後、――今日、わたしは突然聖書の立場に立っているのである。[18]」

ここには、「神聖な書物」、「聖書の立場に立っている」と書かれていて、聖書がこの頃のハイネにとって、大きな支えになっていたことがわかる。

ラウベ宛書簡の中の「人格的な神の教説」、『告白』中の「聖書の立場に立っている」というハイネのことばに、この頃のハイネの宗教観が示されていると思われるが、人格神とは一体何を指しているのか、よくわからない。それに関しては、弟マクシミリアンに宛てた一八四九年五月三日付の手紙の中に、「さようなら！　わたしたちの先祖の神（エホヴァ）がお前を守り給わんことを！」と書いていることから考えると、ハイネが言う神とは、ユダヤ民族の神エホヴァだったと考えられるだろう。[19]

いずれにしても、カトリックを信仰していたベルジョヨーソとは立場を異にしていたのであるが、彼女は誤解して、当時大衆を惹きつけていたカロン師について語り、彼をハイネに紹介すると言い、実際にその後カロン師がハイネのもとにやって来たという。二～三回彼が来た後、ハイネはカロリーヌ・ジョベールに次のように言ったという。

「ベルジョヨーソはわたしにカロン師を紹介してくれました。（ここで悔いるような表情をして）彼はすでにわたしの中に、いくらか宗教的な気分をよび起すことに成功しました。……」と言った後、彼は笑いながら次のように続けました。「でも、わたしはきっぱりと再びパップ剤に戻ります。これの方が痛みを和らげるのが迅速ですから」[20]と。

宗教的な点では、ハイネはベルジョヨーソに同調しかねていた様子がここから見てとれる。

その後ベルジョヨーソは、一八五六年の年頭と一月末にハイネを見舞っている。[21]そして、二月にパリを離れ、ミラノへ帰り、新聞を興した。彼女がミラノに向けて出発してから約二週間後にハイネは亡くなった。ハイネの最期に立ち会えなかったとはいえ、病気が長引き、病人を見舞う友人も稀になった最晩年の日々に、ベルジョヨーソはハイネを何回か見舞い、遠いオリエントの話をして、ハイネに最後まで広い世界への思いを抱かせたのである。

こうして見てくると、ベルジョヨーソは、宗教的な点はともかくとして、ハイネが苦境にある時、病気になった後も常に彼のことを考えてくれる真の友だったと言えるのではないかと思う。

ハイネの死後、ベルジョヨーソは激動の生涯の最終章を、娘夫婦と共にミラノ近郊のロカーテで過し、六十三歳で亡くなるまで執筆し続けたのである。

## （2）マティルド（クレサンス・ユージェニー・ミラー）
〔Mathilde (Crescence Eugénie Mirat) 一八一五―一八八三〕

### 1　マティルドとの出会いと苦悩

前にも述べた通り、富豪である叔父ザロモン・ハイネの娘アマーリエに失恋し、さらにはその妹テレーゼにも失恋した若きハイネは、なかなか実らぬ恋の恨みをさまざまな詩作品へと結実させた。その後パリに渡り、数々の女性遍歴を経た後、一八三四年十月、一人の若い女性と出会った。その肌は白く輝き、大きな瞳にえくぼがかわいかった。たちまちハイネは彼女に心を奪われてしまう。彼女はクレサンス・ユージェニー・ミラーという名だった。

ミラーは私生児としてセーヌ・エ・マルン県の村に生まれた。祖母も母親も未熟練労働者で、階層から見ると下層階級に属していた。やがてミラーはパリに出て、叔母の靴屋の売り子として働いていた。ハイネと知り合ったのは十九歳の時だった。

彼女は読み書きができず、文学や知的世界とは程遠い世界に住んでいた。当然のことながら、ハイネが詩人であることも知らなかった。

周囲の人々は、身分的にも知的にも釣り合いのとれない二人の愛について心配し、前節で述べたベルジョヨーソをはじめとして、それに反対する者も少なくなかった。

ハイネは彼女をマティルドと呼び、彼女との愛に苦悩していた。この頃書かれた詩に次のような一節がある。

ぼくは君のそばにいる、言い争いと苦しみ！
ぼくは立ち去りたい！
だが、君と別れた人生は
生ではなく、それは死だ。[1]（「色さまざま」エンマ五）

なかなか理解し合えず、すぐけんかになる。立ち去りたいと思う一方で、彼女のいない人生は死も同然だと思えてしまって、なかなか離れられない。

こうした当時の彼の精神状況は、ジャーナリストで雑誌「オイローパ」を主宰するアウグスト・レーヴァルト（August Lewald 一七九二―一八七一）宛に書いた手紙の中に赤裸々に表現されている。

「私はあなたのお手紙をたしかに受け取りましたが、それは私が色恋沙汰にどっぷり首まで浸かっていた時でした。未だにその状況から抜け出せてはいないのです。十月以来、それに直接関わりのないことはすべて、私には重要なことではなくなりました。それ以来、私はすべてのことをほったらかしにし、だれのことも目に入らず、せいぜい友人たちのことを考える時に、ため息がもれる位です。……」（一八三五年四月十一日）

そして、書くことができなかった言い訳を次のように書き連ねている。

「私のまわりに、薔薇色の波が相変わらずとても激しくごうごうと音を立てて泡立ち、私の頭脳は、相変わらず猛烈な花の香りによって、ひどく麻酔をかけられているので、あなたと理性的に話をすることができないほどなのです。」

理性で考えることができる時は、このしがらみから抜け出したいと思うのだが、「薔薇色の波」が激しい音を立てて押し寄せてくると、理性は麻痺してしまう。こうした状態をハイネは繰り返していた。

出版者のユーリウス・カンペには次のように書き送っている。

「四ヶ月来、私の生活は嵐のようにあまりにも激しく動かされており、とりわけ最近三ヶ月は人生の大波があまりに激しく頭上にうちかかってきているので、あなたのことをほとんど考えておりませんでしたし、ましてやあなた宛に書くこともできませんでした。愚か者の私は、情熱の時代は自分には過ぎ去り、荒れ狂う人間の性《さが》の渦の中に引きずり込まれることは二度と再びありえないと信じていました、そして、私は静かに、冷静に自制して、永遠の神々と対等なのだと信じていました。でも、ごらんなさい！　私は再び人間のように荒れ狂っていました、しかも若人のように。」

（一八三五年七月二日）

嵐のような情熱に襲われ、何にも考えられず、書くこともできない状況にあることが赤裸々に綴られている。もちろん、書くことができない言い訳ではあるのだろうが、冷静に自制することができない心的状況にあったことは真実だったのだろう。

イタリアでカルボナリ党の活動にかかわり、パリに亡命し、ハイネとも親密な交流をしていたベルジョヨーソは、ハイネがマティルドと喧嘩をした時、何度か、パリ近郊の自分の別荘にハイネを招いた。彼がマティルドとの関係を思い直すことを願いつつ。

その年の九月、ベルジョヨーソの別荘に滞在していた折に、ハイネは盟友ハインリヒ・ラウベ宛の手紙の中で、自分は「最も身分の低い、最も愚かな女性を愛するよう永遠の罰を下されている」として、マティルドに夢中になっていることを明かし、そのことでいかに自分が苦しんでいるかを切々と訴えている（一八三五年九月二十七日）。

この頃書いた詩に、こうした心情が表現されている。

夜、あれこれ思い悩みつつ
横になる、死ぬか地獄で生きるかを選びかねて。
ああ！　ぼくは思う、この惨めさが
ぼくの気を狂わせてしまったのだ。[2]（「色さまざま」エンマ五）

## 2　マティルドとの結婚――二人の関係性について

さんざん苦悩したあげく、結局ハイネはマティルドから離れられなかった。時々喧嘩をしては離れるのだが、しばらくするとまた、引き寄せられるように彼女の元へ戻っていった。そして、喧嘩、別離の時期を含めて七年間一緒に住んだ後、一八四一年には正式に結婚した。

当初、ハイネは彼女のことを「山猫（Wilde Katze）」と名づけていた。[3] 突然怒り出して荒れ狂ったかと思うと、しばらくして愛らしくすり寄ってくる様子は、まさに猫のようだった。また、時々ものすごい勢いで爆発することによるのか、「家のヴェスビアス山」とも言っていた。[4]

ハイネはマティルドについて他の人々にいろいろなことを言っていた。「彼女は大変頭が弱いのですが、心はすばらしいのです」[5]などと手紙に書いている。この発言には、子どもを評するような視線が感じられるが、ともかくも、ハイネは彼女の心根にほだされていたのだと解釈できるだろう。

アウグスト・レーヴァルトは、パリに滞在した折に、ハイネとマティルドに会った時の様子を次のように記している。

「『マティルドの最大の長所として称えられるべきなのは、彼女がドイツ文学についてまったく何も知らず、私と私の友人たち、および敵について、何も読んでいないことなのです』とハイネは冗談めかして言った。マティルドはそれに付け加えて言った、『人は、アンリ（フランスでハイネはアンリと呼ばれていた）がとても才気に富んだ人で、すばらしい本を書いてきたと言っています。わたしはそのことにまったく気づかなかったのですが、そのことばを信ずることで満足しなければならないのです』と。[6]」

こうした二人のことばを聞いていたレーヴァルトは、この二人の関係は、ハイネを少なからずいい気持ちにさせていると思ったと続けている。つまり、彼女が自分の文学的功績を知って愛してくれているのではないことを、ハイネらしい皮肉な表現で述べているが、裏を返せば、人間としての自分を愛してくれているのだと思っているのだろうからだ。なお、ハイネはマティルドとのことについて、レーヴァルトが一番よく理解してくれていると感じていたのだろうか、一八三六年十二月十三日のレーヴァルト宛の手紙の中に、マティルドからの挨拶が入れられている。[7] また、翌年の一八三七年一月には、マティルドが刺繍したタペストリーをプレゼントとして贈っている。ハインリヒ・ラウベも、『ハイネの思い出』の中で、レーヴァルトと同じようなことを述べている。

「マティルドがハイネの著作についてまったく理解できないことは、彼にとっては大勝利だった。『彼女は僕を人間として愛してくれていて、批評に苦しめられることはまったくないんだ！』とハイネは楽しげに叫んだ。実際、アンリが有名な詩人であるというのは本当なのかと彼女がわたしに尋ねた時は、とてもおかしかった。[8]」

ハイネにとってマティルドは、根源的なところから引き込まれてしまういわば魔力を持った女性である上、詩人としての名声をもった男としての自分を愛しているのではなく、人間としての自分を愛してくれている女性だった。少なくとも、ハイネはそう思っていた。そして、年齢的に十八歳も離れていて、知的にも、人間的成熟度から見ても、ハイネは自分が十分にリードできる立場にあった。プライドが高く、傷つきやすいハイネが、余裕をもって接することができる相手だったのではないだろうか。

アウグスト・レーヴァルトが述べているように、たしかにハイネにとっては、ある意味で快適な関係だった面があったのではないかと思われる。

視点を変えて見れば、知的に同じレベルでないことが、ハイネには安定感を与えたということでもあるだろう。「批評に苦しめられることはない」からである。

アレクサンダー・ヴァイルによれば、ハイネは、自分のことをピュグマリオンだと思っていて、マティルドは自分の手で作ったものであり、自分が彼女に魂を吹き込み、生命を与えたのだと思っていたという。ヴァイルは、ハイネが語ったことを次のように記している。

「私は美しい形に惚れ込んでいます。私はマティルドの魅力を愛していて、彼女をじっと見ているのが好きなのです。私は自分をピュグマリオンだと思い込んでいます。彼女は私の手で作り出した創造物です。私は彼女に魂を吹き込み、生命を与えました。彼女は私によってのみ生きているのです。彼女のすべては私のおかげなのです。[9]」

自分が彼女に魂を吹き込み、生命を与えたという点では、ギリシア神話のピュグマリオンを超えているのである。ギリシア神話中の彫刻師ピュグマリオンは、自ら彫り上げた絶世の美女像に恋してしまう。彼の思いを知った女神アフロディティが、彫像に魂を吹き込み、生命を与えてくれたのである。ハイネは、女神が行ったことを自分の手で遂行した。少なくとも、彼はそう思っていたのである。ハイネは、まるでわが子を育てている親のような立場で、マティルドを自分の手で作り上げたいと思っていた。彼は、理想として崇める女性（たとえば、ベルジョヨーソ）には恋人として受け入れられず、本能的に惹かれる女性と恋に落ち、結婚した。そして、彼女を自らの手で理想の女性に作り上げようとした。すなわち、読み書きのできないマティルドを教育するため、女子寄宿学校に入れて、一般教養やドイツ語などを勉強させた。その他、フランス語やドイツ語の個人レッスンも受けさせた[10]。

しかし、実際には彼の思い通りにはならなかった。「教育」の効果はあまりあがらなかったし、躾けもままならなかった。つまり、彼女を自分の思い通りに作り上げることはできなかったと言ってよいだろう。

マティルドの「気まぐれ」に対するハイネの苛立ちは、次の詩に書かれている。

わたしが愚かだから、おまえの悪魔のようなふるまいを
黙認しているなどと思わないでほしい。
わたしが赦すことに慣れている

神様だなどとも思わないでほしい。

言うまでもなく、おまえの気まぐれ、おまえの悪さに
わたしは静かに耐えてきた。
他の人々がわたしの立場だったなら、
とうの昔におまえを殴り殺していたことだろう。

重い十字架だ！　ともかくわたしはそれを引きずってゆく！
わたしはいつも辛抱強いと思うだろう――
妻よ、知ってほしい、わたしは罪を償うために
おまえを愛するのだということを。[11]（「セリメーヌ」）

そして、そんなマティルドのことを、少し距離をおいて、茶化し気味に、次のように書いている。

お隣の方々、お許し願います！
魔女は魔術によって
動物に変身することができます、
人間を虐待するために。

あなた方の猫はわたしの妻――
そのにおいで、目の輝きで、
のどをごろごろ鳴らし、低い声で唸り、前足で顔を掃除する動作で
それだとわかります。[12]（「魔女」）

たしかに、マティルドは、猫のごとく好きなように生き、自在に変身する魔女のごとき存在だとハイネには思われたのだろう。
やがて、自分の思い通りにはならず、精神的、知的面では充たされないハイネの中に葛藤が生じてゆく。こうした葛藤は、詩「タンホイザー」に表現されている。
この詩に登場するタンホイザーとヴィーナスは、ハイネとマティルドの姿に重ねられている。タンホイザーがヴィーナスに向って述べることばには、マティルドへの愛と、それにどっぷりと浸かりきってしまった後、ちがったものを求める欲求とがハイネの中で相克している様が投影されている。

ヴィーナスよ、わが美しき妻よ、
甘いワインと口づけで
わしの魂は病気になってしもうた。

わしは苦いものを渇望しておる。

わしらはあまりにはしゃぎ、笑いすぎた。
わしは涙に憧れておる。
薔薇の冠の代りに、とがった棘の冠を
わしの頭に戴きたいのじゃ。

…………

ヴィーナスよ、わが美しき妻よ、
そなたの魅力は永遠に輝き続けるじゃろう。
かつて多くの男たちがそなたに夢中になったように、
これからもなお、多くの男たちがそなたに夢中になるじゃろう。

だが、かつて情愛こめて打ち興じた
神々や英雄たちのことを思うと、
そなたの美しい百合のように白い肉体が
わしには厭わしいほどなのじゃ。[13]

このことばに心の誇りを蹂躙されたヴィーナスは、自らの手で門を開き、タンホイザーを外に出す。タンホイザーはローマにたどり着き、ローマ法王に自ら懺悔する。

わたしはタンホイザーと申す騎士でございます。
愚かにも、恋と快楽を求めて
ヴィーナス山に移り住み、
七年の間そこにとどまっておりました。

ヴィーナスは美しい女性です。
魅力的で、あふれんばかりに優美、
輝ける太陽のようです。その声は花の香りのように、
とても柔和なのです。

蕚の蜜を吸おうとして
花のまわりをひらひらと舞う蝶のように、
わたしの魂はいつもひらひらと
彼女の薔薇のような唇のまわりを舞っているのです。

彼女の気高い顔には

輝かしい黒い巻毛がかかっております。
あの大きな目で見つめられたら、
あなたの呼吸は止まってしまうでしょう。

…………
わたしはやっとのことで
あの山から逃れてまいりました。

わたしはあの山から逃れてまいりました。
それでもあの美しい女性の眼差しは
どこまでもわたしを追いかけ、
戻っていらっしゃいと目くばせしているのです。

昼は哀れな幽霊で、
夜には命が甦り、
あの美しい女性のことを夢見ています。
彼女はわたしの傍らに座り、笑っているのです。
…………

わたしは全身全霊で彼女を愛しています。
何ものもこの愛を阻むことはできません!
これは激しい滝のようなもので、
あなたもその奔流を止めることはできません。
滝は岩から岩へ激しく落下します。
ごうごうと音をたてて荒れ狂い、しぶきをあげながら。
…………
わたしは全身全霊で彼女を愛しています。
この身を焼きつくしてしまうほどの激情をもって——
永遠に続くこの情火は
すでに地獄の業火というものなのでしょうか。[14]

ヴィーナスを心から愛しながらも、身を持ち崩さぬように逃れてきたタンホイザーの姿には、「身を焼きつくしてしまうほどの激情」に突き動かされたマティルドとの生活に溺れる中、仕事が手につかないような状況も生じてしまい、そこから逃れて別のものを探すハイネの姿が重ねられている。

この詩はもともと、『精霊物語』(Elementargeister 一八三六年)の中に挿入されていたものである。

そこでは、『少年の魔法の角笛』の中におさめられたタンホイザー伝説にもとづいた詩を紹介した後、その改作として、自らの詩「タンホイザー」を紹介しているのである。[15]『少年の魔法の角笛』所収の詩では、ローマ法王へのタンホイザーの懺悔の部分が二節だけの短いものなのに対し、ハイネの詩では、懺悔の部分が非常に長く、懺悔というよりも、いかにヴィーナスが魅力的で、彼女への自分の愛がいかに激しいものであるか、何ものもこの愛を阻むことはできないと、延々と十五節にわたって述べているのである。そして特に、「この身を焼きつくしてしまうほどの激情をもって」彼女を愛しているが、それは「すでに地獄の業火というものなのでしょうか」という詩句の中に、マティルドをめぐる当時のハイネの心の葛藤がつぶさに語られているように思われる。

しかし、結局、地獄の苦しみからの救済を、次のような理由でローマ法王から拒まれる。

タンホイザーよ、あわれな男よ、
魔法を打ち破ることはできない。

ヴィーナスと呼ばれている悪魔、
それはすべての悪魔の中で一番悪いものだ。
そなたを、その美しい手から
救い出すことはもはやわたしにはできない。

そなたは自らの魂をもって
肉の快楽の償いをしなければならないのだ。
そなたは永劫の罰を受けたのだ、そなたは
永遠の地獄の責め苦を受けなければならないのだ。[16]

拒まれたタンホイザーは、ヴィーナスのもとに再び戻り、彼女は暖かく迎えてくれるのである。こうした成り行きは、実生活でのハイネとマティルドの関係を彷彿とさせる。二人は何度も諍いをして、離れてはまた戻ることを繰り返し、結局離れられなかったのである。

ところで、タンホイザーはヴィーナスの住む山を下りて、現実の世界を旅して歩く。それは、一八四三年秋からドイツへの旅に出るハイネの姿を予見させるものである。

一八四三年十月、ハイネはパリに移住して以来はじめてとなるドイツへの旅に出発する。前年に火災に遭った母を見舞い、また、出版者のカンペと著作集の最終的契約を結ぶためだった。ブリュッセルからアムステルダム、ブレーメンを経てハンブルクに向った。旅先からハイネはパリのマティルドに宛てて頻繁に手紙を出している。手紙は、Mon ange Chéri!（ぼくの最愛のかわいい人！）、Ma pauvre Chéri（ぼくのかわいそうな最愛の人！）などの呼びかけではじまっていて、パリに一人残してきた妻に対して、子どもを案ずるような心づかいを示している。カンペとの交渉では、自分が死んだ後は、妻に印税が支払われるという条件にこぎつけた。翌一八四四年七月末から十月半ばにかけてハイネは再びドイツへ行く。今度はマティルドと一緒だった。ハンブルクで、母をはじめ、親類の人たちに引き合わせるためだった。マティルドは親類の人たちと一応会ったのだが、ドイツ語が十分できなかったことに加え、突飛な彼女の行動は周囲にはなかなか理解されなかった。マティルドは二週間ほどで、鸚鵡とともにパリに戻ってしまう。その後ハイネは、八月半ばから九月末までハンブルクに留まり、出版交渉などに奔走する。この頃、マティルドに宛てた手紙は、Ma chere Nonotte!（ぼくの愛しい修道女！）Ma chere amie!（ぼくの愛しい女《ひと》よ！）などの呼びかけで始まっている。パリに一人でいる妻が心配でならず、せっせと手紙を書き送っている。

「わたしがいないで、おまえが一人でパリにいると考えるだけで、わたしはぞっとする。わたしのあわれな小羊よ、お前はパリに、狼のような人間たちが住む首都にいる。——彼らのうちのある者は、とてもやさしい様子をしている。革の手袋をはめているのが最も悪い者たちなのだ。おまえの牧者であると同時におまえの犬であるわたしに護られている時だけ、おまえは安全であることをよく知っているだろう。」（十月一日付）

だが、マティルドからの返事はなかった。それだけに余計いろいろと心配がつのったのである。

### 3　病身のハイネとマティルド

その後、一八四六年、病気がハイネの身体を蝕み、自分に死期が迫っていると感じるほどになった。あれほど食にこだわっていたハイネが、舌の一部を冒されてしまっていた。

「口蓋と舌の一部を冒されていて、何を食べても土のような味がする。」（二月二十七日　ラサール宛）

「噛むことと飲み込むことが難しく、味覚がなくなっているため、四ヶ月来食べることができません。恐ろしく痩せてしまい、腹はみじめにも小さくなってしまい、やせ細った片目のハンニバルのようです。」（九月一日　カンペ宛）

死が迫っていると感じたハイネは、九月二十七日に遺言状を書いている。出版社のカンペ宛には、契約した年千二百マルクの印税を、死後は妻マティルドに支払ってほしいなどと書かれている。なによりもまず、マティルドのことが書かれているのである。

この頃、ハイネはマティルドへの思いを次のような詩にしている。

小羊よ、この世でおまえを守るために、
わたしは羊飼いの運命を負わされていた、
わたしのパンでおまえを養い、
泉の水でおまえを元気づけた。
冬の嵐が吹きすさぶ時、
わたしは胸でおまえをあたためた。
…………

わたしの腕は弱くなり、青ざめた死神が
しのび寄ってきている！　羊飼いの仕事、
牧人劇も終りだ。
おお神よ、あなたの手に
杖をお返しいたします。
わたしが永遠の眠りにつき、
葬られた後、わたしのあわれな小羊を
お守りください。[17]

まるで遺書であるかのように思われるこの詩には、ハイネがマティルドを小羊として慈しみ、守り育んでいるという思いがあふれており、慈父のようなあたたかい眼差しが感じられる。出会ってからしばらくの間の、「情熱」に「荒れ狂って」いて、マティルドを「山猫」と呼んでいた頃と比べ、大きな変化が見られる。

『ロマンツェーロ』では、さらに自分の死後、マティルドを一人残すことへの不安を次のように書いている。

黒い騎士がわたしを迎えに来ている——
わたしをさらって行く。わたしはマティルドを残していかなくてはならない。

ああ、わたしにはそんなことは考えられない！
彼女はわたしにとって妻であり、子どもでもあった。
わたしが黄泉の国に行けば、
彼女は未亡人になり、孤児になってしまう！
わたしはこの世に、妻を、子どもを一人残していくことになる。
わたしの気力を信頼し、
安心し、信じ切ってわたしの胸にやすんでいたものを。[18]（十五　天使たちに）

ここでも、「妻であり、子どもでもある」マティルドに対し、父親が子どもの行く末を案じてあれこれ苦悩しているがごときハイネが浮き彫りにされている。

身体の衰えとともに、自らと妻の行く末を案じる中で、マティルドへの対し方も徐々に変化し、当初の喧嘩相手から、子どもを守る父親的存在へと変化を遂げていったものと思われる。

このように見てくると、ハイネの方が一方的にマティルドに与えていたと思われるだろう。だが、事実は少しちがうのではないかと思われる。

この頃のハイネには、前述したような、「妻であり、子どもでもある」マティルドを一人残すことへの不安とともに、もっと妻の傍らに居続け、楽しい時を過ごしたいという思いが強かった。『一八五三・五四年の詩集』の「ラザロ詩篇」には次のような詩行がある。

おお、主よ！　わたしをこの世に
残してくださるのが最善だと思います。
ただ、その前に、わたしの病を治し、
いくらかお金を調達してください。

わたしは知っています、この世が
罪と悪徳に満ちていることを。
でも、涙の谷を通り、このアスファルトの通りを
ぶらつくことにわたしは慣れています。

この世の雑踏は決してわたしを苦しめないでしょう。
ほとんど外出することはないからです。
ガウンを着、スリッパを履いて
わたしは妻の傍らにいるのです。

わたしを妻の傍らにずっといさせてください。
妻がおしゃべりするのを聞いている時、

わたしの心はやさしい声の音楽を
楽しんでいるのです。彼女のまなざしは誠実で、うそ偽りはありません。
主よ！　健康とお金の手当を
お願いします！
今のまま妻の傍らで楽しく
日々を送らせてください。[19]（ラザロ詩篇十一）

ここに書かれているように、ハイネはマティルドの無邪気さと偽りのなさを愛し、それに支えられていた。その頃の母ベティー宛の手紙（一八五三年五月七日）からもそのことが窺われる。

「わたしたちは今、とても愛情に満ちた調和した生活を送っているので、天使たちはわたしたちを羨むかもしれません。この心から善良な妻は、心には一点の虚偽もなく、世界には悪があることなどまったく理解せずに、わたしの生活をほんとうに楽しくしてくれています。」

死期を目前にしたハイネは、「一点の虚偽もない」、子どものように無邪気なマティルドから生きるエネルギーを得、そのおしゃべりに耳を傾けながら、癒されていたと考えられる。

晩年のハイネについては、死ぬ八ヶ月前の一八五五年六月、突然ハイネの前に現れ、病床にあるハイネの知的、精神的な支えとなったカミラ・セルダン（ムーシュ）との恋など、いくつかのエピソードがありはするが、これまで述べてきたように、ハイネにはマティルドのいない生活は考えられなかった。病床にあって、ハイネはマティルドのおしゃべりに癒されながら、彼女の行く末をいつも案じていたのである。従って、ハイネはマティルドを支配していたように見えるのだが、実はかなり彼女に依存していたと言えるのではないだろうか。もちろん、ハイネ自身は、マティルドは自分なしでは生きられないし、自分が保護しているのだと思い続けていたのであるが。

いずれにせよ、二人の関係は、保護し、保護される関係で、それはハイネの母親との関係に重なるものだと言えるのではないだろうか。

ここまで、ハイネとマティルドの関係性について検討してきたが、女性を保護し、守るべき存在としてとらえるハイネの見方は、恐らくはこうした二人の関係に規定されており、晩年の彼の女性観の根幹を形成していると考えられる。

ハイネが亡くなった後、マティルドはお金に苦労することはなかったようだ。ハイネを経済的に支えてくれた叔父ザロモンの死後、彼の息子カールとハイネが生前結んだ契約どおり、ハイネの死後、妻マティルドに年金が支払われたことなどによる。話し相手のポリーヌと一緒にシャンゼリゼを散歩したり、サーカスや小さな劇場に芝居を観に行ったりすることを楽しみにしていた。また、動物好きの彼女は、鸚鵡の他、五十羽のカナリア、三頭の犬に囲まれていた。肥満し、リューマチの痛みを嘆く日々だった。

そして、一八八三年、奇しくもハイネが亡くなったのと同じ二月十七日に、マティルドは卒中によって六十七歳で亡くなった。

## (3) ジョルジュ・サンド (George Sand 一八〇四—一八七六)

ハイネとジョルジュ・サンドはほとんど同時代を生き、そして、パリで実際に交流していた。二人がどのような交友関係にあったのか、その実態について詳細には知られていないと思われる。本稿では、二人の交流の実態をできる限り明らかにし、それを通して、七月革命の後、二月革命、その挫折という大きな変革の時代の荒波の中で生きた文学者の実像を浮き彫りにしてみたい。

### 1 二人の出会い

ハイネがジョルジュ・サンドと知り合ったのは、一八三四年十一月末だった。はじめはサンドの方から積極的に働きかけたようだ。サンドの書簡集を読むと、彼女は情熱家で、自分が興味をもった人物と知り合いになりたいという意欲にみちていて、知人を通じてその人を紹介してほしいとか、自分の家に連れてきてほしいなどと頼むことは珍しいことではなかったことがわかる。ハイネも、サンドが会いたいと切に望んだ人物の一人だった。

彼女は作曲家フランツ・リストと親しくしていて、ハイネと知り合いだったリストに、ハイネを紹介してくれるよう、依頼したのである。その時のリスト宛の手紙は次のようなものである。

「ベルリオーズ氏を拙宅にお連れくださるよう切にお願いしました、アルフレッド・ド・ミュッセの手紙をお受け取りになられたでしょうか。この願い（彼と同様、わたしも願っております）を二、三日以内に叶えていただけないようでしたら、わたしが戻ってきますときに、ベルリオーズ氏とハイネ氏とお近づきになれますことを少なくともお約束ください。……」（一八三四年十一月七日）

ジョルジュ・サンドの日記によれば、この後、一八三四年十一月二十八日に彼女はハイネと会い、愛について会話している。その頃のサンドは、ミュッセと恋におちてヴェネツィアに行き、そこでしばらく共に過した後、その関係が破綻してしまい、帰国してから数ヶ月たった時だった。

「今朝ハイネと会った。彼はわたしに言った、人はただ頭と官能をもって愛するのであり、心とは特別かかわりはないのだと。[1]」

さらに翌年はじめには、直接ハイネに宛てて、次のような手紙を書いている。

「リスト氏が昨日、わたしの到着をお知らせすればすぐにあなた様はわたしに会いに来てくださると教えてくれました。ですから、お知らせいたします、わたしはあなた様といっそうお近づきになり、あなた様のお話を伺い、文学的な助言を頂きたいと強く願っておりますから。明日、ご一緒に夕食をとりにいらしていただけませんでしょうか？　あなた様の僕《しもべ》は非常に幸せに、また、非常にありがたく存じます。」（一八三五年一月初め）

サンドがなぜハイネと知り合いになりたいと思ったのか、この書簡からうかがい知ることができる。文学的助言をしてほしいと思っていたようだ。これについて考える上で、この頃の二人が、作家としてどのような道を歩んでいたのかを知る必要があると思われるので、以下、少し触れておく。

## 2　パリ移住前後の二人

①ハイネ

ハイネは一八三一年五月、ハンブルクを出発し、フランスのパリに移住した。フランスに移住した理由はいくつかあげられる。大きな要因として考えられるのは、ドイツの政治がますます偏狭になり、リベラルな思想をもつハイネにとって、住みにくさを増していたことである。パリに移住する二ヶ月前、ハイネは次のように記している。

「現代は大がかりな自由思想狩りの時代である。貴族たちはかつてより一層熱心で、彼らの制服を着た狩人たちが、自由思想をもった全ての誠実な心臓に向けて銃を発射するのだ。……ベルリンは最も獰猛な猟犬の群れを飼っている。猟犬の群れがこの本に吠えかかるのが、私にはすでに聞こえる。[2]」（「カールドルフ『貴族論』序文」）

ドイツに住み続けたら、リベラルな社会批評を書くことなど到底できないだろうと判断したのである。さらにもう一つの理由は、ねらっていたミュンヘン大学の職にありつけなかったことである。ドイツでは、思うようなところに就職はできないだろうと判断せざるを得なかったのである。そして、七月革命後のフランスが、自由を求めるハイネの目に新天地のように映り、そこを目指していこうという気になったのではないかと考えられる。パリ移住後のハイネは、「水を得た魚のように」（一八三二年十月二十四日付ヒラー宛書簡）いきいきとした日々を送っていた。

その年の九月、ハイネは「アウクスブルク一般新聞」に、「フランスの画家」というタイトルで、ルーブルの美術展の記事を書く。ドラクロアの「民衆を率いる自由の女神」についての記事は特に有名である。革命に立ち上がった民衆が街頭を進んでゆくその中央に、ジャコバン党員が被る赤い帽子を被った若い女性が、片手に銃を、もう一方の手にはフランスの三色旗を持ち、民衆を激励しているその絵を見て、ハイネは感激して書いている。それはまた、ハイネの芸術に対する見方の大きな転換点にもなっていると考えられるので、少し引用しておく。

「ゲーテの揺籃をもって始まり、その棺をもって終るだろうという芸術時代の終焉についての私の予言は実現に近づいているようだ。現在の芸術は、その原理が過ぎ去った古い政体、すなわち過去の神聖ローマ帝国に根源を有しているので、滅びなければならない。この芸術は、過去の枯れ果てた全ての残存物と同様に、現在と矛盾しているのだ。時代の動きそのものではなく、この矛盾が芸術にとってきわめて有害なのである。この時代の動きは、かつてアテネやフィレンツェでそうであったように、芸術にとって有益であるにちがいない。アテネやフィレンツェでは、最も荒々しい戦争の嵐と党派間の軋轢の中で、芸術が最も美しく花開いたのである。[3]」

「ゲーテ時代」の終焉を予言し、それに続く「新しい時代の新しい芸術」のあり方や方法を模索していたハイネが、時代の動きと呼応した芸術のあり方への大いなる示唆を得た瞬間だった。これ以降、ハイネはフランスの芸術、政治などの状況をドイツに知らせる役割を果していくことになる。またハイネは、雑誌「両世界評論」の編集長ビュロの尊敬を受け、同誌でハイネの著作がいろいろと紹介されていく。一八三二年には、『ハルツ紀行』と『イデーエン　ル・グランの書』がフランス語に訳されて「両世界評論」誌に掲載された。さらに、一八三四年三月から十二月まで、「ルター以後のドイツ」(『ドイツ宗教哲学史考』のフランス語訳)が同誌に掲載される。

こうして、パリに移住してから何年も経たないうちに、ハイネはフランスで有名になっていったのである。

②ジョルジュ・サンド

一方、ジョルジュ・サンドは、一八三一年一月、善良ではあるが、狩猟やワインが主たる関心事で、読書や音楽などの知的、精神的世界にはまったく理解がない夫カジミール・デュドヴァンとのノアンでの結婚生活に見切りをつけ、パリに出る。だが、パリで暮すには、夫からの月々の送金では足りなかったので、その分を自分で稼がなければならなかった。扇子の絵付けなど、女性向けの手仕事をいくつかしてみたが、生活費を賄えるほどの稼ぎにはならなかった。そこで、子供のころから慣れ親しんできた文章を書くことによって生活費を稼ごうと思い至った。だが、当時の社会では、女は文章など書くべきではない、女性は生来、男性に比べ、劣等であり、女には優れた作品を書くことなどできない、それよりも、子供を産むべきだという考えが一般的だった。しかし、批評家ド・ラトゥシュが彼女の素質を見出してくれ、その年の三月には「ル・フィガロ」紙に記事を書かせてもらえるようになった。そして、同じ年の十二月には、恋人のジュール・サンドーと二人で書いた小説『ローズとブランショ』をJ・サンドというペンネームで出版した。ジュール・サンドーとの関係が破綻した翌年の一八三二年五月には、ジョルジュ・サンドというペンネームで小説『アンディアナ』を発表し、文壇デビューを果たした。不幸な結婚をした女性の心理を描いたこの小説は、文壇の話題になった。その年の十二月には、「両世界評論」誌への定期的寄稿を、編集長ビュロと契約している。一八三三年には、『レリア』を出版する。この小説は、愛を否定し、神への信仰を失い、神を呪う主人公レリアの心の底からの叫びを書いたもので、作者の心をあますところなく表現したものだった。この頃にはサンドはすでに小説家として知られるようになっていた。

奇しくも、ハイネとサンドは同じ年にパリで文学活動をはじめており、いずれも「両世界評論」誌と密接な関わりをもっていたのである。

### 3　二人の交流

前述したように、二人はリストの仲介で知り合いになって以来、急速に親しくなってゆく。お互いに手紙を書いたり、会ったりしていた。知り合って間もない一八三五年一月五日ないし十二日に書かれたハイネ宛のサンドの手紙は次のようなものである。

「親愛なる従兄、もし、肉体にあっても精神にあっても、死んでおられないのであれば（わたしの方は、もう随分前から、二つの点で、万事休すの状態です）、今日、わたしと一緒に夕食を取りに来てください。リストのために、わたしの間抜けの顔の埋合わせをして、彼を喜ばせたいのです。ここにはだれもいませんから、あなたは部屋履きで、木綿の縁なし帽をかぶっていらっしゃればいいのです。

わたしの名までお忘れでなければ、いらっしゃるように努めてくださいね。

心をこめて
ジョルジュ」

「二つの点で万事休す」と書いているが、その一つは、詩人アルフレッド・ミュッセとの関係の破綻である。もう一つは自身の健康のことだと思われる。

ともかく、普段着のまま、来てくれるだけでいいというジョルジュ・サンドの思いが伝わってくる手紙だが、気になるのは、「親愛なる従兄」という呼びかけである。ハイネのサンド宛の書簡でも、同じように「親愛なる従妹」という呼びかけで始まっている。これはどういう関係なのだろうかとだれしもが思うだろう。フリードリヒ・ヒルトによれば、サンドは、きわめて親密な関係にある人物を、親族の呼び名で、「兄弟」とか、「伯父」とか呼んでいたというが[4]、真意は不明である。いずれにせよ、お互いに、かなり親密な感情をもっていただろうことは想像できる。

二人の交流は、同時代の文学作品についての意見交換、自分の作品の献呈などにも及んでいる。そこから浮び上がってくるのは、お互いによき理解者であったということである。ヒルトは、二人は恋人同士だったことがあると指摘しているが、確とした証拠がないため、それ以上のことはわからないと言う他ない。なぜ「わたしの従兄」、「わたしの従妹」と呼び合ったのかは謎のままであるが、以下、どのような点でお互いに理解し合っていたのかを見ていくことにしたい。

①ハイネの理解者としてのサンド

当時、パリには多くのサロンが開かれていて、ハイネも、クリスティーナ・ベルジョヨーソのサロンをはじめ、色々なサロンに出入りしていた。一八三六年からは、サンドもマリー・ダグーと一緒にサロンを開いた。ハイネもそのサロンのメンバーの一員になる。そこでのハイネはどのような様子だったのだろうか。一八三九年十二月、ハイネとともにサンド邸を訪れた盟友ラウベは、その時の状況を次のように記している。

「彼女は我々を心から陽気に迎え、生き生きと話しかけながらコーヒーを飲んだ。ハイネは彼女にとってとても大切な存在のように見えた。彼女はハイネの髪の毛に手をやって、この上なく優雅に、こんなに長いこと訪れなかったことを責めた。

とても利発なハイネがことばを発し、サンドはまだコーヒーを飲みながら会話の仲間を時々迎え入れた。……彼女は長いこと話を聞き、わずかなことばで断固とした意見に賛成の態度を表明したり、あるいは他と異なる意見を主張した。その際の彼女の話しぶりは、おだやかな真剣さが支配していた。ハイネに相談する時にのみ、おだやかな陽気さになった。そしてまた、ハイネのもっともウイットに富んだ、もっとも予想外な返答で、おそらくは短い、心からの笑いに移行した。[5]」

ハイネはこのサロンでは、他のところよりも、自分の存在をかなり打ち出せていたようだ。ラウベは次のように続けている。

「社交界の交流で、こんなに堂々としているハイネをそれまで見たことがなかった。彼はフランス語をきれいに身につけていたのだが、つかえながら話すこともしばしばあった。だが、ここでは、フランス語が彼の唇から激流のようにほとばしり出た。すぐれたフランス人のように、探さなくても、最も適切な表現を見つけ出した。[6]」

「フランス語が彼の唇から激流のようにほとばしり出た」と書かれているが、それは、サンドに理解されているという安心感がハイネにあったからなのではないだろうか。

生涯にわたって日記を書き続けたサンドの日記に、ハイネも登場している。それによると、サンドはハイネという人間をよく理解していたことがわかる。

「ハイネは大変辛辣なことを言う。そして、彼の機知にとんだことばは的を射ている。人は彼のことを根本的に悪だと見なしているが、これほどの間違いはない。彼の心は、彼の口の悪さと同じ程度に善良なのである。彼はやさしく、心づかいがあり、献身的で、愛においてはロマンティックで弱くさえある。女性は彼を無限に支配することができる。その際、彼はシニカルで、皮肉屋で懐疑的で、現実主義だ。彼はまったく唯物主義者のように語る。彼の中で起こっていることを知らない者は、そして、彼の隠された家庭的な暮しを知らない者は、驚き、反発を感じるだろう。彼は、彼の詩と同じように、この上ないセンチメンタリストと常軌を逸したふざけの混合物なのである。[6]」

ハイネが発することばの毒と、それを発する者の心の核心にあるものをサンドは深いところから理解し、人間として全的にとらえている。ハイネという人間の本質を何とよくとらえていることか。ハイネは、サンドのことを、自分、および自らの文学を根底から理解してくれる人だと思っていたのではないだろうか。だからこそ、ハイネはサンドに、自分の作品を献呈したりしていたのだろう。

また、サンドは、ハイネに次のような依頼もしている。

「親愛なる従兄、あなたの書かれたポツダム、あるいはサンスーシを主題にしたものの数行を翻訳してくださると以前わたしに約束してくださいましたね。それが必要な時が来ました。あなたのお名前を出して、字句どおりに引用することを許してくださいね。コンシュエロが遭遇する数々の冒険の第二の物語をこの引用で始めたいのです。コンシュエロはフリードリヒの宮廷に着いたところです。ですから急いでくださいね、そしてわたしに会いに来てください、数日後に発ちますから。」（一八四三年五月十日頃）

この依頼に応えて、ハイネは彼女の望んだ箇所を大急ぎでフランス語に訳し、次のような手紙を添えて送った。

「美しい従妹、あなたがお望みの箇所のフランス語訳をお送りします。これがフランス語になっているかどうかわかりませんが。橙の木がオレンジの木に変装することを Punsards のことばで言うことが可能かどうかわかりません。オレンジの木が時々嗅ぎタバコを嗅ぐかどうかもわかりません。あなたがよいと思われるようになさってください。」（一八四三年五月十三日）

「オレンジの木」、「オレンジの木」が「嗅ぎタバコを嗅ぐ」などの語句から考えると、ハイネが送ったのは、『フランスの舞台』第一信の一部だったと思われる。

「私はそこを一人で散歩していた、サンスーシの中を、大きな傾斜路のオレンジの木の下を。……ああ、神様、これらのオレンジの木々は何と不快で、詩情がないことでしょう！　それは変装した樫の木の茂みのように見えた。そして、各々の木には、番号が付けられていた。ブロックハウスの会話本の共同執筆者たちのように。……

オレンジの木々は、私には、まるで嗅ぎタバコを嗅いでいるかのように見えるのだ。

フリードリヒ大王の名声にけちをつけようとしているなどと、絶対に思わないでほしい[7]！……」

ハイネが必死になって自分の文章をフランス語に訳して送ったにも拘らず、ジョルジュ・サンドはこれを、コンシュエロの冒険の第二部に当たる小説『ルドルシュタット伯爵夫人』の冒頭に入れなかった。なぜ入れなかったのか、その理由は定かではなく、想像する他ない。ポツダムやサンスーシという場所がもう少し具体的に描かれていることをサンドは期待していたのかもしれない。あるいは、ハイネの機知と諧謔に富んだ文体、発想、着想が、主人公コンシュエロの魂の変転を正攻法で描き出すサンドの小説の文体や雰囲気には合わないと判断したからなのだろうか。

②サンドの理解者としてのハイネ

一方、ハイネもサンドのよき理解者だった。彼女の作品をほとんどすべて読み、高く評価していたことは疑いない。そして、一八三五年四月には、ハイネが崇拝していたクリスティーナ・ベルジヨヨーソに、サンドの小説『アンドレ』を送っているのである。この小説は、ちょうどこの頃出版されたものだった。（『アンドレ』のあらすじについては、前節のベルジョヨーソのところで述べているので、参考にしていただきたい。）

主人公のジェヌヴィエーヴは下層階級に属しており、地方貴族の息子アンドレとは身分差があり、身分差のある二人の愛は社会の偏見にさらされ、周囲世界の圧力に押し潰されてしまう。[8] ハイネはこの頃、靴屋の店員であるマティルドと知り合い、恋におちていた。マティルドは読み書きもろくに出来ず、ハイネは身分や教養の格差に悩んでいた。そのようなハイネにとって、他人ごとではないテーマを扱っているだけに、この作品に注目したのではないかと思われる。

さらには、サンドのはじめての戯曲『コジマ』が上演された時の模様を、ハイネは『ルテーツィア』第五信（一八四〇年四月三十日）に詳しく書き記している。一八四〇年四月二十九日、『コジマ』はテアトル・フランセで上演された。この戯曲の舞台は同時代の北部イタリアで、作品のタイトルになっている女主人公コジマは、結婚制度と真の愛との間で、また、もはや愛情を感じなくなった夫に対する義務と、わがままな恋人への愛の間で、板挟みになっているという設定である。ハイネはその時の様子を次のように書いている。

「――遂に昨晩、ジョルジュ・サンドのドラマ『コジマ』がテアトル・フランセで上演された。数週間前から、首都のあらゆる有名人たち、その地位、生まれ、才能、悪徳、富によって、つまりあらゆる種類の抜きん出たすべての人々がこの上演をその目で見届けることができるようにいかに努力したか、想像できないだろう。作者の名声が轟いているので、物見高さが最高度に達していたのである。……その小説によって、貴族にもブルジョア階級にも気に入られていない大胆な作者がドラマデビューする機会に、公衆の面前で、その『不信仰な、不道徳な原理』に対する罰を受けさせてやろうと、手ぐすね引いて待っていたのである。なぜなら、フランスの貴族社会は、宗教を迫りくる共和主義の恐ろしさに対する防御と見なしていて、彼らの威信を高めるため、そして彼らの首を守るためにそれを保護しているのに対し、ブルジョアジーはジョルジュ・サンドのような反結婚主義によって、彼らの首が脅かされていると見ているからである。……

作者は自らのやっかいな立場を非常によくわかっていて、彼の戯曲の中では、貴族の宗教の騎士や、ブルジョアのモラルの盾持ち、政治や結婚の合法主義者たちを激怒させるすべてを避けたのである。彼の作品の中で最も荒々しいことを敢行する社会革命の戦士は、舞台の上ではきわめておとなしい者になっていて、彼の差し当たっての目的は、芝居で彼の原理を宣言することではなく、芝居をものにすることであった。……

新しいフランスが生み出した最大の作家であり、わがドイツでも価値を認められている非常に孤独な天才であるジョルジュ・サンドのドラマはどのように受け入れられたのだろうか。明らかに悪かったのだろうか、あるいはいいかどうかはっきりしないものだったのだろうか。率直に言って、私はこの問に答えることはできない。……」[9]

ここには、サンドの『コジマ』が、「不信仰で、不道徳な」ドラマとして世間の注目を浴び、結婚制度を揺るがすものとして、貴族、ブルジョアジー、教会の反対派などがこぞって批判のために手ぐすね引いて待っていた状況が詳しく描き出されている。ハイネ自身も、「不信仰」、「不道徳」という批判を、『新詩集』中の詩群「色さまざま」などによって浴びせられていたため、いわば同志的な立場から書いていると言えるだろう。

また、この記事で目につくのは、ジョルジュ・サンドを「彼」と記し、男性として扱っていることである。これは、当時、女性が書くということは社会的に認められていなかったため、男性の名でデビューしたことを踏まえてのことだろう。また、ジョルジュ・サンドについて、「新しいフランスが生み出した最大の作家であり、わがドイツでも価値を認められている非常に孤独な天才である」とハイネが高く評価し、最大限の賛辞を送っているのは注目される。留保なしにサンドを評価していると解釈してよいだろう。

それは、次に挙げるエマニュエル・アラゴの証言からも言える。

共和派の政治家で、サンドの最も親しい友人だったエマニュエル・アラゴは、ハイネについて、ジョルジュ・サンド宛に次のように書いている。


「この人（ハイネ）はあなたをとても愛している好ましい男性で、彼のことを私も愛しています。彼は二時間にわたって、愛する従妹について、そして彼の大切な従妹のすばらしい本の数々について話してくれました。[10]」（一八三六年一月初め）

このように、サンドを作家として評価し、敬意を表していたからこそ、ハイネは文学作品について意見交換したり、作品を献呈し合ったりしたのではないだろうか。たとえば、ハイネは次のような手紙をサンドに書き送っている。

「バルザックの不運が私にはとても悲しかったです。彼の戯曲はたしかにいいとは言えないものでした。しかし、それは、平土間の観客席でも、新聞でも、劇場のさくらたちの反響においても、成功を収めた他のものと同じようによかったのです。それはいいとは言えない戯曲ですが、兎にも角にも、非凡な精神の、創造的な芸術家の作品なのです。私は批評を読み、腹を立てています。」

（一八四〇年三月十七日）

これは、バルザックの戯曲『ヴォートラン』（Vautrin）について述べたものである。『ヴォートラン』は一八四〇年三月に初演された後、ルイ・フィリップによって上演禁止とされ、多くの批評で「不道徳」と悪口雑言を浴びせられた。それに対し、ハイネはバルザックを擁護しているのである。バルザックは、二人の共通の友人であった。

このように、お互いによく理解し合い、対等な立場で女性と知的、精神的レベルで交流できたことは、ハイネには珍しいことだったと言ってよいだろう。次に引用するサンド宛の手紙の文面からも、溢れるほどのサンドへの信頼感を見て取ることができる。

「私の愛する従妹！　あなたに最近お話しした詩をお送りします。あなたに自分でお届けしようと思っていました。でも、私は重病なのです。この風変わりな詩を真剣に読んで下さるようお願いいたします。ひょっとしたら、人々がなぜそれをそんなに誹謗中傷したのかおわかりになるかもし

れません。」(一八四四年十二月二十八日)

ここで「最近お話しした詩」と述べているのは、『ドイツ・冬物語』(Deutschland. Ein Wintermärchen) である。これに対するサンドの返信は残念ながらない。少なくとも残されていないのである。サンドはこの詩を読んで、どのような感想を持ったのか、知りたいものである。

## 4　疎遠、離反

二人が親密な交流をしていたのはそれほど長い期間ではなかった。一八三四年に知り合ってから、一八四〇年ごろまでが最も頻繁に交流していた時期であり、一八四四年ごろまでは手紙のやり取りが続くが、その後は徐々に疎遠になっていく。両者の間での最後の手紙は、一八四六年初頭、新年のプレゼントへのお礼状としてサンドからハイネに宛てて書かれた手紙である。

「愛する従兄、年頭に送ってくださった素敵なお皿をどうもありがとうございました。でも、なぜあなたにお目にかかれなかったのでしょうか。あなたの視力がだんだん脅かされてきているというのは本当ですか。あなたのことが気がかりです。風疹にかかっていなかったら、あなたに会いにまいります。あなたの愛すべき奥さまに、わたしにひとこと書いてもらってください。あなたが外出できない場合には、わたしが訪問することをお望みかどうか、どんな時間だったら、あなたに煩わしい思いをさせないですむのか、おっしゃってください。

心より
あなたのジョルジュ・サンド」（一八四六年一月初め）

この手紙を最後に、二人の交流は途絶えてしまう。なぜ、あれほどまでに信頼し合っていた二人が疎遠になっていったのだろうか。その要因はいくつか考えられる。ハイネの病気、サンドの政治活動への没入などである。次に、この間の二人の行動を追いながら、それについて考えてみたい。

①サンドの思想的変遷および政治活動への没入

サンドは、フェリシテ・ド・ラムネーやピエール・ルルーの思想的影響を受けながら、一八四四年頃からジャーナリストとして活躍し始め、地元ノアンで、共和派の地方紙「アンドルの斥候」を創刊して健筆をふるっていた。

一八四八年二月二十七日に共和国宣言が発せられたことをニュースで知ると、サンドは急遽パリに駆けつけた。

「共和国万歳！　パリはなんと夢や熱狂に満ち、それでいながら、なんと礼儀正しく、整然としていることでしょう！　わたしはここにやって来て、走り回り、わたしの足下で最後のバリケードが取り除かれるのに立ち会いました。……幾晩も眠らずに過ごしましたし、幾日も座ることなく過ごしました。人々は熱狂し、酔いしれています。泥にまみれて眠ったことが、空の下で目を覚ますことが嬉しいのです。」

そして、意気高く、次のように続けている。

「新聞のようなものを発刊するために、多分、数日後に再びパリに向います。わたしの歌の伴奏のために、可能な限り最良の楽器を選ぶつもりです。わたしの心は熱意に満ち、頭は燃えています。体の調子の悪さも、個人的な苦悩もすっかり忘れました。わたしは生きています、生き生きとして、精力的に動き回り、まるでまだ二十歳のようです。」（一八四八年三月八日　シャルル・ポンシ宛）

この後、彼女は、臨時政府の立案に関与するなど、まさに全力を傾注して、行動に執筆にと大忙しの日々を送る。三月十五日、臨時革命政府は政策の宣伝と労働者や農民の啓蒙を目的として「共和国公報」を発行する。それは二十五号まで続いたが、それにサンドは精力的に執筆した。また、四月には、週刊紙「民衆の大義」を刊行する。ルポルタージュを載せ、政治分析を行った。サンドは政治活動に没入していったのである。

しかし、五月十五日に事件が起きる。ポーランド支援デモが暴動になり、議会に突入した。そして、国民議会の解散を宣言したものの、クーデターは失敗した。

この事件に関連して、サンドは次のような手紙を書いている。

「トレさん、原稿をお送りしますが、あなたから言われていたような華々しい抗議文ではなく、わが全生涯の抗議の続き（終りではなく）となるものです。

十五日の事件に関しては、ちょっと逸れてしまうでしょう。事件は完了しています。敗北した以上、わたしにはあの事件を非難する権利など、もうありません。あの事件を引き起こした人々、わたしが嫌う人々については沈黙を守ります。」


「わたしは身を隠すようにと、ずいぶん勧められました。友人たちは、わたしが逮捕されるかもしれないとパリから書いてきました。そんなことは少しも信じませんが、待ち構えてはいます。ここでもまた、すこぶる安全だというわけではないのです。ブルジョアたちがわたしのことを、共産主義爺さんの弟子だと、農民たちに思い込ませたのです。とても悪い爺さん、パリ全体を混乱させ、三歳以下の子どもと六十歳以上の老人を殺させようとするあの爺さんの弟子だというのです。冗談のようなことですが、でも現実です。わたしの村の外ではその話が信じられ、わたしを溝に埋めてしまおうと誓われているのです。いまわたしたちがどんな状況にいるかお分かりですね。それでもわたしは平穏に暮らしています。人から何も言われずに散歩しています。男たちって、言葉におけるほど……けっして凶暴ではなかったのですよ。でも何という愚かで卑怯な教育が、策謀家たちから、単純素朴な者たちに行われているのでしょう！

ここで失礼します。あなたはまだ隠れていてください。予審については恐れることは何もないでしょう。でも時間は取られてしまうでしょうね。現実の出来事としては、この反動はまもなく過ぎ去るでしょう。ただ一般的出来事としては、数ヶ月続き得ると思っています。真の共和主義者たちはあまりにも分裂してしまいました。不都合はそこにあるのです。」（一八四八年五月二十八日　テオフィル・トレ宛）

この頃、パリの失業率はほとんどの産業で五十パーセントを超える。そして、国立作業場も閉鎖されてしまったことに抗議して、六月二十三日から二十六日までの四日間、労働者が武装蜂起した。いわゆる「六月蜂起」である。政府側の死者は千六百人、労働者側の死者は四千人にのぼった。その上、政府による弾圧は苛酷だった。こうして二月革命は、わずか四ヶ月で挫折してしまった。

「何とひどい時代でしょう！　語ることばもなく、悲嘆にくれていますよ。友愛に満ちた共和国という、わたしたちの美しい夢がこのような結末を迎えたことにわたしがどれほど苦しんでいるか、あなたにはおわかりですね。」（一八四八年六月二十九日　ベルトルディ宛）

「プロレタリアの命を奪うことから始めるような共和国の存在をわたしはもう信じません」（一八四八年七月半ば　マルリアニ夫人宛）

理想を託していた共和国が幻滅的な結末に終り、サンドは打ち砕かれる。その上、肝臓が悪くなってしまい、死んでしまいたい気持ちに襲われる。

「わたしには未来があまりにも暗いものに思われ、銃弾で頭を打ち抜いて自殺してしまいたい気持ちとその必要性を強く感じています。……

肝臓がひどく悪かったのです。できることなら、死んでしまいたいほどです。」（一八四八年七月四日　ピエール・エッツェル宛）

それでも、しばらくしてサンドは未来を見据えはじめる。しかし、その後、一八四八年十二月、ルイ・ナポレオンが大統領選挙で勝利し、一八五二年にはルイ・ナポレオンの帝国になってしまったことにサンドは失望し、再び政治から身を引いてしまうのである。

文学の世界に戻ったサンドは、中部フランスの農民たちの習俗などから題材をとった小説『魔の沼』、『笛師の群れ』を書く。そして、ベリーの民衆の間に伝わる話を『田園伝説集』として出版した。しばらく民間伝承の世界に浸る日々が続くのである。

こうした態度や傾向は、一八三五年、ドイツ連邦議会により、「青年ドイツ派」に属する者（ハイネはその筆頭に挙げられていた）の著作が発禁処分を受けた後、古代ヨーロッパの諸民族の信仰の中に息づいていたさまざまな自然の精霊たちの話について書いた『精霊物語』など、民間伝承から題材をとった文学を書いていたハイネと似てはいないだろうか。

②ハイネの病気、および二月革命の評価

一方ハイネは、先に引用した手紙にも書いてあったが、一八四三年十月から十二月にかけてドイツへの旅をした。そして、その旅行をもとにして、長編叙事詩『ドイツ・冬物語』を書いた。その後、翌年の二月から三月中旬頃まで眼病に襲われ、「ほとんど盲目状態で」、書けないし、読めない日々を送ったが、しばらくして回復し、その年の夏から秋にかけて、再びハンブルクに旅をしている。パリに帰ってから、再び眼病を患う。手紙を書くのもままならぬ日々だった。その状態はずっと続き、一八四四年十二月の叔父ザロモンの死による金銭上の争いも加わり、翌年には、眼病がますます悪化し、「六行続けて読むこともできないように」なってしまう。(一八四五年五月二十四日ラウベ宛)

その後も病状がよくなることはなく、ほとんど寝たきりの状態になり、一八四八年になっても、そうした状態が続いた。

それでも、一八四八年の二月革命の頃はバリケードを築いていたパリの市民たちの様子を「最前列で」、自分の目で見て、「アウクスブルク一般新聞」に通信文を書き送っている。その一部を次に引用する。

「二月の偉大な三日間の出来事について、わたしはこれまであなたたちに書くことができなかった。頭がぼんやりしていたからだ。絶え間なく響いてくる歌声でわたしの頭はいまにも破裂しそうだった。そして、おお、わたしが何年も前から閉じこめておいた、国家にとっての危険思想の無頼漢がまた再び頭をもたげてきた。わたしの心の中に起った激震を少しでも鎮めるために、時々故郷を思わす罪のないメロディーを口ずさんだのだが、無駄だった。フランスの悪魔の歌がわたしの心の中のよりよい歌声を圧倒して鳴り響くのだった。この悪魔のような不逞な響きは間もなくあなたたちの耳に達し、あなたたちもその魅惑的な力を知ることになるだろう。[11]」

この書き方は微妙である。「絶え間なく響いてくる歌声で頭が破裂しそうだった」と記し、そうした歌声を「悪魔の歌」と表現している一方で、それが「魅惑的な力」をもっていることも認めているのである。ハイネは眼病とともに、頭痛も激しかったらしいので、本当に頭が破裂しそうに思えたのかもしれないが、一八三〇年夏、七月革命が起きたことをヘルゴランド島で知った時の感激にみちた調子とは大分トーンがちがう。また、二月革命が起きると直ちにパリに駆けつけ、「共和国万歳！」と叫んだサンドと何と開きがあることだろう。ただ、その一方で、「この悪魔のような不逞な響き」は「魅惑的な力」をもっているとも記しているのである。これは、四〇年代初頭から台頭しつつあったコミュニズムに対するハイネのアンビヴァレントな態度に通ずるように思われる。

さらには、「フランス人があの二月の日々に成し遂げた英雄的行為は人々を驚嘆させた[12]」と述べ、それについては称えているのである。そして、労働者が死をも恐れず、祖国のために命を投げ出しながら、その代償として宗教的な報酬を少しも期待していないのだとし、次のように続けている。

「上っ張りとぼろをまとったあの貧しい人々が示した誠実さは、勇気と同じように偉大であり、同じように私心のないものだった。そうだ、彼らの誠実さは私心のないものであり、それによって、あの小商人的な打算とは違うものだった。[13]」

このように、貧しき人々の私心のない英雄的行為を称えている一方で、破壊的な行為に対しては批判的意見を述べているのだ。

「民衆の憤激によって多くのものが破壊された。ことに、パレ・ロワイヤルやチュイルリーではそうだった。だが、略奪はどこでも起らなかった。見つけ次第、剣だけは奪った。[14]……」

『二月革命』の第二信（三月十日）では、王座から追われたルイ・フィリップについて次のように書いている。

「ルイ・フィリップ王は気さくで心優しかった。彼は残虐と流血とを嫌った。彼は平和の王であり、彼の王笏はオリーブの枝だった。彼はいわば戦争の敵に他ならなかったのだ。[15]」

「気さくで心優し」く、「平和の王」で「戦争の敵」だとするこのルイ・フィリップに対する評価は、以前のハイネの見解とは異なるものであり、そして革命を起した共和派の評価とはかけ離れたものだった。

一八三二年末に出版した『フランス事情』では、ハイネは七月革命後にフランス王になったルイ・フィリップを痛烈に批判していた。

「ルイ・フィリップは、彼の政府が国民主権の原理によって成立したことを忘れてしまっている。そして、痛ましいことに、目がくらんでしまって、今や外見上の正統性によって、絶対君主たちと結合することにより、復古主義を継続することにより、政府を維持しようとしているのだ。[16]」（第一信）

さらには、ルイ・フィリップの中道政治の政府が、「国内で誉れ高い月桂冠をリヨンとグルノーブルで摘み取ってしまった[17]」として、一八三一年十一月にリヨンで起きた絹織物織工たちの蜂起、翌年三月にグルノーブルで起きた民衆蜂起を政府が弾圧したことについて批判的に書き、それに続けて、「ルイ・フィリップは相変わらず市民王の役割を演じ、相変わらずそれに相応した市民の服を着ている。だが彼は、誰もが知っているように、素朴なソフト帽の下に、全く規格外の冠をかぶり、雨傘の中には、専制的な笏を隠し持っているのである[18]」として、市民王の外見を装いながら、民衆を弾圧する専制君主的な政策を推し進めていることに批判の矢を向けていたのである。

このハイネの「変節」を考えるにあたっては、二月革命から一ヶ月余り経った三月末、母ベティー宛に書いた手紙の内容を知る必要があるだろう。ハイネは母親に次のように書き送っている。

「今、世界は嵐のようで、こちらは特に苦難の経過をたどっていますので、あまり手紙を書くことができません。大騒乱は僕を肉体的に衰弱させ、道徳的にも堕落させてしまいました。これまでにないほど僕は意気阻喪しています。

騒ぎは僕の治療の危機の最中に始まりました。そして、僕はお金だけでなく、健康も失ってしまいました。」（一八四八年三月三十日）

二月革命の日々は、病身のハイネをさらに衰弱させてしまったことが文面から伝わってくるが、お金も失ってしまったことがそれに追いうちをかけたことも文面により知らされる。お金を失ったというのは、ルイ・フィリップが倒されたことにより、それまで受け取っていたフランス政府からの年金がストップしてしまったことを指しているのであろう。こうした状況にあるハイネが、年金を支給してくれたルイ・フィリップを、「気さくで心優しかった」と思ったのは理解できなくもない。だが、それによって、共和派をはじめ、サンドとの思想的距離は広がる一方だった。

そして、その年の五月、ミロのヴィーナスを見に外出したのを最後に、ハイネの病状は外出もできないほどになっていった。いわゆる「褥の墓穴」での日々を送ることになる。そうした中でも、『ロマンツエーロ』をはじめ、詩作への意欲は衰えることはなかったのだが、一八五六年の死に至るまでの日々は、激動する世界から隔離された中で生きることになった。病床に縛り付けられたような状況の中、ハイネは友たちのことを思いながら、ジョルジュ・サンドについてラウベに宛てて次のように書いている。

「友人バルザックを失ってしまい、僕は嘆き悲しんでいる。ジョルジュ・サンド、このあばずれ（Luder）は、僕が病気になって以来、僕のことを気にかけてくれないのだ。この女性解放論者は、僕のあわれな友ショパンを、いまわしい、だが、非のうちどころのない小説の中で虐待しているのだ。」（一八五〇年十月十二日）

バルザックは、この年（一八五〇年）の八月に亡くなり、ショパンは前年の一八四九年にこの世を去った。この手紙は、自分の病気がますます絶望的な状態になり、親しくしていた友たちも次々に亡くなり、サンドも自分から離れていってしまったことを嘆きつつ書かれたものである。ショパンとサンドは、一八四六年に、サンドの娘ソランジュのことが原因で別離していた。ハイネはショパンとも親しくしていたので、サンドがショパンとの関係を書いた小説『ルクレツィア・フロリアーニ』（一八四七年出版）の中に描かれたショパンについて、サンドが「虐待している」と感じたのだろう。この手紙の文面からは、親しい友たちがいなくなり、サンドも自分に関心をもってくれないことに対する苛立ちが感じ取れる。特に、サンドのことを「あばずれ」（Luder）と言っていることに、そのようなハイネの苛立ちの感情がこめられているように思われる。

### 5　晩年のハイネのサンドへの関心と評価について

サンド作の『コジマ』初演の時の様子を書いた一八四〇年の『ルテーツィア』第五信の補足として、一八五四年、「ジョルジュ・サンドについての後の覚え書」をハイネは公にする。その中で、ハイネはジョルジュ・サンドについて次のように書いている。

「ジョルジュ・サンドは偉大な作家であると同時に美しい女性なのである。それも抜群の美しさなのだ。彼女の作品の中にあらわれている独創的精神と同様、彼女の顔は興味深いというよりはむしろ美しいと言える。最も興味深いのは、美の典型からの優雅な、あるいは才気に富んだ逸脱なのである。ジョルジュ・サンドの顔立ちは、まさにギリシア的な整った特徴をもっている。だが、その目鼻立ちは険しくはなく、その上に悲痛なベールのようにかけられているセンチメンタルなものによって和らげられている。額は広くはなく、すばらしい栗色の巻き毛が肩まで垂れている。彼女の目は幾らかどんよりしている、少なくとも輝いてはいない。その火はおそらく流された多くの涙によって消されてしまったか、あるいは彼女の作品の中に移行してしまったのだろう。その作品は彼女の炎の燃焼を全世界に広め、いくつかの絶望的な牢獄を明るくし、また、ひょっとしたら物静かな穢れなき神殿（寺院）を燃え立たせて堕落させてしまったのかもしれない。『レリア』の作者は、ソドムもゴモラも想起させせない静かな穏やかな目をしている。彼女は、いかにも女権論者といった類の鷲鼻でも、機知に富んだ団子鼻でもない。それはまさに普通のまっすぐな鼻なのである。口元にはいつも優しい微笑みが漂っている。だがそれは、それほど人の心を引きつけるものではない。いくらか垂れている下唇は、いかにも疲れたように、また官能的にも見える。あごはふっくら肉が付いているが、ちょうどよい具合である。肩も美しい、それどころかすばらしいものだ。腕や手は、足と同様とても小さい[19]。……」

この文章について、フリードリヒ・ヒルトは、サンドのことをこれほど深く理解して、これほど無条件に称えて書いた文はいまだかつてないとしている。[20] 一方、エッダ・ツィーグラーは、もっぱらサンドの外見、身体の特徴について書かれたこの覚え書は、ハイネの記述を無礼で軽薄だとする怒りや反感をよび起したとし、また、それを彼女の文学作品の価値と結び付けているのは、到底よい文学的趣味とは言えないとする批評が多かったとして、批判的に書いている。[21]

たしかに、サンドの顔や目鼻立ちなど、もっぱら身体的特徴についてかなり克明に書き込んだ全く個人的なこの覚え書は、いくら主観的にはほめたつもりであったとしても、今日から見れば、問題を含んでいると思われる。ハイネは、サンドとはあれほど知的なレベルで意見交換をし合った仲なのに、ここではもっぱら彼女の容貌に焦点を当てて書いているのである。これはどういうことなのだろうか。

ここには、ハイネの女性観の一端がはからずも現れているように思われる。パリ移住後、多くの作品の中で、女性をもっぱら官能美、肉体美という観点から描いたハイネがここでも顔を覗かせているように思われるのだ。

だが、官能美、肉体美からは遠い地点にいると思われる初恋の女性ヨーゼファについても、同じ一八五四年頃、『メモワール』の中で次のような描写をしているのである。

「いかなる大理石像も、彼女と美を競うことはできなかった。……ニオベの娘のだれ一人として、彼女ほど高貴な彫りの顔をしているものはなかった。顔の色は、肌と同じように白く、それが微妙にさまざまに変化した。彼女の黒ずんだ大きな目は、謎をかけて、答を静かに待っているかのように見えた。彼女の髪は赤かった。まるで血のように赤かった。それは長い巻き毛になって肩まで垂れていた。[22]……」

女性を、とりわけ自らが好意を寄せている女性を、その目や髪の毛など、その容貌についてもっぱら描き出すというのはハイネの常套的な手法だったと言えるだろう。サンドのことも、その延長線上にあったのだろうと考えられる。こうしたハイネの書き方は、女性をもっぱらその容貌から見る視線が強く感じられ、女性の内面にまで届く視線があまり感じられないことはたしかである。ただ、サンドの容貌を思い浮かべながら書いたハイネの文章には、不治の病に呻吟し、日々死と対峙していた中で、サンドから関心をもたれなくなってしまったハイネの、サンドに対する屈折した思いがこめられているようにも思われるのである。

なお、ハイネの名誉のためにも、この「覚書」には、サンドの容姿だけには留まらない、彼女の特徴を記した文が続いていることも書き加えておこう。

「ジョルジュ・サンドはけっして機知に富んだことを言わない。私が知っているフランス人女性の中で、最も機知に富んでいない女性の一人である。他の人が話している時、彼女は微笑みながら、耳を傾ける。そして自分の中に取り入れ、消化した外からの考えが、彼女の精神の蒸留器を通って、もっと見事に出てくるのだ。彼女は非常に巧妙に盗み聞きをする人なのである。また、彼女は友人の助言にもすすんで耳を傾けるのだ。[23]……」

聞き上手で、聞いたことを糧にして、自分の考えとして紡ぎ出すサンドの姿を彷彿とさせる文章である。

さらには、最後の方に、ヴィクトル・ユゴーと比べ、サンドを称えた文がある。これを読むと、サンドの作品への評価は、時が移ろう中でも揺らぐことはなかったという思いを強くする。

「ジョルジュ・サンドはユゴーに欠けているものすべてを持っている。ジョルジュ・サンド（の作品）には、真実、自然、センス、美、感激がある。そして、これらすべての特性は、きわめて厳格に調和している。……彼女の文体には、心地よい音の響きの啓示と、形式の明澄さがある。[24]」

こうしたサンドへの関心、評価は、生命が尽き果てつつあった日々にも変ることはなかったようだ。ハイネがムーシュと呼んでいた最晩年の「恋人」エリーゼ・クリニッツは、死を目前にしていたハイネが一八五六年二月半ばごろ、ジョルジュ・サンドの戯曲『ファヴィラ』についてのジュール・ジャナンの批評が掲載されている新聞記事を読みたいと願っていたので、それを探しあて、その記事をハイネに朗読したと書き記している。[25]

ハイネが亡くなったのは、その数日後だった。サンドからは何の音沙汰もなく、便りも久しく途絶えていたにも拘わらず、ハイネはサンドに関心を持ち続け、評価し続けていたのである。

# 註

・ハイネの作品からの引用は、Hrsg. v. Klaus Briegleb: Heinrich Heine. Sämtliche Schriften in zwölf Bänden. Frankfurt a. M. (Ullstein) 1981 によった。

また、Hrsg.v. Manfred Windfuhr: Heinrich Heine. Historisch-kritische Gesamtausgabe der Werke. Hamburg (Hoffmann und Campe) 1973-1997 も参考にした。ここからの引用は、DHA と略記する。

・ハイネの書簡は、Heinrich Heine Säkularausgabe. Akademie-Verlag Berlin Editions du Cnrs Paris, Bd. 21-27 に掲載されたものを訳出し、本文に日付を入れて示した。必要な場合には、註に HSA と略記する。

## 序

1 宮澤賢治「土神と狐」『校本宮澤賢治全集第八巻』所収、筑摩書房、一九七三年、二四八―二四九頁。

2 鈴木和子『ハイネ――比較文学的探究――』吾妻書房、一九七五年、五二―五三頁。

## 第一章　ハイネ的ロマン主義

1 Geständnisse, Bd. 11, S. 447.

2 Vorrede zum „Atta Troll“, Bd. 7, S. 495.

3 Vgl. Die Romantische Schule, Bd. 5, S. 409, 411, 426f, 430, 448-455.

4 Ebenda, S. 472f.

5 Die Romantik, Bd. 1, S. 399f.

6 Wolfgang Kuttenkeuler, Heinrich Heine. Theorie und Kritik der Literatur. Stuttgart (Kohlhammer) 1972, S. 35.

7 Die Romantik, Bd. 1, S. 400.

8 Friedrich Schlegel, Gespräch über die Poesie. In: Charakterisken und Kritiken I, hrsg. v. Hans Eichner. Paderborn (Schöningh) 1967, S. 333.

9 Friedrich Schiller, Über naive sentimentalische Dichtung. In: Friedrich Schiller sämtliche Werke. München (Carl Hanser) 1960, Bd. 5, S. 734f.

10 Novalis, Das Allgemeine Brouillon. In: Novalis Schriften. Die Werke Friedrich von Hardenbergs, hrsg. v. P. Kluckhohn und R. Samuel. 2. Aufl. Stuttgart (Kohlhammer) 1968, Bd. 3, S. 283.

11 Ebenda, S. 303.

12 Novalis, Fragmente und Studien 1799-1800. In: Novalis Schriften Bd. 3, S. 685.

13 Almansor, Bd. 1, S. 276.

14 1. Gedichte von Johann Baptist Rousseau, 2. Poesien für Liebe und Freundschaft, Bd. 1, S. 425f.

15 Die Harzreise, Bd. 3, S. 160.

16 Traumbilder Nr. 6, Bd. 1, S. 26.

17 Junge Leiden. Lieder Nr. 1, Bd. 1, S. 38.

18 一八一六年七月六日付クリスティアン・ゼーテ宛の手紙による。

19 Lyrisches Intermezzo Nr. 9, Bd. 1, S. 78.

20 DHA I/2, S. 784f.

21 Helmut Brandt, Heinrich Heines „Buch der Lieder“ im Ausgang der klassisch-romantischen Literaturepoche. Habilitationsschrift. Jena 1968, S. 237, Anhang S. 51.

22 Briefe aus Berlin. Zweiter Brief, Bd. 3, S. 47.

23 Fresko-Sonette an Christian S. I, Bd. 1, S. 67.

24 Fresko-Sonette an Christian S. II, Bd. 1, S. 68.
25 河合隼雄、「影の現象学」『河合隼雄著作集2』所収、岩波書店、一九九四年、五〇頁。
26 Die Heimkehr Nr. 20, Bd. 1, S. 118.
27 Gespräch auf der Paderborner Heide, Bd. 1, S. 62.
28 Junge Leiden. Traumbilder 2, Bd. 1, S. 20-23.
29 Lyrisches Intermezzo Nr. 22, Bd. 1, S. 83.
30 Almansor, Bd. 1, S. 318.
31 Junge Leiden. Romanzen Nr. 20 Wahrhaftig, Bd. 1, S. 64.
32 Junge Leiden. Lieder Nr. 4, Bd. 1, S. 39.
33 Novalis, Fragmente und Studien 1799-1800. In: Novalis Schriften, Bd. 3, S. 572.
34 Lyrisches Intermezzo Nr. 39, Bd. 1, S. 90f.
35 Die Heimkehr Nr. 33, Bd. 1, S. 124.
36 Vgl. Theodor W. Adorno, Die Wunde Heine. In: Theodor W. Adorno Gesammelte Schriften. Frankfurt a. M. (Suhrkamp) 1973-1986, Bd. 11, S. 95-100.
37 Vorwort zur zweiten Auflage der „Reisebilder“ Erster Teil, Bd. 3, S. 99.
38 Die Romantik, Bd. 1, S. 401.
39 Brief an Christian Sethe, 14. April 1822.
40 たとえば、F・シュレーゲルは、民主的共和制を唯一の理性的国家形式だと主張していた（『共和制論』）。
41 Novalis, Die Christenheit oder Europa. In: Novalis Schriften, Bd. 2, S. 523.
42 Deutschland. Ein Fragment, Bd. 1, S. 243.
43 Ebenda, S. 242.

44 Ebenda, S. 245.
45 Vgl. Fresko-Sonette an Christian S. II, Bd. 1, S. 68.
46 Die Heimkehr Nr. 7, 8, Bd. 1, S. 111f.
47 Die Harzreise, Bd. 3, S. 130f.
48 Briefe aus Berlin Zweiter Brief, Bd. 3, S. 35f.
49 Briefe aus Berlin Erster Brief, Bd. 3, S. 10.
50 Walter Dietze, Junges Deutschland und deutsche Klassik. Berlin (Rütten & Loening) 1957, S. 227f.
51 一八二八年—一八三〇年代前半にかけて、ハイネは、ゲーテに代表される芸術時代は終り、新しい芸術原理をもった新しい時代が始まると、いろいろな所〔たとえば、「ヴォルフガング・メンツェルのドイツ文学」（一八二八年）、「フランスの画家」（一八三一年）〕で述べている。

## 第Ⅱ章　断章、『ハルツ紀行』研究

1 Walter Benjamin, Goethes Wahlverwandtschaften. In: Walter Benjamin Gesammelte Schriften. Frankfurt a. M. (Suhrkamp) 1974, Bd. 1, S. 181.
2 Encyclopédie. Hrsg. v. Diderot. Zitiert nach der Ausgabe Genf 1777, Bd. 15, S. 303.
3 Athenäum-Fragmente Nr. 24. In: Kritische Friedrich-Schlegel-Ausgabe. Hrsg. v. Ernst Behler. München, Paderborn, Wien u. Zürich (Schöningh) 1958ff., Bd. 2, S. 169.（以下 KFSA と略語）
4 Brief an August Wilhelm Schlegel. KFSA Bd. 24, S. 100.
5 Athenäum-Fragmente Nr. 259. KFSA Bd. 2, S. 216.
6 Philosophische Vorlesungen (1800-1807). I. Teil. KFSA Bd. 12, S. 42.
7 Lucien Dällenbach, Fragmentarisches Vorwort. In: Fragment und Totalität. Hrsg. v. Lucien Dällenbach u. a. Frankfurt a. M. (Suhrkamp) 1984, S. 8.

8 Athenäum-Fragmente Nr. 77. KFSA Bd. 2, S. 179.
9 Die Heimkehr Nr. 58, Bd. 1, S. 135f.
10 Die Bäder von Lucca, Bd. 3, S. 405.
11 Ebenda, S. 406.
12 Sabina Becker, »… fortgerissen in Bewegung« Heinrich Heine und die Moderne. In: Werner Frick (Hrsg.), Heinrich Heine Neue Lektüren. Freiburg. i. Br., Berlin, Wien (Lombach) 2011, S. 304.
13 Die Bäder von Lucca, Bd. 3, S. 426.
14 Die Harzreise, Bd. 3, S. 103.
15 Ebenda, S. 112.
16 Ebenda, S. 103.
17 一八二〇年十月二十九日付シュタインマンとルソー宛手紙参照。
18 Eberhard Galley, Heine und die Burschenschaft. In: Heine-Jahrbuch 1972. Hamburg (Hoffmann und Campe) 1972, S. 71.
19 Ebenda, S. 72.
20 一八二一年二月四日付シュタインマン宛手紙参照。
21 一八二四年三月三十日付シャルロッテ・エンブデン宛、同年五月十七日付および七月二十日付モーゼス・モーザー宛手紙参照。
22 Die Harzreise, Bd. 3, S. 103.
23 Ebenda, S. 104.
24 Ebenda, S. 105.
25 Ebenda.
26 Ebenda, S. 106.

27 Ebenda, S. 104.
28 Ebenda.
29 Ebenda, S. 129.
30 Ebenda, S. 130.
31 ミハイル・バフチン著、杉里直人訳「《ラブレー》の増補・改訂」：同著、同訳『フランソワ・ラブレーの作品と中世・ルネサンスの民衆文化』所収、水声社、二〇〇七年、六五七頁。
32 同書、七一六頁。
33 Die Harzreise, Bd. 3, S. 130.
34 Ebenda, S. 113.
35 Die Romantik, Bd. 1, S. 401.
36 Die Heimkehr Nr. 7, 8, Bd. 1, S. 111f.
37 Die Harzreise, Bd. 3, S. 125.
38 Ebenda.
39 Ebenda, S. 126.
40 Ebenda, S. 128.
41 Ebenda, S. 162.

## 第Ⅲ章　諷刺の手法

1 Petra Wilhelmy-Dollinger, Die Berliner Salons. 邦訳：P・W・ドリンガー著、渡辺芳子他訳『ベルリンサロン』、鳥影社、二〇〇三年、一八〇―一八二頁。
2 Lyrisches Intermezzo Nr. 50, Bd. 1, S. 95.
3 Johann Wolfgang Goethe, Der König in Thule. In: Johann Wolfgang Goethe Sämtliche Werke in 18 Bänden. Artemis-

Gedenkausgabe 1977, Bd. 1, S. 117f.
4 Der neue Alexander, Bd. 7, S. 456.
5 Ebenda.
6 Ebenda, S. 457.
7 宇京頼三『仏独関係千年紀』法政大学出版局、二〇一四年、二八二、二八四頁。
8 Der Kaiser von China, Bd. 7, S. 425f.
9 Hans Kaufmann, Heinrich Heine. Geistige Entwicklung und künstlerisches Werk. Berlin und Weimar (Aufbau) 1967, S. 223.
10 Erinnerung aus Krähwinkels Schreckenstagen, Bd. 11, S. 230f.
11 Anmerkung zum Text, Bd. 12, S. 74.
12 Bei des Nachtwächters Ankunft zu Paris, Bd. 7, S. 415f.
13 Jost Hermand, Von Mainz nach Weimar 1793-1919. Stuttgart (J. B. Metzler) 1969, S. 205.
14 An den Nachtwächter, Bd. 7, S. 427f.
15 Die Wahl-Esel (Nachgelesene Gedichte 1845-1856), Bd. 11, S. 286f.
16 成瀬治他編『世界歴史大系　ドイツ史2、一六四八年―一八九〇年』山川出版社、一九九六年、三二〇―三二一頁参照。
17 ジャン・シュヴァリエ他著、金光仁三郎他訳『世界シンボル大事典』大修館、一九九六年、一〇七二頁、ハンス・ビーダーマン著、藤代幸一監訳『世界シンボル事典』八坂書房、二〇〇〇年、四八九頁参照。
18 ハンス・ビーダーマン『世界シンボル事典』、五五頁参照。
19 Pferd und Esel (Nachgelesene Gedichte 1845-1856), Bd. 11, S. 293f.
20 ヴォルフガング・イェーガー他編著、中尾光延監訳『ドイツの歴史―ドイツ高校歴史教科書』明石書店二〇〇六年、三九―四〇頁参照。

21 小原淳『フォルクと帝国創設——十九世紀ドイツにおけるトゥルネン運動の史的考察』彩流社、二〇一一年、五四頁。
22 同書、一一六頁。
23 Vgl. Erich Fromm, Escape from Freedom. 邦訳：日高六郎訳『自由からの逃走』東京創元新社、一九六五年。
24 Die Wahl-Esel, Bd. 11, S. 288.

## 第Ⅳ章　ハイネとラーエルの第二次サロン

1 Vgl. Die Stadt Lucca, Bd. 3, S. 525; Vorrede zur Französischen Zustände, Bd. 5, S. 97; Zur Geschichte der Religion und Philosophie in Deutschland, Bd. 5, S. 633, 636; Geständnisse, Bd. 11, S. 473.
2 P・W・ドリンガー前掲書、一九五頁。
3 Herbert Scurla, Rahel Varnhagen. Düsseldorf (Classen) 1978, S. 388.
4 たとえば、一八二四年一月十四日付カール・インマーマン宛手紙、一八二六年五月十四日付カール・アウグスト・ファルンハーゲン宛手紙参照。
5 一八二六年七月二十九日付ファルンハーゲン宛手紙参照。
6 Brief von Heine an Ludwig Robert (27. 11. 1823).
7 山下肇『近代ドイツ・ユダヤ精神史研究』有信堂高文社、一九八〇年、八八頁参照。
8 Pia Schmidt, Zeit des Lesens— Zeit des Fühlens. Quadriga Verlag 1985, S. 192.
9 Verena von der Heyden-Rynsch, Europäische Salons. München (Artemis & Winkler) 1992, S. 132-147.
10 Herbert Scurla, a. a. O., S. 345.
11 Ebenda, S. 346.
12 Maria Embden-Heine, Erinnerungen an Heinrich Heine. Hamburg (Hoffmann & Campe) 1881, S. 62.
13 Vgl. Herbert Sculra, a. a. O., S. 346; Verena von der Heyden-Rynsch, a. a. O., S. 152.

14 Der Salon der Frau von Varnhagen. In: Varnhagen von Ense, Denkwürdigkeiten und vermischte Schriften. Wiesbaden (F. u. Brockhaus) 1859, Bd. 8, S. 617.

15 Ebenda, S. 618.

16 Ingeborg Drewitz, Berliner Salons. Berlin (Haude & Spenersche Verlagsbuchhandlung) 1965, S. 67f.

17 Varnhagen von Ense, a. a. O., S. 8, S. 623f.

18 Rahel Varnhagen, Gesammelte Werke. München (Mattes & Seitz Verlag) 1983, Bd. 2, S. 190.

19 Varnhagen von Ense, Goethes neueste Werk (Wilhelm Meisters Wanderjahre oder Entsagenden. Th. I, 1821) In: K. A. Varnhagen von Ense. Literaturkritiken. Hsg. v. Klaus F. Gille. Tübingen (Niemeyer) 1977, S. 21f.

20 Werner Vordtriede, Der Berliner Saint-Simonismus. In: Heine Jahrbuch 1975. Hamburg (Hoffmann und Campe) 1975, S. 99.

21 Varnhagen von Ense, Goethes neueste Werk, a. a. O., S. 19f.

22 Varnhagen von Ense, Im Sinne der Wanderer. In: K. A. Varnhagen. Literaturkritiken, S. 69.

23 Die Romantik, Bd. 1,S. 400.

24 Briefe aus Berlin, Bd. 3, S. 63.

25 Ebenda, S. 35.

26 Walter Dietze, Junges Deutschland und deutsche Klassik. Berlin (Rütten & Loening) 1957, S. 18.

27 Die deutsche Literatur von Wolfgang Menzel, Bd. 1, S. 455.

28 ラーエルの一八二九年三月十一日付ファルンハーゲン宛の手紙（「ハイネはゲーテに反対しようとしました。私はおかしくて、笑わざるをえませんでした。」）参照。

29 Max von Boehn, Biedermeier. Berlin (Bruno Cassirer) 1911.　邦訳：飯塚信雄他訳『ビーダーマイヤー時代』三修社、一九九三年、三三五頁、三六七頁参照。

30 Werner Vordtriede, a. a. O., S. 105f.

31 Varnhagen von Ense, Über den Saint-Simonismus. In: K. A. Varnhagen von Ense. Literaturkritiken, S. 111.
32 Ebenda, S. 113.
33 バザール他著、野地洋行訳『サン‐シモン主義宣言』木鐸社、一九八二年、九七—一〇二頁、一〇五—一〇六頁参照。
34 Varnhagen von Ense, Im Sinne der Wanderer. In: K. A. von Ense. Literaturkritiken, S. 69.
35 Varnhagen von Ense, Über den Saint-Simonismus, a. a. O., S. 112.
36 Ebenda, S. 113.
37 Brief von Heine an Karl Immermann (14. 10. 1826).
38 Kommentar zu „Englische Fragmente", Bd. 4, S. 903.
39 一八三二年一月二十二日、当局がサン・シモニストの集会の解散を命じた事件をきっかけに、サン・シモニストは起訴され、その後、アンファンタンを中心に四十人がパリ近郊のメニルモンタンに隠遁し、集団生活を始めたことを指すものと思われる。
40 Vorrede zur französischen Ausgabe der Reisebilder, Bd. 3, S. 677.
41 Brief von Heine an Heinrich Laube (10. 7. 1833). HSA. Bd. 21, S. 56.
42 サン・シモン著『新キリスト教』：森博編・訳『サン・シモン著作集』第五巻、恒星社厚生閣、一九八八年、二四六頁。
43 Brief von Heine an Heinrich Laube (10. 7. 1833). HSA Bd. 21, S. 56.
44 Zur Geschichte der Religion und Philosophie in Deutschland, Bd. 5, S. 570.
45 Ebenda, S. 518f.
46 セバスティアン・シャルレティ著、沢崎浩平他訳『サン＝シモン主義の歴史』法政大学出版局、一九八六年、一三六—一三七頁参照。

## 第V章　ハイネにおける食

1　›Rheinisch-Westfälischer Musen-Almanach, auf das Jahr 1821‹, Bd. 1, S. 423.
2　Vgl. Briefe aus Berlin. 第一信で、美味なスイーツがあるヨスティー、ベルリンで一番上等なボンボンがあるタイヒマンなどが紹介されている。
3　W・シュトーベンフォレ編、石川光庸他訳『グリム家の食卓』白水社、二〇〇〇年、四五頁。
4　Ideen. Das Buch Le Grand, Bd. 3, S. 296.
5　Vgl. https://www.fleischtheke.info/wurstsorten/rohwuerste/goettinger-stracke.php
6　フランソア・ラブレー著、渡辺一夫訳『第一之書ガルガンチュア物語』岩波文庫、一九七三年、一七六―一七七頁。
7　ハンス・ザックス「ケーキ買い」：藤代幸一、田中道夫訳『ハンス・ザックス謝肉祭劇全集』所収、高科書店、一九九四年、一七五頁。
8　Der Philanthrop, Bd. 11, S. 215f.
9　ブリア・サヴァラン著、関根秀雄他訳『美味礼讃』（上）岩波文庫、一九六七年、一三八―一三九頁。
10　同書、一四三頁。
11　ブリア・サヴァラン前掲書（下）二〇〇―二〇一頁。
12　同書、二〇二―二〇三頁。
13　シュトーベンフォレ前掲書、四五頁。
14　Aus den Memoiren des Herren von Schnabelewopski, Bd. 1, S. 532.
15　Die Harzreise, Bd. 3, S. 107.
16　Reise von München nach Genua, Bd. 3, S. 377.
17　Ideen. Das Buch Le Grand, Bd. 3, S. 262.
18　Terence James Reed, Heines Appetit. In: Heine Jahrbuch 1983. Hamburg (Hoffmann und Campe) 1983, S. 12.

19 Aus den Memoiren des Herren von Schnabelewopski, Bd. 1, S. 509.
20 Ebenda.
21 Atta Troll, Bd. 7, S. 520.
22 立石博高『世界の食文化　スペイン』農山漁村文化協会、二〇〇七年、一〇一頁。
23 Atta Troll, Bd. 7, S. 521f.
24 立石前掲書、八六頁。
25 同書、一〇一頁。
26 Atta Troll, Bd. 7, S. 523.
27 DHA 4, S. 935.
28 Deutschland. Ein Wintermärchen, Bd. 7, S. 583.
29 Ebenda, S. 598.
30 Ebenda, S. 622f.
31 DHA 4, S. 1141.
32 Deutschland. Ein Wintermärchen, Bd. 7, S. 623f.
33 Ebenda, S. 628f.
34 Die Heimkehr Nr. 66, Bd. 1, S. 139.
35 池上俊一『お菓子でたどるフランス史』岩波ジュニア新書、二〇一三年、一一三頁。
36 サラ・モス他著、堤理華訳『チョコレートの歴史物語』原書房、二〇一三年、七三頁。
37 Die Heimkehr Nr. 66, Bd. 1, S. 140.
38 Ideen. Das Buch Le Grand, Bd. 3, S. 248.
39 Hans Sachs, Das Schlaweraffen-land. In: Hans Sachs' Werke Erster Teil. Hrsg. v. Dr. Arnold. Deutsche National-Literatur Historisch-kritische Ausgabe Bd. 20. Berlin und Stuttgart (Sansyusha Verlag 1973), S. 151f.

40 Ebenda, S. 154.
41 ミハイル・バフチン前掲書、二六頁。
42 Zur Geschichte der Religion und Philosophie in Deutschland, Bd. 5, S. 570.
43 Ideen. Das Buch Le Grand, Bd. 3, S. 290f.
44 Erleuchtung, Bd. 7, S. 430.
45 Ebenda, S. 431.
46 Deutschland. Ein Wintermärchen, Bd. 7, S. 577.
47 Ebenda, S. 578.
48 Erleuchtung, Bd. 7, S. 431.
49 Deutschland. Ein Wintermärchen, Bd. 7, S. 578.
50 Ebenda.
51 Der Philanthrop, Bd. 11, S. 218.

## 第Ⅵ章　ハイネと女性たち

### （一）作品に描かれた女性たち

#### **（1）詩作品の中の女性像**

1 Zum Lazarus 9, Bd. 11, S. 206.
2 Die Heimkehr 47, Bd. 1, S. 131.
3 上田敏訳「花のをとめ」：『海潮音』本郷書院、明治三十八（一九〇五）年、一一九―一二〇頁。
4 Die Heimkehr 50, Bd. 1, S. 132.
5 Die Heimkehr 31, Bd. 1, S. 124.
6 Fresko-Sonette an Christian S. 4, Bd. 1, S. 69.

7 Lyrisches Intermezzo 18, Bd. 1, S. 81f.
8 Ein Weib, Bd. 7, S. 374.
9 Die Heimkehr 7, Bd. 1, S. 111.
10 Die Heimkehr 8, Bd. 1, S. 112.
11 森鷗外「あまをとめ」、詩集『於母影』より：『鷗外選集』第十巻、岩波書店、一九七九年、二五頁。
12 Bergidylle, Bd. 1, S. 168, 170.
13 Ebenda, S. 174.
14 乳母の想い出は、『ドイツ・冬物語』第十四章に記している。ヨーゼファについては、『回想』などに記している。Vgl. Deutschland. Ein Wintermärchen. Caput 14, Bd. 7, S. 606f; Memoiren, Bd. 11, S. 600-608.
15 Nachtgedanken, Bd. 7, S. 432.
16 ハイネの母親については、『回想』の記述によった。Vgl. Memoiren, Bd. 11, S. 562ff.
17 Memoiren, Bd. 11, S. 559-563.
18 Ebenda, S. 563.
19 Ebenda, S. 559-562.
20 Ebenda, S. 566-569.
21 一八二一年、ラーエルと、彼女のサロンで知り合って以来、交流を重ねた。ハイネは、「帰郷」詩群を彼女に捧げている。
22 Memoiren, Bd. 11, S. 608.
23 An meine Mutter B. Heine, Bd. 1, S. 66.
24 Memoiren, Bd. 11, S. 562.
25 Die Heimkehr 2, Bd. 1, S. 107.
26 Der Tannhäuser, Bd. 7, S. 351.

27 Vgl. Zur Geschichte der Religion und Philosophie, Bd. 5, S. 518f.
28 Vgl. Ludwig Börne, Bd. 7, S. 18.
29 Die Bäder von Lucca, Bd. 3, S. 416.
30 Florentinische Nächte, Bd. 1, S. 592f.
31 Ebenda, S. 593f.
32 Elementargeister, Bd. 5, S. 654f.
33 Die Göttin Diana, Bd. 11, S. 429.
34 Pomare, Bd. 11, S. 28f. 詩「ポマール」は、一八四四年から四五年にかけて書かれた。
35 ハイネの弟マクシミリアンの証言による。In: Gespräche mit Heine. Zum erstenmal gesammelt und herausgegeben von H. H. Houben, Frankfurt a. M. 1926, S. 90f.
36 ハイネの友人エデュアルト・ヴェーデキントの言による。In: Eduard Wedekind, Studentenleben in der Biedermeierzeit. Ein Tagebuch aus dem Jahr 1824. Hrsg. v. H. H. Houben. 2 Auflage Göttingen 1927, S. 120f.
37 Der Doktor Faust, Bd. 11, S. 359f.
38 Johann Wolfgang Goethe, Faust. Der Tragödie Zweiter Teil. In: Johann Wolfgang Goethe Sämtliche Werke in 18 Bänden. Artemis-Gedenkausgabe 1977, Bd. 5, S. 526.
39 Zur Geschichte der Religion und Philosophie in Deutschland, Bd. 5, S. 570.
40 Vgl. Darstellung der Saint-Simonistischen Lehre. In: Der Frühsozialismus. Quellentexte. Hrsg. v. Tilo Ramm. Stuttgart (Alfred Kröner) S. 142; Saint-Simonistische Religion. In: Der Frühsozialismus, a. a. O., S. 150.
41 Angelique V, Bd. 7, S. 331f.
42 Nachlese zum „Lyrischen Intermezzo", Bd. 1, S. 231f.
43 Hans Kaufmann, Heinrich Heine. Geistige Entwicklung und künstlerische Werk. Berlin und Weimar (Aufbau) 1967, S. 174.

44 Ebenda, S. 176.
45 Helmut Brandt, Heinrich Heines „Buch der Lieder“ im Ausgang der klassisch-romantischen Literaturepoche. Habilitationsschrift. Jena 1968, S. 87.
46 Ebenda, S. 88.

### （2）『女神ディアーナ』をめぐって

1 上山安敏『魔女とキリスト教』人文書院、一九九三年、三一四頁。
2 前掲書、二〇―二一頁参照。
3 バーバラ・ウォーカー著、山下主一郎他訳『神話・伝承事典』大修館、一九八八年、一九一―一九三頁参照。
4 ノーマン・コーン著、山本通訳『魔女狩りの社会史』岩波書店、一九八三年、二九三頁。
5 Text in Region of Prüm. ノーマン・コーン前掲書、二九一―二九二頁参照。
6 カルロ・ギンズブルグ著、竹山博英訳『闇の歴史――サバトの解読』せりか書房、一九九二年、一六六頁。
7 Elementargeister, Bd. 5, S. 684f.
8 Elementargeister・Lesarten, Bd. 6, S. 1026.
9 Aus den Memoiren des Herren von Schnabelewopski, Bd. 1, S. 514.
10 呉茂一『ギリシア神話』新潮社、一九六九年、一〇六頁参照。
11 Zur Geschichte der Religion und Philosophie in Deutschland, Bd. 5, S. 522.
12 呉茂一前掲書、一〇五頁参照。
13 Jakob Grimm, Deutsche Mythologie. Göttingen 1835, S. 176, 594.
14 Atta Troll, Bd. 7, S. 540.

15 Ebenda, S. 540f.
16 Ebenda, S. 541.
17 Max Niehaus, Himmel, Hölle und Trikot. München 1959, S. 20f.
18 Lutetia (7. 2. 1842.), Bd. 9, S. 390.
19 Florentinische Nächte, Bd. 1, S. 529f.
20 Lutetia (7. 2. 1842.), Bd. 9, S. 392.
21 Ebenda.
22 Ebenda, S. 391f.
23 Ebenda.
24 Erläuterungen zu dem „Doktor Faust", Bd. 11. S. 390.
25 Vgl. Die Göttin Diana, Bd. 11, S. 428-436.
26 DHA 9, S.636.
27 Zur Geschichte der Religion und Philosophie in Deutschland, Bd. 5, S. 518f.
28 Vgl. Koon-Ho Lee, Heinrich Heine und die Frauenemanzipation. Stuttgart・Weimar (J. B. Metzler) 2005, S. 146.
29 藤縄謙三『ギリシア神話の世界観』新潮社、一九七一年、八四―八五頁参照。
30 Vgl. Eduard Wedekind, Studentenleben in der Biedermeierzeit. Ein Tagebuch aus dem Jahr 1824. Hrsg. v. H. H. Houben. Göttingen 1927, S. 120f.
31 Die Bäder von Lucca, Bd. 3, S. 416.
32 Florentinische Nächte, Bd. 1, S. 594.
33 蘆原英了『舞踊と身体』新宿書房、一九八六年、一六九頁。
34 Pomare, Bd. 11, S. 28f.
35 Vgl. Der Doktor Faust, Bd. 11, S. 357-361, 366-369.

36 このように、女性をもっぱら官能性からのみ捉えるハイネの女性像および女性観の特徴とその問題点については、本書第VI章（一）作品に描かれた女性たち（1）詩作品の中の女性たちの中で述べているので、参照していただきたい。

（二）ばあやと赤毛のゼフヒェン――「下層」、および「賤民」の女性たち

1 Vgl. Memoiren, Bd. 11, S. 562. ハイネは母親について、『回想』に詳しく記している。なお、ハイネの母親像については、VI章（一）、（1）詩作品の中の女性像の中ですでに言及しているので、ここでは必要最小限触れるにとどめた。

2 Vgl. Memoiren, Bd. 11, S. 563.

3 Vgl. Ebenda, S. 596,

4 Vgl. Deutschland. Ein Wintermärchen. Caput 14, Bd. 7, S. 606f.

5 Ebenda, S. 607.

6 Vgl. Ingeborg Weber-Kellermann, Die Kindheit. Frankfurt a. M. (Insel) 1979, S. 44.

7 Rolf Engelsing, Zur Sozialgeschichte deutscher Mittel- und Unterschichten. Göttingen 1978, S. 180-184.

8 Felix Dahn, Erinnerungen. In: Ingeborg Weber-Kellermann, Frauenleben in 19. Jahrhundert. München (C. H. Beck) 1983, S. 67.

9 Rolf Engelsing, a. a. O., S. 189.

10 Vgl. Memoiren, Bd. 11, S. 562f.

11 Deutschland. Ein Wintermärchen, Bd. 7, S. 606f.

12 Vgl. Eberhard Galley, Das rote Sefchen und ihr Lied von Otilje. In: Heine Jahrbuch 1975. Hamburg (Hoffmann und Campe) 1975, S. 84-87.

13 Die klare Sonne bringt's an den Tag. In: Brüder Grimm, Kinder- und Hausmärchen. München (Winkler) 1984,

S. 558-560.

14 Deutschland. Ein Wintermärchen, Bd. 7, S. 607.

15 Die Gänsemagd. In: Brüder Grimm, Kinder- und Hausmärchen, S. 443-453.

16 Deutschland. Ein Wintermärchen, Bd. 7, S. 608f.

17 Vgl. Friedrich Rotbart auf dem Kyffhäuser. In: Deutsche Sagen. Hrsg. v. Brüdern Grimm, Darmstadt (Wissenschaftliche Buchgesellschaft) 1974, S. 49f.

18 Friedrich Rückert, Werke I. Hrsg. v. Georg Ellinger, Leipzig und Wien 1897, S. 56.

19 Augst Graf von Platen, Die Hohenstaufen. In: ders., Werke VIII. Hrsg. v. Max Koch u. a., Leipzig o. J., S. 160.

20 Emanuel Geibel, Friedrich Rotbart. In: ders., Werke I. Stuttgart 1893, S. 91.

21 Deutschland. Ein Wintermärchen, Bd. 7, S. 609f.

22 Ebenda, S. 614f.

23 Ebenda, S. 615.

24 Vgl. André Jolles, Einfache Formen. Darmstadt (Wissenschaftliche Buchgesellschaft) 1968.

25 Vgl. Ernst Bloch, Das Prinzip Hoffnung. In: Ernst Bloch Gesamtausgabe in 16 Bänden. Frankfurt a. M. (Suhrkamp) 1977, Bd. 5, S. 409-428.

26 Vgl. Memoiren, Bd. 11, S. 600.

27 Ebenda, S. 600f.

28 Maximilian Heine, Erinnerungen an Heinrich Heine und seine Familie. Berlin 1868, S. 225ff.

29 Hans-Eugen Bühler u. Gregor Hövelmann, Harry Heine und Josepha Edel. In: Heine Jahrbuch 1978. Hamburg (Hoffmann und Campe) 1978, S. 218-223.

30 Werner Danckert, Unehrliche Leute. Bern 1963, S. 23.

31 Memoiren, Bd. 11, S. 603.

32 阿部謹也『刑吏の社会史』中央公論社、一九七八年、一六―二〇頁参照。
33 Memoiren, Bd. 11, S. 603.
34 Werner Danckert, a. a. O., S. 18.
35 Edmund Schopen, Geschichte des Judentums im Abendland. Bern 1961, S. 45.
36 Memoiren, Bd. 11, S. 576.
37 DHA 15, S. 1239.
38 Memoiren, Bd. 11, S. 602.
39 Eberhard Galley, a. a. O., S. 84.
40 Ebenda.
41 Memoiren,Bd. 11, S. 607f.
42 Ebenda, S. 608.
43 Böses Geträume (Lazarus XVII), Bd. 11, S. 118f.
44 たとえば、„Schelm von Bergen“など。
45 Memoiren, Bd. 11, S. 608.

（三）パリで知り合った女性たち

1 Michael Werner, Pariser Stadtbilder. In: Joseph. A. Kruse (Hrsg.), Ich Narr des Glücks. Heinrich Heine 1997-1856. Stuttgart/Weimar (J. B. Metzler) 1997, S. 132.

**（1）クリスティーナ・ベルジョヨーソ**

2 Briefe über Deutschland, Bd. 9, S. 193.
3 Fritz Mende, Heinrich Heine: Chronik seines Lebens und Werkes. Berlin (Akademie Verlag) 1970, S. 89.

4 高岡尚子「ジョルジュ・サンド『アンドレ』を読む」奈良女子大学文学部研究教育年報　第十四号、二五—二六頁参照。

5 Vgl. HSA XXIV, S. 253; Edda Ziegler, Heinrich Heine. Der Dichter und die Frauen. Düsseldorf und Zürich (Artemis & Winkler) 2005, S. 155f.

6 HSA XXIV, S. 310.

7 Fransois Auguste Marie Mignet（一七九六—一八八四）フランスの歴史家、ジャーナリスト。ティエールと共に反王党派の〈National〉紙を創刊、編集し（一八三〇—四〇）、外務省文書局長（一八三〇—四八）を兼任。主な著書は『フランス革命史』（一八二四年、ティエールとの共著）。〔『岩波西洋人名辞典 増補版』（一九八九年）による。〕

8 HSA XX-XXVII R, S. 306f.

9 Florentinische Nächte, Bd. 1, S. 573f.

10 HSA XXV, S. 200; XXI, S. 308; XXV, S. 240; XXI, S. 343.

11 一八四〇年七月から四二年までのミラノでのベルジョヨーソの活動については、以下の文献を参考にした。Ulrike Reuter, Faszination, Freundschaft, Fürsorgen- und immer der Freiheitskampf. Christina Belgiojoso und Heinrich Heine. In: Ich Narr des Glücks, S. 153f.

12 Brief von Heine an Belgiojoso (5.1845).

13 Hrsg. v. Michael Werner: Begegnung mit Heine. 1797-1846. Hamburg (Hoffmann und Campe) 1973, S. 620.（以下Werner I と記す。後編 Begegnung mit Heine 1847-1856 は、WernerII と記す。）

14 HSA XXIV, S. 229.

15 イタリアにおける一八四八年革命とその後のベルジョヨーソの動向については、Ulrike Reuter の前掲論文を参考にした。

16 Werner II, S. 326.

17 Ebenda, S. 131f.
18 Geständnisse, Bd. 11, S. 479.
19 エホヴァへの帰依については、舟木重信『詩人ハイネ』筑摩書房、一九六五年、五〇四－五〇五頁参照。
20 Werner II, S. 132.
21 Fritz Mende, a. a. O., S. 328f.

## （2）マティルド（クレサンス・ユージェニー・ミラー）

1 Emma V, Bd. 7, S. 346.
2 Ebenda.
3 Werner II, S. 77.
4 Ebenda.
5 HSA XXII, S. 26.
6 Werner I, S. 318.
7 一八三七年一月二十五日付アウグスト・レーヴァルト宛の手紙に書かれている。
8 Werner I, S. 419.
9 Werner II, S. 391.
10 Manfred Windfuhr, Frauenideal und Realfrau. Heine und Mathilde. In: Ich Narr des Glücks, S. 474; Edda Ziegler, a. a. O., S. 59f.
11 Celimene: Nachgelesene Gedichte 1845-1856, III Abteilung Lamentationen 20, Bd. 11, S. 337.
12 Die Hexe: Nachgelesene Gedichte 1828-1844, II Abschnitt Vermischte Gedichte 4, Bd. 7, S. 453.
13 Der Tannhäuser, Bd. 7, S. 348f.
14 Ebenda, S. 350f.

15 Elementargeister, Bd. 5, S. 692-703.
16 Der Tannhäuser, Bd. 7, S. 352.
17 Nachgelesene Gedichte 1845-1856, III Abteilung Lamentationen 25, Bd. 11, S. 339.
18 An die Engel, Bd. 11, S. 115.
19 Zum Lazarus 11, Bd. 11, S. 208.

## （3）ジョルジュ・サンド

1 Werner I, S. 289.
2 Einleitung zu „Kahrdorf über den Adel", Bd. 3, S. 667.
3 Französische Maler, Bd. 5, S. 72.
4 Friedrich Hirth, Heinrich Heine und seine französische Freunde. Meinz 1949, S. 189.
5 Werner I, S. 428f.
6 Werner II, S. 494.
7 Französische Bühne, Bd. 5, S. 287.
8 高岡尚子、前掲論文参照。
9 Lutezia, Bd. 9, S. 255f.
10 Werner I, S. 316f.
11 Über die Februarrevolution, Bd. 9, S. 207f.
12 Ebenda, S. 208.
13 Ebenda, S. 208f.
14 Ebenda, S. 209.
15 Ebenda.

16 Französische Zustände, Bd. 5, S. 109.
17 Ebenda, S. 148f.
18 Ebenda, S. 153f.
19 Lutezia Spätere Notiz, Bd. 9, S. 262f.
20 Friedrich Hirth, a. a. O., S. 190.
21 Edda Ziegler, a. a. O., S. 162f.
22 Memoiren, Bd. 11, S. 600f.
23 Lutezia Spätere Notiz, Bd. 9, S. 264.
24 Ebenda, S. 267.
25 Werner II, S. 484.

・ジョルジュ・サンドの書簡は、持田明子、大野一道編『ジョルジュ・サンド　セレクション第九巻　書簡集』（藤原書店、二〇一三年）から引用した。（但し、わかりにくい箇所、文末の語尾など、一部変えている。）

・その他、ジョルジュ・サンドの伝記的部分については、持田明子『ジョルジュ・サンド　一八〇四―七六』（藤原書店、二〇〇四年）を参考にした。

# 参考文献

## 参考にした主な文献


Joseph. A. Kruse (Hrsg.), Ich Narr des Glücks. Heinrich Heine 1997-1856. Stuttgart und Weimar (J. B. Metzler) 1997.

Gerhard Höhn, Heine-Handbuch. Zeit, Person, Werk, Stuttgart (J. B. Metzler) 1987.

Werner Frick (Hrsg.), Heinrich Heine Neue Lektüren. Freiburg i. Br. (Rombach) 2011.

Stefan Bodo Würffel, Der produktive Widerspruch. Heinrich Heines negative Dialektik. Bern (Francke) 1986.

Sandra Kerschbaumer, Heines moderne Romantik. Paderborn (Schöningh) 2000.

Hans Kaufmann, Heinrich Heine. Geistige Entwicklung und künstlerisches Werk. Berlin und Weimar (Aufbau) 1967.

Jost Hermand, Von Mainz nach Weimar 1793-1919. Stuttgart (J. B. Metzler) 1969.

Wolfgang Kuttenkeuler (Hrsg.), Heinrich Heine. Artistik und Engagement. Stuttgart (J. B. Metzler) 1977.

Fritz Mende, Heinrich Heine. Chronik seines Lebens und Werkes. Berlin (Akademie Verlag) 1970.

Michael Werner (Hrsg.) Begegnung mit Heine. Berichte der Zeitgenossen. Hamburg (Hoffmann und Campe) 1973.

Barker Fairley, Heinrich Heine. Stuttgart (J. B. Metzler) 1965.

Lucien Dällenbach u. a. (Hrsg.), Fragment und Totalität. Frankfurt a. M. (Suhrkamp) 1984.

Ernst Behler, Studien zur Romantik und zur idealistischen Philosophie 2. Paderborn (Schöningh) 1993.

Eberhard Ostermann, Das Fragment. Geschichte einer ästhetischen Idee. München (Wilhelm Fink) 1991.

Dieter Richter, Schlaraffenland. Geschichte einer populären Phantasie. Köln (Diederich) 1984.

Ingeborg Weber-Kellermann, Frauenleben in 19. Jahrhundert. München (C. H. Beck) 1983.

Irene Guy, Sexualität im Gedicht. Bonn (Bouvier) 1984.

Koon-Ho Lee, Heinrich Heine und die Frauenemanzipation. Stuttgart und Weimar (J. B. Metzler) 2005.

Peter Peter, Kulturgeschichte der deutschen Küche. München (C. H. Beck) 2008.

舟木重信『詩人ハイネ――生活と作品』筑摩書房、一九六五年

井上正蔵編『ハイネとその時代』、朝日出版社、一九七七年

ハイネ研究図書刊行会編『ハイネ研究』第一巻―第八巻、東洋館出版社、一九七七―一九九三年

井上正蔵他訳『ハイネ』（世界文学大系七十八）筑摩書房、一九六四年

井上正蔵訳『ハイネ全詩集』全五巻、角川書店、一九七二年―一九七三年

大澤慶子他訳『ドイツ・ロマン派全集第十六巻ハイネ』国書刊行会、一九八九年

木庭宏編『ハイネ散文作品集』全五巻、松籟社、一九八九年―一九九五年

内垣啓一他訳『ハイネ』（ドイツの文学第二巻）三修社、一九六六年

伊東勉訳『ドイツ古典哲学の本質』、岩波書店、一九六五年

一條正雄『ハイネ』清水書院、一九九七年

木庭宏『民族主義との闘い』松籟社、一九八七年

手塚富雄他訳『ドイツ＝ロマン派集』（世界文学大系七十七）筑摩書房、一九六三年

薗田宗人、山本定祐他訳『ドイツ・ロマン派全集第十二巻シュレーゲル兄弟』国書刊行会、一九九〇年

山口四郎『ドイツ韻律論』三修社、一九七三年

ピーター・バーク著、中村賢二郎他訳『ヨーロッパの民衆文化』人文書院、一九八八年

バーバラ・A・バブコック編、岩崎宗治他訳『さかさまの世界』岩波書店、一九八四年

ジャン＝フランソワ・ルヴェル『美食の文化史――ヨーロッパにおける味覚の変遷』筑摩書房、一九八九年

ペーター・ガイス他監修、福井憲彦他監訳『ドイツ・フランス共通歴史教科書（近現代史）』明石書店、二年

〇一六年
北原敦編『イタリア史』山川出版社、二〇〇八年
藤澤房俊『「イタリア」誕生の物語』講談社、二〇一二年
北村暁夫他編『近代イタリアの歴史』ミネルヴァ書房、二〇一二年
持田明子他編訳『ジョルジュ・サンドセレクション』第一巻—第九巻、藤原書店、二〇〇四—二〇一三年

# 初出一覧

本書は次の論文をもとに、大幅に加筆、修正して成立した。

第Ⅰ章　「若きハイネの文学観――処女評論『ロマン主義』を軸に」「ワイマル友の会　研究報告」第一号、一九七六年

第Ⅳ章　「ラーエル・レーヴィン（ファルンハーゲン）の第一歩」「愛知県立大学外国語学部紀要」第二十号、一九八八年

「ラーエル・ファルンハーゲンの第二次サロンについて」「愛知県立大学外国語学部紀要」第二十七号、一九九五年

第Ⅵ章　「ハイネと女性たち（1）――作品に描かれた女性たち」「愛知県立大学外国語学部紀要」第二十三号、一九九一年

「ハイネと女性たち（2）ばあやと赤毛のゼフヒェン」「愛知県立大学外国語学部紀要」第二十四号、一九九二年

「『女神ディアーナ』をめぐって」『ハイネ研究』第八巻、ハイネ図書刊行会、一九九三年

「ハイネとジョルジュ・サンド」『ハイネ逍遥』第十号、ハイネ逍遥の会、二〇一七年

# 終りに

ハイネの現代性はどこにあるのかということを念頭におきつつ、論を進めてきた。ハイネの眼差しは、常に自らが生きている時代の人々や事象に向けられ、現代という時代をとらえ、それと対峙していた。具体的に言うなら、I章では、自らの恋の経験を客体化し、男女の関係を見据え、現代人の恋愛関係をさりげない形で詩にしたこと、民衆的な文学形式を積極的に取り入れ、民衆とコミュニケーションをとろうとした姿勢、II章では、従来のような調和的に完結した文学世界は、自分が生きている時代には合わないと考え、文章の書き方そのものを時代に見合ったものにしようと、Fragment形式を自分なりのものにし、開かれた文章スタイルを打ち立てたこと、III章では、あたかも二十一世紀の現在に切り込んでいるかのようなアクチュアルな諷刺詩を書いたこと、V章では、深遠で高尚な哲学的思索的文学世界を誇る近代ドイツ文学に、日常世界そのものである食を持ち込んだことなどである。

これらのことから見えてくるのは、閉ざされていた扉を開け放ち、さまざまなものを受け入れ、取り込みつつ、発信しようとした開かれた態度である。そして、特にIII章の「ロバの選挙」などの詩や、VI章の作品に現れた女性像、実際の女性たちとの関係に端的にみられるように、人種、階級、国境など、いろいろな壁を乗り越えようとしたことである。その際、理想の女性（像）と本能的嗜好との乖離に見られるようなアンビヴァレントな傾向を濃厚に示していることも、現代的と言えるだろう。

これらのハイネの傾向は、さまざまなレベルで壁を作ろうとする現在の世界の動向を考える時、人種、階級、国境を越えて、人間として人間らしく生きたいと願う者たちに、きわめて重要な視座を提供してくれているのではないかと思う。

本書を、枝法先生、井上正蔵先生をはじめとする今は亡きハイネ研究の師、先輩、友人たちに捧げたい。そして、遅々として進まない作業をさまざまな形で支えてくれ、この本が完成する直前に急逝してしまったパートナーの矢野貫一にもこの本を捧げたい。

なお、本書ができ上がるまでには、いろいろな方々に協力していただいた。この場をお借りして、心から感謝申し上げる。

最後になるが、本書を出版するにあたり、鳥影社編集部の樋口至宏氏に大変お世話になった。厚く御礼申し上げる。

二〇一八年十一月

奈倉洋子

## 著者紹介

奈倉洋子（なぐら・ようこ）

早稲田大学大学院博士課程修了。

京都教育大学名誉教授。

専門は、ドイツ文学・文化、比較文学・文化。

主要著書：『ドイツの民衆文化　ベンケルザング』(彩流社、1996年)

『日本の近代化とグリム童話』(世界思想社、2005年)

『グリムにおける魔女とユダヤ人――メルヒェン・伝説・神話』(鳥影社、2008年)

『ハイネとその時代』(共著、朝日出版社、1977年)

『ドイツ文化を担った女性たち』(共編著、鳥影社、2008年)

ハイネを現代の視点から読む

――断章《フラグメント》・幻想破壊・食・女性

二〇一八年一二月七日初版第一刷印刷

二〇一八年一二月一三日初版第一刷発行

定価（本体二二〇〇円＋税）

著者　奈倉洋子

発行者　樋口至宏

発行所　鳥影社・ロゴス企画

長野県諏訪市四賀二二九―一（編集室）

電話　〇二六六―五三―二九〇三

東京都新宿区西新宿三―五―一二―7F

電話　〇三―五九四八―六四七〇

印刷　モリモト印刷

製本　高地製本

乱丁・落丁はお取り替えいたします



ISBN 978-4-86265-706-0 C0098

# 好評既刊
（表示価格は税込みです）

**グリムにおける魔女とユダヤ人**　奈倉洋子

**メルヒェン・伝説・神話**　魔女とユダヤ人の描かれ方の変化と実態を社会的・歴史的視点から探る。　1620円

**五感で読むドイツ文学**　松村朋彦

視覚でゲーテやホフマンを、嗅覚でノヴァーリスやT・マン、さらにリルケ、ヘルダーなど五感を総動員。　1944円

**三つの国の物語　トーマス・マンと日本人**　山口知三

一九二〇年代から三〇年代にかけてのマン受容の様態をドイツ、アメリカに探り、日本における落差を問う。　2970円

**表現主義戯曲／旧東ドイツ国家公安局対作家／ヘルマン・カントの作品／ルポルタージュ論**　酒井　府

「表現主義の戯曲」「シュタージと作家達」「ヘルマン・カント」等をテーマに、作家達の多様な営為を論じる。　3672円

**世紀末ウィーンの知の光景**　西村雅樹

これまで未知だった知見も豊富に盛り込む。文学、美術、音楽、建築・都市計画、ユダヤ系知識人の動向まで。　2376円